Juri Rytchëu

Die Reise der Anna Odinzowa

Zu diesem Buch

Am Morgen des 21. Februars 1947 geht Anna Odinzowa, Ethnografin aus Leningrad, im kleinen Hafen von Uëlen an Land. Seit Jahren hat sie die tschuktschische Sprache und Kultur studiert. Jetzt will sie aus nächster Nähe das Leben der Nomaden in der Tundra kennen lernen.

Tiefer als alle Ethnografen zuvor will sie sich mit dem Volk verbinden, das ihr Forschungsgegenstand ist. Sie vermählt sich mit Tanat, dem Sohn des letzten Schamanen, und zeiht mit seiner Sippe in die Tundra. Abgeschnitten von aller »Zivilisation« lernt die Fremde, nach den uralten Gesetzen der Tundra zu leben. Als die Katastrophe über das Lager hereinzubrechen droht, macht der alte Rinto die Frau mit den stahlblauen Augen zu seiner Nachfolgerin. Er weiht sie ein in die bedrohten Künste und Geheimnisse der Schamanen.

Der Autor

Juri Rytchëu wurde 1930 als Sohn eines Jägers in der Siedlung Uëlen auf der Tschuktschenhalbinsel im äußersten Nordosten Sibiriens geboren. Der erste Schriftsteller dieses Volkes mit zwölftausend Menschen wurde mit seinen Romanen und Erzählungen zum Zeugen einer bedrohten Kultur und eines vergessenen Volkes.

Von Juri Rytchëu sind im Unionsverlag außerdem lieferbar: »Unter dem Sternbild der Trauer«, »Die Suche nach der letzten Zahl«, »Teryky«, »Traum im Polarnebel«, »Unna« sowie »Wenn die Wale fortziehen«.

Die Übersetzer

Charlotte Kossuth, geb. 1925, studierte Slawistik und Anglistik und war fast dreißig Jahre lang Verlagslektorin für russische und sowjetische Literatur in Berlin. Sie übersetzte u. a. Aitmatow, Astaview und Granin. Leonhard Kossuth, geb. 1923, studierte Slawistik und Anglistik, war dreißig Jahre lang Cheflektor für Sowjetliteratur in Berlin. Er ist Herausgeber bzw. Übersetzer u. a. von Majakowski, Okudshawa und Jessenin.

Juri Rytchëu

Die Reise der Anna Odinzowa

Aus dem Russischen von
Charlotte und Leonhard Kossuth

Unionsverlag
Zürich

Aus dem russischen Manuskript
Anna Odincova übersetzt.
Die deutsche Erstausgabe erschien 2000
im Unionsverlag Zürich.

Im Internet
Aktuelle Informationen
Dokumente, Materialien
www.unionsverlag.ch

Unionsverlag Taschenbuch 230

Rieterstrasse 18, CH-8027 Zürich
Telefon 0041-1-281 14 00, Fax 0041-1-281 14 40
mail@unionsverlag.ch

Umschlaggestaltung: Heinz Unternährer, Zürich
Umschlagfoto: Tony Stone / Paul Harris
Druck und Bindung: Clausen & Bosse, Leck
ISBN 3-293-20230-6

Die äußeren Zahlen geben die aktuelle Auflage
und deren Erscheinungsjahr an:
1 2 3 4 5 - 05 04 03 02

1

Am 21. Juni 1947 hatte das winterliche Küsteneis die steinige Landzunge von Uëlen noch fest im Griff. Doch es war von unzähligen Tauwasserpfützen übersprenkelt, deren Trichter hier und da bis zum Meerwasser hinunterreichten. Sogar erfahrene Jäger wagten ohne Schneetreter nicht, ihren Fuß darauf zu setzen.

Freigebig, ohne jemals unterzugehen, beschien die Sonne die über die Landzunge verstreuten Jarangas, die wenigen hölzernen Bauten der meteorologischen Station und den von keinem Lufthauch bewegten Windmotor.

Während Tanat das Ufer entlangschlenderte, blickte er aufmerksam in die Ferne, wo sich hinter dem blauen Streifen offenen Wassers das Nördliche Eismeer erstreckte. Ihn beunruhigte eine unbekannte Zukunft. Der erste Südwind wird das Küsteneis vom Ufer losreißen, wird es in Stücke brechen. Dann wird ein großes Schiff kommen, und auf ihm wird Tanat in den fernen Süden reisen, nach Anadyr, in die Hauptstadt des Tschuktschischen Nationalen Bezirks.

Zusammen mit zwei seiner Freunde – Enmynkau aus Janranai und dem aus Uëlen stammenden Tenmaw – war er von einer Kommission der Kreisverwaltung für Volksbildung ausgewählt worden, am Institut für Lehrerbildung zu studieren. »Ihr habt die historische Mission, Kern der neuen, sowjetisch-tschuktschischen Intelligenz zu werden«, hatte Lew Wassiljewitsch Belikow, ihr Schuldirektor, seinen Zöglingen mit auf den Weg gegeben.

Tanat war in der Tundra geboren und aufgewachsen, hatte die ersten vier Jahre eine Nomadenschule besucht. Belikow, sein Lehrer, hatte die Begabung des Jungen erkannt und dessen Vater Rinto, den Besitzer einer Herde, überredet, den Sohn nach Uëlen ins Internat gehen zu lassen. Dort hatte Tanat zusätzlich zu seinem tschuktschischen Namen einen russischen erhalten: Roman.

Drei Jahre hatte Tanat in dem langen flachen Gebäude verbracht, das quer zur steinigen Landzunge stand.

Jeden Sommer, Ende Mai, wenn Vogelschwärme zu Tausenden den Himmel bevölkerten, fuhr der Junge zu den Eltern in die Tundra und blieb dort bis in den Herbst, bis zum Beginn des neuen Schuljahrs. Diese beiden Zeitpunkte fielen mit traditionellen Feiertagen zusammen – dem Fest des Ersten Kalbs und der Herbstschlachtung Junger Rentiere.

Im Nebel der Zukunft zeichnete sich vage ein anderes Leben ab, das er nur aus Büchern und einigen wenigen Stummfilmen kannte.

Das Land der Tangitan, der Europäer, lockte mit seiner rätselhaften, Schwindel erregenden Ferne. Die Gedanken schweiften nicht nur nach Anadyr, sondern flogen weiter, über grüne Felder und dichte Wälder, in große Städte mit vielstöckigen, felsengleichen Hochhäusern, vielfenstrigen Palästen, in denen vor der Revolution die Zaren, Aristokraten und ihre Leute gewohnt hatten. Und noch etwas bewegte Tanats junges Herz – dass, wie die Bolschewiki lehrten, all dies jetzt genauso wie Enmynkau und Tenmaw auch ihm gehörte, dem Sohn eines Rentierzüchters aus der Tundra.

Den blau schimmernden Rand des Küsteneisgürtels vor Augen, stellte sich Tanat vor, wie am Horizont ein großes, eisernes Schiff mit rauchendem Schornstein auftauchen würde.

Doch stattdessen erschien dort, wo sich Wasser und Himmel berührten, inmitten der Eisfelder kaum wahrnehmbar, ein weißer Schoner. Tanat erkannte ihn sofort. Immer kam als erste die »Wega« nach Uëlen, um entlang der Küste die von der Prowidenija-Bucht bis zum Kap Ryrkaipi aufgestellten Navigationszeichen zu überprüfen.

Während Tanat die sich ausbreitenden Tauwasserpfützen, die von den Sonnenstrahlen abgeleckten Eisblöcke und Schollen umging, setzte das Schiff einen einzigen Passagier auf dem Eis ab und nahm erneut Kurs aufs offene Meer.

Auf dem Eis standen ein recht ramponierter Sperrholzkoffer und eine Segeltuchtasche. Der Ankömmling war sonderbar gekleidet – trug Wattehosen, eine Steppjacke, hohe Gummischuhe und eine spaßige gestrickte Ohrenklappenmütze. Auf den ersten Blick aber war zu erkennen, dass es ein Mädchen war – mit sonnengebräuntem Gesicht und einem Ausdruck, der sofort fesselte, und das lag an ihren Augen: Sie waren von einem Blau, wie man es nur bei rassigen Polarhunden findet.

»Guten Tag!«, grüßte Tanat.

Das Mädchen blitzte ihn aus ihren unerträglich blauen Augen an und antwortete lächelnd: »Ii, tyetyk. Bist du ein Luorawetlan?«

Tanat war überrascht, dass sie ihn in seiner Muttersprache ansprach. »Und du, bist du eine Russin?«

»Ii – ja.«

»Woher kennst du unsere Sprache?«

»Die habe ich an der Leningrader Universität erlernt, außerdem bei euren Landsleuten, die am Institut der Nordvölker studieren.« Das Mädchen sagte, sie heiße Anna Odinzowa und nach Uëlen sei sie mit einem Forschungsauftrag des Ethnografischen Instituts der Akademie der Wissenschaft gekommen, wo sie sich auf die Verteidigung ihrer Dissertation vorbereite. Sie wolle die alten Bräuche der Rentierzüchter studieren, ihre Sprache und die Folklore.

Dieser erste Uëlener Einwohner, den Anna Odinzowa auf dem Küsteneisgürtel getroffen hatte, gefiel ihr sofort. Auf sonderbare Weise vereinte der Bursche in sich jungenhaften Übermut, Männlichkeit und verborgene Zartheit. Freude stieg in ihr auf, sie war nicht nur am Ziel ihrer Forschungsarbeit angelangt, sondern hatte gleich zu Beginn einen so sympathischen Burschen getroffen. Das war ein gutes Vorzeichen!

»Gibt es in Uëlen ein Hotel?«

»Ein Hotel nicht«, entgegnete Tanat, »aber im Internat ist ein Zimmer frei. Wir müssen nur unseren Direktor, Lew Wassiljewitsch, um Erlaubnis bitten.«

Koffer und Tasche erwiesen sich als ungewöhnlich schwer. Tanat trug sie bis zur Schule. Ehe das Mädchen dort eintrat, nahm sie die lustige gestrickte Ohrenklappenmütze ab, und golden fielen ihr dichte, glänzende schöne Haare auf die Schultern. »Welynkykun – danke.«

Tanats Internatsnachbar Enmynkau beobachtete verwundert, wie Tanat der Unbekannten half, ihre Sachen hereinzutragen. »Wer ist sie?«, fragte er in einem geeigneten Augenblick.

»Eine Wissenschaftlerin aus Leningrad.«

»Ziemlich jung«, meinte Enmynkau skeptisch.

Tanat fühlte, wie ein noch nie erfahrenes Gefühl sein Herz erfüllte, ihm fast den Atem nahm.

Langsam schlenderte er allein am Meer entlang, um seiner Erregung Herr zu werden. Ein solches Mädchen war ihm noch nie begegnet. Ihm war, als entstammte sie seinen Träumen, unklaren Vorahnungen. Ihr Bild begleitete ihn, verströmte Wärme, geheimnisvolles Licht. Auch in Uëlen lebten Tangitan-Mädchen, aber die waren ganz anders! Zudem kam sie aus jenem märchenhaften Leningrad, der Stadt der Zarenpaläste, der funkelnden Springbrunnen, wo die Revolution stattgefunden hatte. Welch weiten Weg hatte sie zurückgelegt, um nach Uëlen zu gelangen! Wozu sollte es gut sein, Tschuktschisch zu lernen, alte Bräuche zu erforschen, die von den Bolschewiki als Relikte der Vergangenheit bezeichnet wurden, als Hindernis für die Entwicklung des Neuen? Die Tschuktschen und ihre nächsten Nachbarn, die Eskimos, die Korjaken und Lamuten, waren doch keine alten Griechen und Römer, keine Ägypter, die bedeutende Zivilisationen geschaffen hatten. Weder hatten sie große, befestigte Städte gebaut noch Pyramiden errichtet oder Reiche erobert. Sogar von ihren in der offenen Tundra beigesetzten Toten war nach einigen Jahren außer einer Hand voll weißer Knochen nichts mehr zu finden. Wen konnte schon das von einer Ölfunzel kaum erleuchtete Leben in einer Jaranga interessieren, die Bauweise eines Polarschlittens und das Zuggeschirr für die Rentiere? Oder die Methode, ein erlegtes Walross auszuweiden? Oder Rintos Lieder? Sie rühren zwar an die Herzen von Tanat und seinen Landsleuten, doch welchen Widerhall können sie bei einem Menschen finden, der unter völlig anderen Umständen aufgewachsen ist und eine andere Sprache spricht? Jene fernen, warmen Länder, wie Tanat sie sich auf Grund von Büchern, Bildern und einigen Filmen vorstellte, unterschieden sich so sehr von der öden Tundra und der eisbedeckten Küste!

Wie schön klang doch ihr Name – Anna! Als enthielte er eine zarte, geheimnisvolle Verlockung. Und ihr Familienname erinnerte an einen Roman Turgenjews.

Beim Abendbrot, im Beisein des Schuldirektors, berichtete Anna Odinzowa von ihren Plänen. Tanat saß ihr gegenüber, und jeder Blick, jedes Lächeln, jedes Wort drang tief in sein Herz.

Lew Wassiljewitsch Belikow wiegte den Kopf und wiederholte einige Male, sie würde es schwer haben, sehr schwer.

Als Anna Odinzowa am nächsten Morgen mit gelösten goldenen Haaren, ohne die drollige gestrickte Ohrenklappenmütze den Waschraum betrat, konnte Tanat nur mühsam den Blick von ihrem gebräunten Gesicht wenden, aus dem die blauen Augen so blitzten, dass man meinen konnte, sie spiegelten den klaren sommerlichen Polarhimmel, an dem die Sonne nie unterging. Noch stärker verwirrt als bei der ersten Begegnung, hatte der Junge ein Gefühl, als stocke ihm der Atem. Eine Hündin, dachte er, eine rassige Hündin – für den Tschuktschen ist dies ein Kosewort wie für den Russen »Schwälbchen«, »Täubchen« oder »Zicklein« …

»Könntest du mich nicht durch Uëlen begleiten?«

»Ich bin in Uëlen aber nicht richtig zu Hause«, wehrte Tanat schwach ab.

»Ich weiß«, sagte Anna lächelnd, »du bist ein nomadisierender Tschuktsche, ein Tschautschu.«

Eine Weile gingen sie schweigend nebeneinander her, und jede Berührung der Begleiterin entfachte in Tanat neues Feuer.

Nach längerem Schweigen sagte Tanat verlegen: »Ich weiß gar nicht, was ich erzählen soll.«

»Nun, zum Beispiel: warum diese Jaranga sich so sehr von den Übrigen unterscheidet.«

Sie gehörte Tukkai, dem Vorsitzenden des Tschuktschischen Kreis-Exekutivkomitees. Tukkai, der die fortschrittlichen Ideen begeistert begrüßt hatte, arbeitete schon einige Jahre daran, seine alte Behausung den neuen Vorstellungen von einem zivilisierten Leben anzunähern. Vor allem hatte er ihr eine rechteckige Form gegeben. In die Wand hatte er ein kleines Fenster eingefügt, durch das Dach einen Rauchabzug hindurchgeführt und die Walrosshaut mittels eines eisernen Fassbodens gegen Funkenflug gesichert. Im Inneren hatte er den Fell-Polog durch Holzwände ersetzt und dort ein eisernes Bettgestell mit federndem Gitterrost aufgestellt. Tukkai war der Erste in Uëlen, der seine Lebensweise geändert hatte: Statt auf die Jagd zu gehen, widmete er sich der Leitungsarbeit, gab Hinweise, wie man auf neue Art leben müsse, hielt auf Versammlungen Reden, und das Walrossfleisch würzte er mit Senf, den er sich aus Leningrad mitgebracht hatte. Wodka und Sprit trank er in solcher Menge, dass er einmal barfuß nach Hause torkelte: betrunken war er am Meeresstrand eingeschlafen, und die Hunde hatten ihm nicht nur seine Stiefel aus weichem Leder, sondern auch seine Fellstrümpfe von den Füßen gefressen.

Doch Tanat sagte nur, dies sei das Haus von Tukkai. Dessen Bruder Wykwow habe in Leningrad am Institut der Nordvölker studiert und Gerüchten zufolge sei er in den ersten Jahren des Krieges umgekommen.

»Ich habe Wykwow noch vor dem Krieg kennen gelernt. Er hat mir Tschuktschisch beigebracht. Leider ist er wirklich fast zu Beginn des Krieges gefallen, ich besitze einige Briefe von ihm«, sagte das Mädchen und fragte: »Meinst du nicht, dass Tukkai seine Jaranga verunstaltet hat?«

Darüber hatte Tanat niemals nachgedacht. Wie konnte man auch eine Jaranga verunstalten – ein so unförmiges Bauwerk ohne jegliche äußere Schönheit? Zumal eine Jaranga der Küsten-Tschuktschen, gedeckt mit kohlschwarz gedunkelten Walrossfellen? Ihm schien eher, Tukkai habe ihr mit seinen Verbesserungen ein zeitgemäßeres Aussehen verliehen. Natürlich war das noch kein richtiges Tangitan-Haus mit großen Fenstern und einem gemauerten Ofen, aber auch keine Jaranga mehr.

Roman-Tanat führte das Mädchen auf das Steilufer oberhalb von Uëlen, wo der Leuchtturm mit dem Scheinwerfertürmchen auf dem Dach stand. Von hier aus überblickte man die ganze Siedlung.

»Die Einwohner von Uëlen sind gewissermaßen zweigeteilt: Die am Kap wohnen, heißen Enmyralyt, die weiter weg auf der Landzunge – Tapkaralyt. Enmyn heißt tschuktschisch ›Fels‹, Tapkan – ›steinerne Landzunge‹.«

Das Mädchen machte sich viele Notizen in einem dicken Heft. »All das ist sehr interessant«, wiederholte sie einige Male sachlich.

Tanat bemühte sich nach Kräften. »Siehst du dort auf der Seeseite der Landzunge den großen schwarzen Stein, der dem Rücken eines Wals ähnelt? Das ist der Heilige Stein. Die Alten erzählen, der sei mit unvorstellbarem Getöse vom Himmel gefallen und habe sich ins steinige Ufer gebohrt. Der Aufprall sei so stark gewesen, dass alle Jarangas zusammengestürzt und einige sogar verbrannt sind, weil der Aufprall die Feuerstellen auseinander gerissen hat.«

»Und jetzt ist das eine Opferstätte?«

Tanat zögerte. Der Heilige Stein befand sich neben dem Internat, wo sich vor dem Krieg die Kreis-Verwaltungen befanden – später wurden sie in die Lawrentija-Bucht verlegt. Deshalb konnten sakrale Handlungen, sollte es sie wirklich geben, nur in aller Heimlichkeit stattfinden.

»Hier veranstaltet man Tanz- und Gesangsfeste«, antwortete er ausweichend.

Sie stiegen zum Stein hinunter, Anna betrachtete ihn aufmerksam und sagte: »Vermutlich ist das ein eiserner Meteorit. Schau doch.« Sie legte ihr Taschenmesser auf eine steile Seitenkante des Steins, und es blieb dort wie angeklebt liegen.

Tanat kannte diese Eigenschaft des Steins, hatte aber nicht gedacht, dass dies etwas mit seiner himmlischen Herkunft zu tun haben könne.

Erst gegen Morgen in sein Zimmer im verwaisten Internat zurückgekehrt, konnte Tanat lange nicht einschlafen. Kaum schloss er die Augen, tauchte vor ihm Annas Gesicht auf, leuchteten ihm ihre ungewöhnlichen Augen entgegen. Unerwartete Gefühle bedrängten ihn. Zwar hatte er sich schon gelegentlich verliebt, aber das war anders gewesen, hatte seinen Lehrerinnen, jungen Mitarbeiterinnen der polar-meteorologischen Station gegolten. Zudem war ihm bewusst, dass in der Tundra Katja Tonto auf ihn wartete, die Tochter des Besitzers einer benachbarten Herde, der in der Umgebung der großen Koljutschinskaja-Bucht nomadisierte. Sie war zwei Jahre nach Tanat geboren und nach altem Brauch schon damals zu seiner künftigen Ehefrau erklärt worden. Drei Winter hatten sie gemeinsam in der Nomadenschule bei Lew Wassiljewitsch Belikow gelernt. Zuletzt hatte Tanat sie vorigen Sommer gesehen. Das Mädchen war groß und hübsch geworden, benahm sich wie eine richtige erwachsene Hausfrau. Für einige Tage war sie in Rintos Nomadenlager zu Gast gewesen, hatte im Polog neben ihrem künftigen Mann geschlafen. Doch Tanat hatte seine Wünsche bezähmt – er war sich bewusst, dass die Zeit für ihre Vereinigung noch nicht gekommen war.

Die Mitternachtssonne näherte sich schon dem Gipfelpunkt, ihre Strahlen ergossen sich durch die nicht verhängten Fenster ins Zimmer. Vor kurzem hatte Tanat bei solcher Beleuchtung noch ruhig schlafen können, jetzt aber störte ihn das grelle Licht. Er nahm die Decke vom Nachbarbett und verhängte das Fenster zur Hälfte.

Die kurze Erinnerung an Katja wich erneut dem Bild der Anna Odinzowa. Interessant wäre es, sie in der Dunkelheit eines Pologs zu sehen. Wahrscheinlich würden ihre Augen leuchten wie durch die durchlöcherte Überdachung der Jaranga die Sterne.

24. Juni 1947, Uëlen

Mit welchem Vergnügen schreibe ich diese Ortsbezeichnung – Uëlen! Endlich bin ich meinem Ziel nahe. So wird sich vermutlich Margaret Mead gefreut haben, als sie ungefähr in meinem Alter das ferne Ost-Samoa erreicht, die Küste der Insel Ta'u betreten hatte.

Doch jäh ist etwas Unerwartetes in mein Leben eingebrochen. Dieser Junge, der erste Uëlener, der mich auf dem Küsteneis begrüßte, geht mir nicht aus dem Sinn, weckt meine Gefühle … Es könnte geschehen … Es aufzuschreiben, wage ich nicht … Aber genug davon!

Uëlen ist eine recht große Siedlung, hat etwa dreihundert Einwohner. Die meisten wohnen in altertümlichen Jarangas. Richtige Häuser gibt es nur wenige. Das größte beherbergt die Schule, zu nennen wäre auch das Internat, bestehend aus drei an Jarangas erinnernden runden Häuschen. Die meteorologische Station befindet sich etwas abseits, am Rande steht dort ein Windmotor.

Ich bin sehr aufgeregt, mir fällt es schwer zu schreiben. Nein, die wissenschaftliche Leistung von Margaret Mead will ich nicht wiederholen. Ich will sie übertreffen, will mich selbst in das Volk einleben, das ich studiere – ihr ist das nicht gelungen. Ich will weiter gehen als sie, werde das Leben eines Urvolkes von innen her erforschen und beschreiben, nicht von außen. In diesen Tagen und Stunden beginnt der schwierigste Teil … Also, vorwärts, Anna Nikolajewna Odinzowa!«

Als Tanat den Waschraum betrat, putzte Anna die Zähne.

»Schön, dass du kommst. Gieß mir Wasser hierher.«

Während Tanat dem Mädchen half, bemerkte er: »In der Tundra kann man sich nirgends waschen.«

»Ich werde so leben wie die geborenen Rentierzüchter«, antwortete Anna.

»Das wird dir schwer fallen.«

Anna Odinzowa blickte ihn an. »Ist es dir schwer gefallen?«

Er lächelte. »Ich war es doch so gewohnt. Bin in der Tundra geboren und aufgewachsen. Schwer ist es mir gefallen, mich an das hiesige Leben zu gewöhnen. An eine richtige Schulbank habe ich mich erst in der fünften Klasse gesetzt. Vorher habe ich mich zum Schreiben wie ein Seehund auf der Erde ausgestreckt.«

»Du bist ein Mensch wie ich«, sagte sie. »Also kann ich auch so leben wie du.«

»Ich würde gern hören, was du sagen wirst, wenn du erst in eine Tundra-Jaranga gerätst – beim Licht einer Ölfunzel oder eines offenen Feuers. Nicht einmal Petroleumlampen gibt es dort.«

»Wenn ich mir etwas vorgenommen habe, schaffe ich das auch«, verkündete sie mit unerwarteter Festigkeit.

Von diesem Tag an blieben die beiden unzertrennlich. Er zeigte ihr die schönsten Gegenden von Uëlen. Am Meer entlang wanderten sie bis zum fernen Pilgin, einer Wasserrinne, die die Lagune mit dem offenen Meer verband. Sie besuchten den alten Friedhof, wo – von Steinen eingefasst – die weißen Knochen der Beigesetzten zu sehen waren. Daneben lagen Speere mit Speerspitzen, Harpunen, steinerne Leuchten, Scherben von Porzellangeschirr, beinerne Knöpfe und Schnallen, verrostete Gewehre und sogar eine halbvermoderte Ziehharmonika mit zerfallenem Balg. In einigem Abstand erhoben sich zwei Hügel aus Felsbrocken, da waren zwei Tangitan beerdigt – nach russischen Brauch in Holzkästen. Unter den Steinen ragten zerbrochene, graue Bretter hervor, daneben lagen Pfosten mit fünfzackigen Sternen, die aus dem Blech von Konservendosen ausgeschnitten waren.

Während Anna eilige Skizzen entwarf, ging Tanat etwas zur Seite. Die Fragen über die Beisetzungsbräuche, die unnatürliche Neugier, die sonderbare Erregung des Mädchens berührten Tanat unangenehm, seine Stimmung verfinsterte sich.

Abends, schon an der Tür zu ihrem Zimmer, erkundigte sich Anna zärtlich: »Warum bist du so trübsinnig geworden?«

»Auf einem Friedhof pflegt man nicht lustig zu sein.«

»Für mich war das aber sehr interessant, für die Wissenschaft ist es wichtig.« Anna zog den leicht widerstrebenden Tanat ins Zimmer.

Im Winter wohnte hier die Mathematiklehrerin Jekaterina Iwanowna Pokrowskaja. Wenn am Wochenende gutes Wetter war, kam aus der benachbarten Eskimo-Siedlung der verliebte Direktor Nikolai Nikolajewitsch Maximow auf Skiern hierher – über den gefährlichen Deshnjow-Pass und durch ein ödes Tal, durch das ständig eisiger Wind fegte. Das Knarren des Bettes mit dem Federeinsatz, das unterdrückte Stöhnen, die leidenschaftlichen Seufzer waren sogar im Korridor zu hören, und die Internatskinder lauschten den ungewohnten Lauten einer Tangitan-Liebe. Nach Ende des Schuljahrs siedelte Jekaterina Iwanowna nach Naukan über, und das Zimmer blieb frei, sofern es nicht gelegentlich Dienstreisenden aus dem Kreiszentrum als Unterkunft diente.

Fast den ganzen Raum nahm das breite Bett ein, über das eine gewöhnliche graue Internatsdecke gebreitet war. Es gab keinen Stuhl, keinen Schemel, als Sitz bot sich nur das Bett an.

Sie saßen nebeneinander, unter ihrem Gewicht bog sich die federnde Matratze durch, und unwillkürlich schmiegten sie sich aneinander. Tanats Herz schlug so stark, dass er fürchtete, Anna könnte es hören. Ihm schwindelte geradezu.

Sie sprachen nicht, blickten einander nur unverwandt an.

Anna drängte sich mit ihrem Gesicht an Tanat und küsste ihn. Er kam gar nicht dazu, zurückzuprallen. So also schmeckte der süße Tangitan-Kuss? Als würde man in eine riesige warme Woge von Zärtlichkeit sinken. Tanat erschlaffte wie ein unvorsichtig mit einer Harpune durchstoßener Pychpych – ein Ballon aus unzerteilt abgezogener Seehundshaut.

Was dann geschah, hinterließ überraschend süße und überwältigende Schwermut.

Schnell zog sich Tanat wieder an, stürzte aus dem Zimmer und lief zum Meer hinunter, zum kühlen Atem des noch verbliebenen Küsteneises. Sein Gesicht war tränenüberströmt, und seinen Körper schüttelte hin und wieder unerwartetes Schluchzen.

Er ging das Ufer bis zur Wasserrinne entlang, die die Lagune mit dem Ozean verband, und kehrte erst dann um.

Doch am nächsten Abend kam er wieder, und dieses Mal blieb er bis zum Morgen bei Anna. Während die Verliebten von ihren leidenschaftlichen Zärtlichkeiten ausruhten, sprachen sie leise miteinander, erzählten sich von ihrem Leben. Ziemlich knapp berichtete Anna vom Tod ihrer Angehörigen während der Blockade. Sie selbst hatte damals im Universitäts-Internat gewohnt, hatte neben ihrem Studium im Spital auf der Fünften Linie der Wassiljewski-Insel gearbeitet. Von Tanat wollte sie hören, wie er seine Kindheit verbracht, welche Bräuche und Feste er kennen gelernt hatte, sie interessierte sich für die kleinsten Details des Alltags in einer Nomaden-Jaranga.

Tanat bemühte sich, ihr die Reise in die Tundra auszureden. »Ich kann mir nicht vorstellen, wie du in einer Jaranga leben kannst.«

»Stell es dir doch vor! Wie wär's, wenn wir zusammen fahren?«

»Ich will doch weiterstudieren«, wandte Tanat spöttisch ein. »Am Anadyrer Institut für Lehrerbildung. Wir werden dort schon erwartet.«

»Was brauchst du dieses Lehrerbildungsinstitut! Überleg selbst: Du, ein ungebundener Mensch der Tundra, ein freier Mann, wirst später kleinen Rotzbengeln die Nase wischen!«

»Ich werde doch Lehrer!«, erklärte Tanat empört. »Kann sogar sein, dass ich nach dem Abschluss nach Leningrad fahre, an die Universität. Unser Direktor Belikow sagt, dort habe man eine Nordfakultät eröffnet.«

»Und zurück in die Tundra möchtest du nicht mehr? Nicht einmal mit mir?«

»Mit dir? Wie denn das?«

»Heirate mich doch!« Anna blickte ihn mit leuchtenden Augen an, ihr gerötetes Gesicht schien noch dunkler geworden zu sein. Sie war wohl selbst überrascht, dass ihr diese Worte über die Lippen gekommen waren.

Sofort durchzuckte ihn die Frage: Und was wird mit Katja, die ihm von Kind auf als Frau versprochen war? Doch dieser Gedanke versank sofort in einer Woge von Zärtlichkeit.

»Das kommt so plötzlich«, murmelte Tanat. »Das kann doch gar nicht sein!«

»O doch, wie du siehst.«

»Mir erscheint alles wie ein Traum.«

Anna küsste ihn erneut. Dieses Mal war es ein langer Kuss.

»Nun, bist du jetzt aufgewacht?«, fragte sie mit fröhlichem Übermut in der Stimme.

»Trotzdem ... Ich muss mich mit dem Schuldirektor Belikow beraten«, murmelte Tanat verwirrt.

Anna lachte so sehr, dass Tränen aus ihren hellen Augen perlten. Sie rollte sich zusammen, streckte sich wieder und konnte gar nicht aufhören. »Du bist achtzehn Jahre! Kannst für dich selbst einstehen, selbst entscheiden«, sagte das Mädchen, wieder ernst geworden. Dann verstummte sie und fragte unsicher: »Vielleicht willst du aber nicht? Liebst eine andere?«

»So wie dich – niemanden!«, sagte Tanat entschieden. »Du gefällst mir sehr. Ich weiß nur nicht, wie ich es sagen soll ...«

»Sag es, keine Angst ... Zwischen uns muss alles klar sein.«

Stockend, aufgeregt, erzählte Tanat von Katja. Anna hörte aufmerksam zu und fragte dann: »Warst du mit ihr zusammen, so wie mit mir?«

»Nein, dazu ist es noch nicht gekommen.«

»Du hast mit ihr nicht geschlafen?«

»Geschlafen schon, aber ohne sie zu berühren.«

»Ist das verboten?«

»Verboten nicht, aber es ist nicht Brauch.«

Fast hätte Anna gesagt, in der wissenschaftlichen Literatur, konkret in Margaret Meads Buch, würde genau das Gegenteil behauptet, aber sie beherrschte sich. »Na schön. Aber könntest du darauf verzichten, ans Anadyrer Institut für Lehrerbildung zu fahren?«

»Ja!«, erwiderte Tanat.

Die Nachricht, Roman Tanat wolle Anna Odinzowa heiraten, versetzte ganz Uëlen in Aufregung – von der Polarstation bis zum kleinen Lehrerkollektiv der Schule. Allerdings nahmen es die Alteingesessenen viel gleichmütiger hin als die zugezogenen Russen. Viele Hiesige erklärten sogar mit Stolz, ihr Landsmann habe sich ein bildhübsches Mädchen geangelt, warum sollten nur die Tangitan die schönsten Uëlener Mädchen heiraten? Lange diskutierte mit ihnen der Schuldirektor Belikow. Er flehte das Mädchen an, dem viel versprechenden jungen Burschen nicht die Zukunft zu verderben. Er bat sie, wenigstens zu warten, bis der Vater aus der Tundra käme.

»Wir werden selbst so schnell wie möglich dorthin aufbrechen«, erklärte Anna Odinzowa.

»Sie haben keine Ahnung, was das Leben in der Tundra bedeutet. Mir können Sie glauben, ich bin fünf Jahre lang mit den Rentierzüchtern umhergezogen«, sagte Belikow.

»Sie haben es also gekonnt, warum zweifeln Sie dann, dass ich so leben könnte?«, spottete Anna.

»Weil Sie eine Frau sind.«

»Soviel ich weiß, leben in der Tundra nicht nur Männer.«

»Aber die Tschautschu-Frauen, die Nomadenfrauen, sind von Geburt an daran gewöhnt.«

»Wenn sie es fertig gebracht haben, wird es mir auch gelingen«, erklärte Anna Odinzowa entschieden. »Und ich werde dort ja nicht allein sein, sondern mit dem Mann an meiner Seite.« Zärtlich blickte sie ihren schweigenden jungen Ehemann an.

Anna blieb hartnäckig, wies alle Zweifel von sich und sogar die Vorwürfe, sie habe einen naiven, unerfahrenen Jungen eingewickelt. Dieses schamlose Gerede, das von den Frauen zugezogener Russen verbreitet wurde, verletzte und kränkte Tanat, und auch er wollte jetzt schnellstens Uëlen verlassen.

Das väterliche Lager befand sich an der Wasserscheide zwischen der Koljutschinskaja-Bucht und den Kurupkiner Höhen. Tanats Verwandter Wamtsche rüstete sein Fellboot aus, belud es mit einem Hundegespann und fuhr mit den Jungverheirateten durch die Lagune zu den grünen Bergen.

Schon von weitem sahen sie die weißen, Pilzen ähnelnden Dächer der auf dem hohen, trockenen Flussufer stehenden Jarangas. Als Anna merkte, wie aufgeregt ihr junger Ehemann war, nahm sie seine Hand und sagte leise: »Halt dich tapfer, Tanat!«

2

Anna steckte den Kopf aus dem Polog, legte ihr Heft auf den zum Kopfbalken herangezogenen Polarschlitten und schrieb.

3. Juli 1947, Rintos Lager
Eigentlich war alles gar nicht so schrecklich, wie ich gedacht hatte. Mir scheint sogar, der Weg durch die Tundra war schwieriger als die ersten Minuten, in denen ich Romans Eltern und Verwandten begegnete … Hier ruft ihn übrigens niemand mit diesem russischen Namen, den ihm ein Schullehrer gegeben hat, auch ich muss ihn einfach Tanat nennen.

Losgefahren waren wir mit Wamtsches Fellboot, auf das wir unser einfaches Gepäck und die Hunde samt dem Schlitten geladen hatten. Wir fuhren durch die ziemlich große Lagune ans südliche Ufer. Am meisten beeindruckte mich an der hiesigen Landschaft die atemberaubende Weite, es ist, als flöge man hoch über all diesen bläulichen Landzungen dahin, über dem weiten Wasser, den grünen Hügeln, den zahlreichen kleinen Seen und glitzernden Bächen. Man freut sich an der Reinheit der Farben und überhaupt der ganzen Umgebung, ob Land oder Luft. Irgendwo habe ich mal gelesen, die arktische Atmosphäre enthalte zu wenig Sauerstoff, doch davon habe ich nichts bemerkt. Im Gegenteil, verglichen mit den vielfältigen Gerüchen auf dem Festland, ist die Sterilität der Luft hier geradezu spürbar. Doch wie die Tundra selbst riecht! Ein kaum wahrnehmbarer Duft geht von den Blumen und Gräsern aus. Das ist natürlich nicht der betäubende Geruch eines blühenden Gartens, aber man hat das Empfinden, als schnuppere man an einem alten, längst leeren Parfümfläschchen.

Unser Hundegespannführer Wamtsche ist mit Tanat verwandt. Den Grad der Verwandtschaft habe ich noch nicht herausgefunden, aber offenbar ist die Familie weit verzweigt. Tanat hat erzählt, sie hätten Verwandte nicht nur in der benachbarten Eskimo-Siedlung Naukan, sondern auch auf der Insel Großer Diomid und in Alaska. Dass sie Rentierzüchter sind, ist für Eskimos eher die Ausnahme, andererseits versichert Tanat, die gesamte Verwandtschaft väterlicherseits seien eingeborene Tschautschu. Wamtsche ist ein geborener Meeresjäger, etwa vierzig Jahre alt, spottlustig und voller Humor wie übrigens die meisten Tschuktschen.

An einem grasbewachsenen grünen Ufer ließen wir das Boot zurück, luden unsere Siebensachen auf den Schlitten, und zu meiner Verwunderung liefen die Hunde ziemlich schnell los. Die metallbeschlagenen Kufen glitten gut über die feuchte Tundra. Das Nomadenlager sahen wir schon von weitem – zwei weiße Jarangas am steilen Ufer eines kleinen Flusses.

Ach, wie aufgeregt war ich vor der ersten Begegnung mit Tanats Eltern! So war es mir nicht mal vor den Examen ergangen. Tanats Vater Rinto ist zwischen vierzig und fünfzig. Vielleicht auch älter, aber die Tschuktschen in der Tundra zählen die Jahre nicht so genau, und Geburtsurkunden haben sie schon gar nicht. Daher kann man das Alter nur nach dem Aussehen oder nach dem Alter der Kinder schätzen. Tanat hat einen älteren Bruder, Roltyt, der mit Tutyne verheiratet ist. Sie haben Kinder, also sind Rinto und Welwune schon Großeltern. Sohn, Schwiegertochter und Enkel leben in einer eigenen Jaranga. Aber zurück zu Rinto. Für einen Tschuktschen ist er ziemlich groß, seine Gesichtszüge wirken wie geglättet und gemildert mongolid. Dem anthropologischen Typ nach ähneln die Tschuktschen eher der pazifischen Rasse, den Malaysiern, Philippinern. Ich werde mich mit einem Sprachvergleich befassen müssen, wenn ich besser Tschuktschisch gelernt habe. Vermutlich kommen ihre Vorfahren aus dem fernen Süden, aber keineswegs aus China oder der Mongolei. Rinto redet bedächtig, er hat ständig ein leichtes Lächeln auf den Lippen. Welwune war offensichtlich früher einmal hübsch. Aber ihr Gesicht ist von Tätowierungen gezeichnet – jeweils drei Linien auf jeder Wange und drei Linien am Kinn. Sie ist auch freundlich, verbirgt aber nicht ihre Besorgnis.

Das Schwierigste war, ihnen zu erklären, dass Tanat und ich Mann und Frau sind. Ich war auf alles gefasst und bereit, alle möglichen Angriffe und Vorwürfe abzuwehren. Innerlich hatte ich mich den ganzen Weg über auf diese Schlacht vorbereitet. Doch zu meiner größten Verwunderung äußerten weder Tanats Eltern noch seine Geschwister oder sonst ein Bewohner des Nomadenlagers irgendwelche Gefühle anlässlich der ungewöhnlichen Heirat ihres Stammesverwandten. Am Abend sagte Rinto, ich solle mich nicht zu meinem Mann in einen Polog legen, ehe nicht das unumgängliche Ritual vollzogen sei. Neben der Jaranga schlachteten sie ein Rentier und beschmierten Tanats und mein Gesicht reichlich mit frischem Blut. Es durfte bis zum nächsten Morgen nicht abgewaschen werden. Das war alles. Sie gratulierten nicht mal! Mich tröstet der Gedanke, dass dies nicht einfach Gleichgültigkeit ist, sondern eher die Bereitschaft, beliebige Prüfungen hinzunehmen. Die Menschen der arktischen Tundra ertragen Schicksalsschläge mit stoischer Ruhe und suchen im Rahmen der akzeptierten Umstände einen Ausweg oder eine Möglichkeit, sich der ohne eigene Schuld veränderten Situation anzupassen. Ich denke, die echten Schwierigkeiten liegen noch vor mir.

Nun zu Tanat und mir: Wir sind nicht nur physisch ein Paar. Ich hege für ihn die wärmsten Gefühle, auch wenn ich von Anfang an den Plan hatte, einen tschuktschischen jungen Mann zu heiraten und gemeinsam mit ihm tief in die Tundra-Gemeinschaft einzudringen. Vielleicht kann man es noch nicht wahre Liebe nennen, aber über einen Mangel an Zärtlichkeit seinerseits kann ich mich nicht beklagen. Doch Margaret Meads grundlegende These über die Freiheit der sexuellen Sitten unter den primitiven Völkern trifft wohl nicht zu. Am Kompliziertesten wird es natürlich für mich sein, Kenntnisse über das Intimleben der Tschuktschen zu gewinnen. Was ihre sexuel-

len Gewohnheiten anbelangt, fällt es mir schwer, darüber nach meinem Mann zu urteilen. So jung und unerfahren er ist, müsste er nach Margaret Meads Theorie doch etwas mehr wissen, müsste seit der Pubertät schon sexuelle Erfahrungen gemacht haben. Diese Jahre fielen allerdings in seine Internatszeit. Auf meine Versuche, das Gespräch konkret auf sexuelle Gewohnheiten und sexuelle Erfahrung zu bringen, errötet mein junger Ehemann wie eine unschuldige Jungfrau und verstummt. Er beantwortet weder direkte noch indirekte Fragen, windet sich und sagt, all das sei ihm peinlich. Aber den jungen Samoanern war es doch nicht peinlich! Vielleicht irrt Margaret Mead? Ich habe versucht, in ihren Tagebüchern und ihrem Buch auch nur eine Andeutung darauf zu finden, dass die jungen Eingeborenen wirklich vor ihren Augen kopuliert haben. Aber alle ihre Behauptungen basieren auf mündlichen Berichten von Samoanern, jugendlichen wie auch erwachsenen. Dabei sind diese Berichte sehr bildhaft und erfindungsreich. Was ich über die physischen Beziehungen zu meinem jungen Ehemann nicht sagen kann.

Natürlich hatte ich von meinem Mann keine besonderen Raffinessen bei der Liebe erwartet. Er ist ja sehr jung und unerfahren. Ich vermutete nur, dass auf diesem Gebiet die gesamte Menschheit gleichermaßen vorgeht. Besonders gefällt ihm der »Tangitan-Kuss«, wie er es nennt.

Zurück zur Jaranga. Natürlich hatte ich eine Vorstellung vom Bau der Nomadenwohnstatt eines tschuktschischen Rentierzüchters. Aber es ist doch etwas ganz anderes, eine Tundra-Jaranga mit eigenen Augen zu sehen und in sie einzutreten. Äußerlich ist die Jaranga eines Rentierzüchters ein unregelmäßiger Kegel – errichtet aus Holzstangen, die sie offenbar fern von hier am Meeresufer als Treibholz finden oder von dorther holen, wo Bäume wachsen. Solche Orte gibt es sogar in der arktischen Tundra, in den vor kalten Winden geschützten Tälern der großen wasserreichen Flüsse. Die Stangen vereinen sich oben zur Spitze des Kegels und bilden nach unten zu gleichsam ein weit auseinander gespreiztes Bündel. Den ganzen Bau, den Bogoras-Tan in seinen Arbeiten Zelt nennt, bedeckt der »Retem« – eine Überdachung aus zusammengenähten Rentierfellen mit kurz geschorenem Haar. Das verleiht der Jaranga ihre weiße Farbe. In diesem Zelt wird durch einen aufgehängten »Fell-Polog« ein Schlafraum abgeteilt, den eine Tranlampe erleuchtet und erwärmt – ein flaches Lämpchen aus besonders weichem, so genanntem Seifenstein. Der Fell-Polog befindet sich weit hinten, an der Rückwand der Jaranga, so entsteht davor ein ziemlich großer Raum – der »Tschottagin«. Tschotschot heißt auf Tschuktschisch Kissen, Kopfende. Diesen Zweck erfüllt hier ein langer, vom steten Gebrauch geradezu polierter Balken. »Tschottagin« heißt wörtlich übersetzt »Raum bis zum Kopfende«. Manchmal ist der Tschottagin ziemlich groß, wie in der Jaranga meines Schwiegervaters, damit man einen zusätzlichen, wenn auch sehr kleinen »Polog« abteilen kann. In diesem Polog liege ich nun beim Schreiben, hinausgestreckt in den Tschottagin und das Heft auf einem Brett des Reiseschlittens. Das Licht, das durch eine Öffnung in der Kegelspitze der Jaranga fällt, reicht völlig aus – hier haben wir gerade die weißen Nächte, die wirklich hell genug sind, dass man schreiben und sogar lesen kann.

Die freien »Taschen« an den Seiten des Pologs dienen als Abstellkammern. Im Tschottagin unserer Jaranga stehen etliche kleine Holzfässer, die offensichtlich nicht von hier stammen, und an horizontalen Stangen hängen »Tschaat« genannte Fangseile, Ledersäcke, Stücke von Dörrfleisch.

An den Geruch im Innern der Jaranga muss man sich gewöhnen, oder man darf nicht darauf achten. Ich weiß nicht, ob mir das gelingen wird, aber anfangs befremdete dieser Duft, er schien mir geradezu unerträglich. Die Hauptsache aber ist – alles erwies sich als einfacher, als leichter. Was das Essen anbelangt, so bin ich seit der Hungerzeit während der Leningrader Blockade über jede Nahrung froh. Man bewirtete mich mit Tundra-Delikatessen – gekochtem frischem

Fleisch, einer sämigen, ziemlich scharfen Suppe, zum Nachtisch mit Rentier-Läufen, die man zuerst abknabbern und dann zerhacken musste, um das im Mund schmelzende rosa Knochenmark herausholen. Zum Abschluss tranken wir starken Tee mit Zucker. Jeder legte ein Stück Zucker hinter die Wange und nahm nach etlichen Tassen den Rest wieder heraus. Mein Stück hatte sich gleich nach dem ersten Schluck aufgelöst!

Rinto und seine Frau fanden in dieser Nacht lange keinen Schlaf. Zuerst rauchte der Hausherr der Jaranga lange, während er – in den Tschottagin hinausgestreckt – beobachtete, wie seine neue Schwiegertochter mit einem scharf gespitzten Bleistift etwas in ein dickes Heft schrieb. Was mochte sie da eintragen? Wo nimmt man so viel Worte her, um eine ganze Seite zu füllen?

Die Handlungsweise des Sohnes hatte die Eltern erschüttert. Weder Rinto noch Welwune konnten sich beruhigen, obwohl sie es äußerlich nicht zeigten. Zunächst hatten sie nur erstaunte Blicke gewechselt. Das Einzige, was Rinto dann milder stimmte, war, dass Anna sich bemühte, nicht zu zeigen, wie unwohl und ungemütlich sie sich in der Jaranga fühlte, und dass sie versuchte, nach Möglichkeit tschuktschisch zu sprechen. Sie schrieb zweifellos russisch. Der Unterricht in tschuktschischer Schrift wurde ja gerade erst eingeführt. Der Wanderlehrer Belikow hatte ein Buch herumgezeigt, das im fernen Leningrad entstanden war und in dem auf weißem Papier tschuktschische Worte gedruckt, auch Jarangas, Rentiere, Walrosse und Ringelrobben abgebildet waren – einige Gesichter darin erinnerten sogar an Bekannte. Die Ereignisse, die im ersten tschuktschischen Lehrbuch beschrieben waren, verblüfften, weil sie so alltäglich und sinnlos wirkten. Das primitivste, von Mund zu Mund weitergegebene Zaubermärchen gab mehr Anlass zum Nachdenken als diese gedruckten Sätze.

»Du schläfst nicht?«, fragte Rinto, als er sich in den Polog zurückzog wie ein Einsiedlerkrebs in sein Gehäuse.

»Ich kann nicht einschlafen«, seufzte Welwune. »Ich begreife nicht, warum Tanat das getan hat.«

»Ich denke, das war nicht Tanat, sondern sie.«

»Warum?« Welwune stöhnte fast.

»Mit der Zeit werden wir es sicherlich erfahren. Gewöhnlich heiraten Tangitan-Männer unsere Frauen für die Zeit, da sie in unserem Land arbeiten. Dann fahren sie weg, verschwinden in der Ferne und lassen Kinder und einsame, sich sehnende Frauen zurück. Dass aber einer von uns, ein Luorawetlan, eine Tangitan-Frau hätte ...«

»In der Tundra hat es so etwas noch nicht gegeben«, bemerkte Welwune.

»Auch an der Küste habe ich von so einem Fall noch nie gehört. Vielleicht ist das im neuen Leben Brauch?«

»Alle behaupten, ein neues Leben sei im Tschuktschenland eingekehrt«, seufzte Welwune. »Ob die Tangitan jetzt unsere jungen Männer nur mit ihren bolschewistischen Frauen verheiraten werden?«

Ebenso misstrauisch wie neugierig hatte Rinto jeweils zugehört, wenn über die Macht der Armen, die Gleichberechtigung von verschiedenen Völkern, Männern und Frauen gesprochen wurde, doch er war nach Möglichkeit bemüht, sich von all dem fern zu halten, und wenn die Rede von Kolchosen war, mischte er sich in die Unterhaltungen nicht ein.

Seit dem Beginn des großen Krieges aber waren kaum noch Agitatoren für den Kolchos gekommen, nur einmal erschien Tukkai persönlich und bat, für den Fonds »Kampf gegen die Faschisten« dreißig Rentiere zu schlachten. Das

Fleisch erreichte natürlich nie die ferne Front. Auf dem langen Weg hätte es verderben können. Also aß es die Kreisobrigkeit, und einige Stücke gelangten auch ins Internat. Doch nach dem Sieg über die Faschisten, die, wie sich herausstellte, ebensolche Tangitan waren wie die Russen, aber Feinde der Bolschewiki, lebten die Gespräche über den Kolchos wieder auf, und Rinto spürte Gefahr. Es kam vor, dass Herdenbesitzern ihre Rentiere weggenommen und als Leiter des jeweiligen Nomandenlagers Besitzlose eingesetzt wurden. Einige Herdenbesitzer wurden in finstere Häuser gesperrt, manche schieden freiwillig aus dem Leben, wer konnte, tarnte sich, wurde zum Schein ein gewöhnliches Kolchosmitglied, aber die Leute wussten schon, wem die Rentiere wirklich gehörten. Etliche wichen, um allen Gefahren zu entgehen, auf karge, bergige, für die Tangitan unzugängliche Weiden aus. Doch auch dort war es unruhig. Um den Tschauner Meerbusen hatte man Lager für Verbrecher gebaut, die im Erzbergbau eingesetzt wurden. Manche Häftlinge flohen aus dem Lager, metzelten die Bewohner von Nomadenlagern nieder und trieben die Rentiere weg, aber früher oder später fielen sie doch der erbarmungslosen Verfolgungsjagd zum Opfer. Sie wurden aus tief fliegenden Flugzeugen wie Wölfe erschossen, und ihre Leichen blieben in der Tundra als Nahrung für Raubtiere.

Die stille und friedliche Zeit für die Tschautschu auf Tschukotka war zu Ende, das begriff Rinto sehr wohl. Er hatte nur noch nicht entschieden, wie er sich selbst retten, wie er die Rentiere erhalten konnte – die Quelle des Lebens für seine Familie. Und nun war sein Sohn zur alten Arbeit der Vorfahren zurückgekehrt. Aber er hatte eine Tangitan-Frau mitgebracht! Da steckte doch was dahinter. Noch nie hatte eine verzärtelte Tangitan-Frau, obendrein eine so junge, schöne, des Lesens und Schreibens kundige, aus freiem Willen das Leben in einer Nomaden-Jaranga in der Tundra gewählt! Am besten wäre, die Frau selbst danach zu fragen, sie verstand ja Tschuktschisch. Aber das würde er lieber morgen tun. Mit diesem Vorsatz sank Rinto in einen kurzen Schlaf.

Als Rinto den Kopf in den Tschottagin steckte, traute er seinen Augen nicht: Im frühmorgendlichen Rauch des offenen Feuers, unter den Sonnenstrahlen, die durch die runde Öffnung bei den oben sich kreuzenden Stangen fielen, hockte, in einem alten, abgetragenen Sommer-Kherker mit Innenfell, Anna Odinzowa und legte sorgfältig Zweige von Tundra-Knieholz unter den hängenden rauchgeschwärzten kupfernen Teekessel. Vom ätzenden Rauch musste sie blinzeln, sie hustete und rieb sich mit dem Fellbesatz des herabgelassenen Ärmels die tränenden Augen. Jetzt hätte diese Tangitan genau wie eine Tschautschu-Hausfrau ausgesehen, wären nicht die goldenen Haare gewesen, die im Licht der Flammen und der durch den Rauch dringenden Sonnenstrahlen glänzten.

»Kakomej!«, sagte Rinto leise verwundert und stopfte seine Morgenpfeife.

Von draußen kam Welwune und warf ein Bündel trockenes Holz auf den Boden des Tschottagins. Das Feuer brannte gleich fröhlicher, der Teekessel begann zu summen.

Das morgendliche Ritual des Teetrinkens verlief in gebührendem Schweigen. Nur hin und wieder tauschten sie kurze Bemerkungen über das Wetter, über die Arbeit im Lager aus. Doch die erstaunliche Veränderung der Tangitan-Frau, ihre Verwandlung in eine Tschautschu aus der Tundra, beschäftigte Rinto unausgesprochen, und nun wusste er nicht, wie er das ernsthafte Gespräch eröffnen sollte, das er sich am Vorabend vorgenommen hatte.

Anna begann von selbst zu reden. »Im Polog habe ich wunderbar geschlafen! Und mir gefällt es hier so, als wäre ich hier geboren!«

Rinto vernahm ihre Stimme und dachte: Kann man einer Tangitan-Frau glauben, dass sie aufrichtig ein so fremdes, schwieriges Los gewählt und auf alle gewohnten Bequemlichkeiten verzichtet hat? Plötzlich huschte ihm ein schrecklicher Verdacht durch den Kopf. Er verlor sogar das Interesse am Tee. Er zog das hinter der Wange noch nicht ganz geschmolzene Zuckerstück aus dem Mund, legte es sorgsam auf die umgedrehte Untertasse und ging aus der Jaranga.

Die aufgehende Sonne versprach einen heißen Tag, und die Hirten trieben die Rentiere zum Nordhang des Hügels, von dem sich weiß eine große Zunge Vorjahrsschnee zum Bach hin erstreckte. Manche Tiere hatten sich schon in den Schatten gelegt, nur die herangewachsenen sorglosen Kälber tollten am Rand des Schneefeldes und wirbelten mit ihren Hufen Schneeklumpen auf. Der Wind war zu schwach, die Mücken zu vertreiben, und Rinto, der an sie gewöhnt war, verjagte nur die aufdringlichsten.

Tanat eilte ihm entgegen. Im weiten Ausschnitt seiner Sommer-Kuchljanka war noch der rote Stoffkragen des Internatshemdes zu sehen.

Sie stiegen zum rauschenden Strom des kleinen Flusses hinab, der nie versiegte, weil er von den Schneemassen auf den hohen Hügeln der Wasserscheide der Tschuktschen-Halbinsel gespeist wurde. Sie setzten sich auf warme Mooskissen der Steine, und Rinto fragte: »Kennst du sie gut?«

Was konnte Tanat antworten? In zwei Wochen lernt man einen Menschen schwerlich kennen, zumal eine Tangitan. Daher entgegnete er vorsichtig: »Sie gefällt mir sehr.« Das entsprach etwa dem russischen Wort für »lieben«.

»Wenn sie dir nicht gefiele, hättest du nicht den Kopf verloren«, sagte der Vater hart und spöttisch. »Was hat sie denn vor in der Tundra?«

»Sie möchte hier leben und zugleich unser Leben kennen lernen.«

»Wozu?«

»Wahrscheinlich, um uns gut verstehen zu lernen und dieses Leben gewissermaßen zu ihrem eigenen zu machen«, antwortete Tanat unsicher.

»Eine Tangitan wird nie freiwillig so leben wollen wie wir«, sagte Rinto grob. »Wenn du's wissen willst, unsere Lebensweise ist für sie die reinste Strafe. Früher hat der Zar seine aufmüpfigen Untertanen hierher geschickt, heute aber bringen die Bolschewiki ihre Feinde hierher, in Lager, die mit Stacheldraht umzäunt sind, und lassen sie von Bewaffneten bewachen. In der Nähe von Tschaun haben sie schon solche Lager eingerichtet, und die verbannten Tangitan krepieren dort bei der schweren Arbeit in den Steinbrüchen, sterben vor Hunger und Kälte.«

»Aber sie hat es mir so gesagt, und ich glaube ihr.«

»Du glaubst es, weil sie dir gefällt, weil sie unseren Frauen nicht gleicht. Dieses Anderssein hat dich verführt, entfacht deine Manneskraft.«

»Das stimmt nicht, Vater«, versuchte Tanat matt zu widersprechen.

»Ich will dir Folgendes sagen«, fuhr Rinto fort. »Sie hat dich nicht von ungefähr verführt. Durch dich will sie in unser Herz und in unseren Verstand eindringen und uns zum Eintritt in den Kolchos bewegen.«

Tanat musste lächeln. Anna billigte keineswegs alles, was ihre Landsleute nach Tschukotka gebracht hatten. Wenn ihr in früheren Zeiten nur in Dunkel und Unwissenheit gelebt hättet, sagte sie, wie hättet ihr es da geschafft, bis zum zwanzigsten Jahrhundert zu überleben? Warum sollen Balalaika und Harmonika besser zu Tschuktschen und Eskimos passen als eure Schellentrommel? Man müsste nur einen Russen in Wattemantel und Filzstiefeln in die winterliche Taiga schicken – keinen Tag würde er überstehen. Ganz zu schweigen davon, dass die Menschheit noch nichts Zuverlässigeres für Fahrten über die Polarweiten erfunden hat als Hundegespanne. Die großen Arktisforscher Nansen, Peary, Amundsen hatten Erfolg, weil sie das Leben und die Erfahrung der Ureinwohner polarer Länder studiert haben. Warum muss man mit einem Mal alles abschaffen, was in Jahrhunderten erprobt wurde? Ist es nicht so, dass sogar die Mitglieder des Uëlener Kolchos »Morgenrot« nach alter Weise jagen? Wobei an der Spitze jeder Brigade wie vor hunderten von Jahren ein »Ytwermetschyn« steht, ein besonders erfahrener Fischer und Steuermann. Nicht mal den Bolschewiki ist eingefallen zu fordern, dass ein Vertreter der ärmsten Werktätigen das Steuer übernimmt, weil nämlich von dem, der das Fellboot oder die Schaluppe lenkt, das Leben aller abhängt. An der Spitze eines Dorfsowjets aber dulden sie den besitzlosen und dummen Ewjak, denn deine Landsleute wissen sehr gut: Auf diesem Posten wird er keinen großen Schaden anrichten …

»Ich glaube an sie«, sagte Tanat langsam. »Wahrscheinlich verbindet uns das, was die Russen Liebe nennen.«

»Ah, das stammt aus Büchern!«, rief Rinto verwundert. »Hast du etwa beschlossen, künftig nur nach Gedrucktem zu leben? Ich zweifle sehr, dass das gut geht.«

»Wenn dieses starke Gefühl entsteht, kann man es nicht überwinden. Deswegen töten die Tangitan manchmal einander oder scheiden freiwillig aus dem Leben. Ich habe viel darüber gelesen.«

»Mir scheint«, bemerkte Rinto vorsichtig, »was in Büchern geschrieben steht, entspricht nicht immer unserem Leben. Ich bin mir sicher, in den Büchern steht nichts darüber, dass du für Katja Tonto bestimmt bist.«

»Das ist stärker als ich«, sagte Tanat leise.

Tief bestürzt kehrte Rinto in die Jaranga zurück.

Anna hatte einen Ärmel ihres Kherkers aufgekrempelt und hantierte mit einem Gerät zur Bearbeitung von Rentierfellen. Noch stellte sie sich ungeschickt an, aber Welwune beriet die Schwiegertochter. Der Schweiß rann dem Mädchen in Strömen von der Stirn, die dichten Haare waren feucht geworden, fielen ihr hin und wieder in die Augen und störten sie bei der Arbeit.

Unter einem Vorwand rief Rinto Welwune beiseite und sagte bekümmert: »Unser Junge geht kaputt.«

»Was ist denn?«, fragte Welwune aufgeregt.

»Er hat mir gesagt, bei ihnen beiden ist die vielfach in Büchern beschriebene seelische Krankheit ausgebrochen, die Liebe heißt. Die von diesem Gefühl betroffenen Tangitan töten einander oft, manche gehen sogar freiwillig aus dem Leben. Es sieht ganz so aus, als hätte Anna für Tanat alles auf Erden verdeckt und er sieht nichts und niemanden mehr außer ihr.«

Welwune erwiderte lange nichts. »Als ich dich zum ersten Mal sah«, sagte sie dann langsam, »war ich ebenfalls seelisch erschüttert. Sogar ein Sonnentag war mir nicht hell genug, wenn ich dich nicht sah, die Wärme war keine Wärme mehr, wenn du nicht bei mir warst. Und jetzt bist du gewissermaßen meine lebendige zweite Hälfte.«

Irgendwie hatte die Frau ja Recht. Manchmal fühlte sich Rinto selbst wie ein untrennbarer Teil seiner Frau, es kam vor, dass beide, wenn sie den Mund aufmachten, dasselbe sagten. Und die Fälle, da ihnen der gleiche Gedanke zur gleichen Zeit durch den Kopf ging, waren nicht mehr zu zählen.

»Wenn sie sich aber verstellt? Und sie bezweckt etwas ganz anderes?«, sagte Rinto zweifelnd.

»Was denn?«

»Uns in den Kolchos zu zerren und die Rentiere wegzunehmen.«

»Hat sie dir das gesagt?«

»Einstweilen schweigt sie noch. Vielleicht wartet sie auf eine Gelegenheit. Die ganze Tundra ist voller Gerüchte. Angeblich fährt eine Brigade bewaffneter Tangitan durch die Tundra, darunter sind auch unsere Luorawetlan, die die neuen Ideen angenommen haben, sie geben den Tschautschu fröhlich machendes Wasser zu trinken und erklären die Rentiere für gesellschaftliches Eigentum.«

»Na ja, und wenn sie wieder weggefahren sind, lebt man doch auf alte Weise weiter«, bemerkte Welwune.

»Nein, sie lassen sie der Sowjetmacht Treue schwören und setzen als Leiter der Siedlung einen Mittellosen, irgendeinen Bettler, ein ... Worüber redet sie denn mit dir?«

»Über den Kolchos jedenfalls nicht«, entgegnete Welwune. »Sie bemüht sich, unser Leben kennen zu lernen.«

Rinto spürte, dass seine Frau sich ihm innerlich widersetzte und seinen Verdacht nicht teilte. Er stand also allein gegen drei ...

In der Jaranga fuhr Anna fort, eifrig das Renfell zu schaben. Welwune lobte sie: »Das wird ein schönes weiches Fell für deinen Winter-Kherker.«

»Iii.« Anna nickte und warf die in die Augen gefallenen Haare zurück. »Die Haare stören. Ob ich sie abschneide?«

Welwune trät näher, nahm eine Strähne in die Hand und befühlte sie. »Abschneiden wäre schade. So schöne Haare.« Sie wühlte in ihren Sachen, ergriff einen schmalen Riemen aus Seehundfell mit einer blauen Perle in der Mitte und band damit die Haare der Schwiegertochter zusammen.

Tanat brachte von der Herde ein geschlachtetes Rentier, und als er den Lederriemen über den zusammengebundenen Haaren sah, musste er lächeln.

Die Frauen machten sich daran, das Ren auszunehmen. Annas Arme überzogen sich mit frischem Blut, behutsam hantierte sie mit dem scharf geschliffenen tschuktschischen »Pekul« – einem für Frauen bestimmten Messer mit breiter Klinge. Mit Welwune schnitt sie den dunkelgrauen ersten Magen heraus, der zur Hälfte voll halbverdautem Moos war, sie gaben zusätzlich Blut hinein, banden ihn fest zusammen und hängten ihn hoch an das Holzgerüst der Jaranga.

»Nach einigen Tagen ergibt das eine leckere Rilkyril-Suppe«, sagte Welwune.

Am Abend, als im Tschottagin das Feuer niedergebrannt war, helle Dämmerung weich die Tundra umhüllte und die Rentierherde, die um das kühle Schneefeld gekreist war, sich beruhigt hatte, holte Anna Odinzowa ihr Tagebuch heraus und legte es auf das Brett, auf dem sie tagsüber die Renfelle bearbeitet hatte.

Heute bin ich teuflisch müde. Das kann man wohl nur mit der bleiernen Müdigkeit vergleichen, die wir empfanden, als wir in Leningrad auf der Fünften Linie der Wassiljewski-Insel den von einer Bombe zerstörten Flügel unseres Universitäts-Wohnheims ausgruben. Den ganzen Tag über hatte ich keine freie Minute. Vom frühen Morgen an hatte ich zu tun, das Feuer zu unterhalten, Knieholzzweige nachzulegen, die schlecht brennen, es gab viel Rauch, aber wenig Feuer, sie waren feucht, in der Sonne noch nicht getrocknet. Sonderbar, aber in der Polartundra ist es im Sommer ziemlich warm, sogar heiß, und wären die Mücken nicht, könnte man sich ganz ausziehen und braun brennen lassen. Aber so ein Zeitvertreib ist in der Tundra unmöglich, sie würden mich für verrückt erklären. Die kleinen Seen um unser Lager herum sind voll junger Enten. Das Wasser ist warm, doch am Grund liegt nie tauendes Eis von Frostboden. Hier badet niemand. Seit dem Morgen hatte ich nach einem leichten Frühstück keinen Happen in den Mund genommen, mir war vor Hunger sogar ein wenig schwindlig. Als ich mit Welwune das Ren ausnahm, entschloss ich mich, ein paar Bissen der warmen, blutenden Leber zu verschlingen. Sie hat unerwartet gut geschmeckt, war ganz zart. Ich habe noch nie Austern gegessen, doch nach der Beschreibung vermute ich, dass der Geschmack ziemlich ähnlich ist.

Nun zur Rilkyril. Die Suppe gehört zur Hauptnahrung der Tundra-Bewohner. Man nimmt einen Renmagen, seine erste Kammer samt Inhalt, gibt Renblut hinzu, und dieser etwa drei Kilo schwere dunkelgraue Sack wird an den Stützbalken der Jaranga gehängt, möglichst so, dass der Rauch vom Feuer dahin gelangt. Eine Zeit lang vollzieht sich in dem Sack eine eigenartige Fermentation oder Gärung, und es entsteht eine sämige Flüssigkeit, die nach dem Kochen sogar von einem daran nicht gewöhnten Menschen wie ich verzehrt werden kann. Durch das Blut ist sie hinreichend salzig, und das halbverdaute Moos verleiht ihr den Geschmack von Spinat, überhaupt hat man den Eindruck, die Suppe wäre gepfeffert. Aber unvergleichlich ist gekochtes zartes und aromatisches Renfleisch. Besonders gut schmeckt erkaltete Brühe, die sich mit einem Häutchen von weißem Fett überzogen hat. Als Nachspeise essen wir gewöhnlich noch vor dem Tee das Mark von Rentierläufen. Diese Hauptmahlzeit findet abends statt, nach Beendigung des Arbeitstages. Obwohl so viel gegessen wird, ist der Magen nicht überlastet, sondern ein Zustrom frischer Kraft lässt einen am liebsten gleich wieder an die Arbeit gehen.

»Du schreibst und schreibst«, bemerkte Rinto leise, während er seine Abendpfeife zu Ende rauchte. »Warum schreibst du?«

Anna wusste, früher oder später würde sie diese Frage beantworten müssen.

»Die Zeit vergeht«, sagte sie nach einer Weile. »Das menschliche Gedächtnis ist so beschaffen, dass mit den Jahren auch viele Ereignisse in Vergessenheit geraten. Und da wünsche ich, dass sie, wenn schon nicht im Gedächtnis der Menschen, so doch auf dem Papier festgehalten werden.«

»Und für wen?«

»Für künftige Generationen.«

»Bist du sicher, dass ihr Kinder haben werdet?«

»Ich hoffe.«

Eine Zeit lang herrschte im Tschottagin Schweigen. Perlfarbenes Licht fiel vom Kreuzungspunkt der Stangen her in das Zelt, in der Stille war deutlich das Rauschen des Baches zu hören.

»Der Mensch ist so beschaffen, dass er im Großen und Ganzen nach vorn blickt«, sagte Rinto. »Was nutzt ihm die Vergangenheit, obendrein in solchen Einzelheiten? Was für das Leben wichtig ist, bleibt auch im menschlichen Gedächtnis, alles Unnötige aber verschwindet, löst sich auf in der Vergangenheit.«

Anna legte den gespitzten Bleistift beiseite. Sie schrieb nur mit einem einfachen Bleistift, denn sie erinnerte sich an die Belehrung des alten Professors Innokenti Suslow: In einer Expedition darf man nur Bleistifte benutzen, keine Kopierstifte und auf gar keinen Fall Tinte. Von feucht gewordenen Aufzeichnungen bleiben dann nur verschwommene Flecken, was mit Bleistift geschrieben wurde, bleibt erhalten.

»Was meinst du – braucht euer Volk all das, was euch die Bolschewiki bringen?«, fragte sie.

»Wir übernehmen immer alles Nützliche aus der Erfahrung auch anderer Völker«, entgegnete Rinto vorsichtig. »Du hast sicherlich gesehen, dass unsere Meeresjäger jetzt Gewehre benutzen und sogar kleine Walfangkanonen. Viele Frauen besitzen Nähmaschinen. Schaluppen und Fellboote haben wir mit Motoren ausgerüstet – das ist gut. Das erleichtert das Leben.«

»Und die Kolchose?«

»Ehrlich gesagt, ich verstehe nicht, wozu wir die brauchen. Warum sollen wir besitzlose und bettelarme Tagediebe an die Spitze der Nomadenlager stellen? Warum soll man mir meine Rentiere wegnehmen? Das sind meine Rentiere, ich habe sie aufgezogen, damit meine Kinder und Kindeskinder heranwachsen, das Leben auf diesem Land weiterführen. Wozu ist es nötig zu behaupten, die Schamanen betrögen ungebildete Menschen und müssten daher ausgerottet werden?«

»Ja, stimmt das denn nicht?«, fragte Anna.

»Ich bin selber ein Schamane«, sagte Rinto einfach, »und ich habe noch nie einen Menschen betrogen.«

Als Anna das vernahm, war sie verblüfft. Im Ethnografischen Museum, in der Sibirischen Abteilung von Peters »Kunstkammer« am Leningrader Universitäts-Ufer, hatte das Modell eines Schamanen gestanden: in einem staubigen, halbvermoderten Wildledergewand – mit Schellen behängt, mit geflochtenen dünnen Riemen, an denen Glasperlen, kleine Metallkugeln, winzige kupferne und silberne Glöckchen befestigt waren, mit Bändern aus vielfarbigem Leder und Stoff, die speckigen Haare verfilzt, in der einen Hand eine Trommel und eine Klapper in der anderen – er bot eher ein jämmerliches Schauspiel.

Gemischte Gefühle ergriffen Anna. Sie hatte keine Veranlassung, an Rintos Worten zu zweifeln. Doch das passte so gar nicht zu dem, was sie gelernt hatte. Wenn sie sich an Bogoras und andere Ethnografen erinnerte, so entsprachen deren Beschreibungen eines Schamanen durchaus dem Aussehen des Tundra-Zauberers, der am Leningrader Universitäts-Ufer in der staubigen Glasvitrine eines halbdunklen Museumssaals stand. Rinto hingegen … Er hatte wirklich nichts an sich, was auch nur entfernt auf seine magischen Kräfte hingewiesen hätte, auf seine Fähigkeit, mit jenseitigen Kräften zu kommunizieren, sich in die Lüfte zu schwingen, sich in Tiere zu verwandeln, sich in die Seelen und Körper anderer Menschen zu versetzen. Das war ein ganz gewöhnlicher Tschuktsche, ein Rentierzüchter, ein Tschautschu, äußerlich sogar ein wenig schüchtern, obwohl er in der Unterhaltung nie den Blick abwandte, wie das viele Gesprächspartner bisweilen taten. Anna kannte die Kraft ihres Blicks, und einstweilen war der einzige Mensch, bei dem das nicht wirkte, Rinto.

Nach einem kurzen, aber süßen und heißen Liebesspiel, als Tanat ermattet und erschlafft neben ihr lag, fragte Anna leise: »Stimmt es, dass dein Vater ein Schamane ist?«

»Ja«, erwiderte Tanat, ohne zu überlegen, als ginge es um etwas ganz Alltägliches.

»Aber er …«, Anna zögerte, weil sie nach dem passenden Wort suchte, »er sieht doch gar nicht wie ein Schamane aus.«

»Wo hast du denn früher Schamanen gesehen?«

»In Leningrad, im Museum.«

»Und was machen sie da?«

»Stehen hinter Glas.«

»Lebendig?«

»Nein … Wie soll ich das erklären …«

»Wie Lenin im Mausoleum?«

»Nein, das ist nicht ein lebendiger Schamane, sondern gewissermaßen ein Abbild von ihm.«

»Ein Götze?«

»Kein Götze. Hattet ihr in der Schule Anschauungsmaterial?«

»Aber ja.« Tanat konnte nicht begreifen, worauf seine Frau hinauswollte.

»Der Schamane, den ich in Leningrad gesehen habe, war sozusagen Anschauungsmaterial.«

»Studiert man denn dort in Leningrad Schamanismus?«

»Aber nein. Warte, das erzähle ich dir später. Dein Vater ist also Schamane?«

»Das habe ich dir doch gesagt. Wenn du mir nicht glaubst, frag ihn selber.«

Zärtlich streichelte Tanat seine Frau. Sie lagen nackt auf Rentierfellen. In dem kleinen Raum war es so heiß, dass sie es nicht nötig hatten, sich mit dem leichten, weichen Renkalbfell zuzudecken. Tanat merkte, wie sich die Oberfläche von Annas Haut verändert hatte. War sie ursprünglich etwas trocken, aber seidenweich gewesen, so hatte sie sich nun durch das lange Nichtwaschen mit einer natürlichen Fettschicht überzogen, klebte sogar ein wenig an seinen Fingern und war selbst nach den heißen Umarmungen kühl geblieben.

Bei dem intimen Spiel war Anna unersättlich, und ständig versuchte sie, ihren Mann zu besonderen, nur den Luorawetlan bekannten Praktiken herauszufordern. Bisweilen geriet Tanat derart in Verlegenheit, dass seine Manneskraft erschlaffte. Dann bat seine Frau erschrocken um Verzeihung und umkoste, bedrängte ihn wie eine läufige junge Hündin einen Rüden.

»Wenn er es mir nicht selber gesagt hätte, wäre ich nie darauf gekommen«, sagte Anna.

»Warum? Nur, weil er nicht aussieht wie jene Vogelscheuche, die du in Leningrad gesehen hast? Er ist ja ein Schamane, weil er sich äußerlich überhaupt nicht von einem gewöhnlichen Menschen unterscheidet«, entgegnete Tanat. »Wie könnte man Vertrauen zu ihm haben, wenn er anders wäre als normale Menschen?«

»Worin äußert sich dann seine Schamanenkraft?«

»In allem«, erwiderte Tanat schlicht. Diese einfache Antwort entmutigte Anna.

»Und konkret?«, setzte sie ihm dennoch beharrlich zu. »Soweit ich mich erinnere, heißt ›Schamane‹ auf Tschuktschisch ›Enenylyn‹, wörtlich übersetzt ›einer, der über die Fähigkeit zu heilen verfügt‹. Stimmt das?«

»Nicht ganz.«

Noch bevor Tanat ins Internat nach Uëlen gefahren war, hatte der Vater an langen Abenden, während draußen Schnee um die Jaranga stob, mit seinen Söhnen belehrende Gespräche geführt. Und er entsann sich, dass Enen nicht nur Medizin, sondern auch die höchste, alles bezwingende Kraft bedeutete, vergleichbar vielleicht dem russischen Wort für Gott. Also müsste man Enenylyn treffender mit »Ein von den Höheren Mächten Beseelter«, »Ein über göttliche Kraft Verfügender« übersetzen.

Doch das vermochte er seiner hartnäckigen Frau nicht vernünftig zu erklären. Er sagte nur: »Mit der Zeit wirst du alles selber begreifen.«

»Und was ist mit der Tracht eines Schamanen, dem Schmuck, den Schellentrommeln?«

»All das hat der Vater, aber er benutzt es fast nie.«

»Singt und tanzt er nicht?«

»Er singt und tanzt«, sagte Tanat mit leisem Lächeln. »Aber nicht wie ein Schamane, sondern wie ein Sänger und Tänzer.

Dafür ist er auf der ganzen Tschuktschen- Halbinsel und sogar auf Alaska bekannt. Dahin habe ich ihn kurz vor Kriegsausbruch begleitet.«

»Dann bist du also auch in Amerika gewesen?«

»Zwei Nächte auf dem Kleinen Diomid, zwei Nächte in Nome und eine Nacht in Siwukak, das auf den Karten Sankt-Lorenz-Insel heißt. Aber ich war noch sehr klein und erinnere mich nur noch schwach. Vater wurde dort sehr gut empfangen!«

Anna schaute verblüfft auf.

Täglich wird mir klarer, wie wenig wir über das Leben der Rentierzüchter wissen. Wie sich nun herausstellt, ist Bogoras, der große Ethnograf, bei all seiner Gewissenhaftigkeit und trotz seiner nicht geringen Kenntnis der tschuktschischen Sprache in vielem sehr oberflächlich gewesen. Besonders was das Schamanentum betrifft. Seine Beschreibungen beschränken sich auf die äußerlichen Erscheinungen, auf die Begeisterung für die Virtuosität des Schamanen, für seine Lebendigkeit, seine Fähigkeit, den Zuschauer, den Zuhörer, den Patienten durch das Übernatürliche seiner Meisterschaft zu verzaubern. In den Augen der Wissenschaftler war er ein unenträtselter Zauberer, obwohl das Geheimnis in einer tiefen Kenntnis des Lebens liegt, in der großen Erfahrung, die er mit der Zeit gewonnen hat. Wie Tanat mir erzählte, hatte der Vater seinerzeit versucht, ihm sein Wissen und Können weiterzugeben, aber es war ihm, wie er sich selbst ausdrückte, angenehmer, fiel ihm leichter, bei Lew Wassiljewitsch Belikow die tschuktschische und russische Sprache und Schrift zu erlernen, als sich die komplizierte Erfahrung eines Enenylyn, eines »Von Gott Beseelten« anzueignen. Soweit ich verstanden habe, dringt man in die dem Leben zu Grunde liegende Wahrheit unter unerträglichen physischen Leiden ein, darunter Hunger, Einsamkeit und eine besondere Betäubung, in die man durch das Gift einer Art Fliegenpilz fällt, mit dem abgestandener menschlicher Urin angesetzt wurde. All das musste ich meinem Mann buchstäblich aus der Nase ziehen. Ein echter tschuktschischer Schamane ist ein Universalgenie, eine Bibliothek, eine Apotheke, ein meteorologischer Dienst, ein Veterinär, ein historisches Archiv und noch vieles, vieles andere in einer Person.

Während Tanat seine Frau beim Schreiben beobachtete, überkam ihn jenes Unbehagen, das entsteht, wenn man zufällig oder absichtlich jemandem bei einer heimlichen Tätigkeit zusieht. Aber er traute sich nicht, etwas zu sagen, und stellte sich nur schlafend, solange Anna schrieb, oder wandte sich einfach ab.

Es nahte die Zeit der Schlachtung Junger Rentiere, aus deren Fellen warme Winterkleidung genäht wurde. Jede Renzucht-Wirtschaft auf der Tschuktschen-Halbinsel versorgte eine bestimmte Gruppe von Küstendörfern. Tontos Nomadenlager trieb die Herde an die Küste der Koljutschinskaja-Bucht, Rinto aber zog jedes Jahr ans Nordufer der Uëlener Lagune, und dort trafen sich jeweils die Leute aus den Siedlungen Tschegitun, Intschoun, Naukan, Keniskun und Tubitljen.

An einem frühen Augustmorgen, als in der Luft bereits die nahende Kälte zu spüren war und das grellgrüne Gras sich hier und da sogar mit rasch tauendem glitzerndem Tau überzog, begannen sie die Karawane vorzubereiten. Die Männer gingen hinaus, die Herde zu sammeln, die Frauen aber legten unter Welwunes Leitung die Jarangas und Pologs zusammen, beluden und verschnürten die Schlitten. Anna arbeitete wie alle anderen und setzte sie in Erstaunen, weil sie geschickt war und sich alles flink aneignete. Etliche Male wurde sie dafür gelobt, und das ließ sie mit verdoppelter Energie arbeiten. Sogar mit ihrem jungen Mann sprach Anna inzwischen meist tschuktschisch, und er bemerkte erfreut, dass sie all jene Laute mied, die für Frauen als unanständig galten, besonders das R, das überall durch ein hartes, saftiges, schnalzendes Z ersetzt wurde.

Während Anna auf die Zugtiere wartete, setzte sie sich auf einen Schlitten und holte ihr Heft heraus.

22. August 1947
Ich weiß schon nicht mehr, welchen Wochentag wir haben. Ich müsste zurückrechnen, aber das ist bei meiner jetzigen Lage gar nicht mehr so wichtig. Mich schreckt die bevorstehende Begegnung mit der Zivilisation, obwohl wir nur in die Tschuktschen-Siedlung Uëlen fahren. Doch dort gibt es Holzhäuser, einen Laden, eine Schule, eine Polarstation, Radio, hier und da sogar Elektrizität und ein Kino. Und Russen … Wird es mich zurückziehen, werde ich die Kraft haben, der Versuchung zu widerstehen? Schließlich könnte ich in Uëlen wohnen und von dort aus hin und wieder die Tundra besuchen. Diese Variante hat mir ja auch der Lehrer Lew Wassiljewitsch Belikow vorgeschlagen.

Es gelang Anna nicht, die Seite zu beenden. Hinterm Hügel hervor kamen schon die Zugtiere.

3

Rinto schritt der Karawane voraus. Die Pfeife im Mund brannte nicht, sondern half ihm lediglich beim Nachdenken. Er war überzeugt, dass Anna der Versuchung nachgeben und in Uëlen bleiben würde, wo ihre Landsleute wohnten, wo es Holzhäuser mit richtigen Zimmern und Öfen gab, dazu ein Bad, und wo mitunter sogar Filme gezeigt wurden. Natürlich tat ihm Tanat Leid, aber für den wäre es auch eine Lehre: Künftig würde er die Finger nicht unüberlegt nach einer weißen Tangitan-Frau ausstrecken.

Tanat lenkte die vorderen Rentiere, mal stellte er sich auf eine dahingleitende Kufe, mal sprang er hinunter und rannte – über Torfhügel hüpfend – neben dem Gespann her. Er freute sich auf das Herbsttreffen der Tundra- und der Küstenbewohner, diesen Jahrmarkt, auf dem Rentierfelle, weiche Kamusfelle für Handschuhe und Stiefel gegen Produkte der Meeresjagd getauscht wurden – Felle von Walross, Seehund, Bartrobbe, Riemen, Fett, Kopalchen-Fleischrollen. In jüngster Zeit wurden zunehmend auch Tangitan-Waren angeboten – Stoffe, Nähgarn, Nähnadeln, Tabak, Tee, Zucker, Mehl. Die Tauschverhältnisse waren nur für die direkt Beteiligten durchsichtig, und oft vollzog sich der Handel auf Kredit. Hier konnte man Freunde und Verwandte treffen, vor allem aber die Tanz- und Gesangswettbewerbe am Heiligen Stein verfolgen. Bis vor kurzem waren auf riesigen Fellbooten sogar Bekannte und Verwandte aus den Eskimo-Siedlungen jenseits der Beringstraße gekommen. Aber nun waren die staatlichen Beziehungen zwischen den USA und der UdSSR zerbrochen. Dunkle Gerüchte machten die Runde: Angeblich wollten die Amerikaner Tschukotka erobern und dort zum Schaden der Armen die kapitalistische Ordnung errichten. In der Prowidenija-Bucht und in Anadyr waren Panzer, Kanonen und Kampfflugzeuge eingetroffen.

Der festlichen Stimmung würde das keinen Abbruch tun. Umso mehr, als der Alkohol jeweils in Unmengen herbeigeschafft wurde – man verkaufte ihn direkt aus einem eisernen Fass, das im Geschäft auf einem Podest stand. Ein Ende des Schlauchs befand sich am Grunde des Fasses, am anderen Ende musste das üble fröhlich stimmende Wasser hin und wieder angesaugt werden, damit es in das bereitgestellte Gefäß floss – so viel, wie der Käufer bezahlen konnte. Der jungen Verkäuferin dabei behilflich zu sein, gab es viele Bewerber. Der Reiz des Unternehmens bestand darin, dass man eine gehörige Menge des Feuerwassers schlucken konnte, ehe man den Strahl in das Gefäß lenkte.

Für Rinto war am Fest nicht der Tauschhandel die Hauptsache, sondern die Begegnung mit alten Freunden und Rivalen, mit großen Dichtern, den Schöpfern von Tänzen und Liedern. Am Heiligen Stein boten sie neue Lieder und Tänze dar, geschaffen während der langen Periode winterlicher Einsamkeit. Der Winter, das war die Zeit der Zwiesprache mit der Großen Stille und der Ruhe, in die die Natur versank, wodurch der Mensch Gelegenheit erhielt, die Blicke nach innen zu richten, den Melodien des Windes zu lauschen, die Bewegungen einer dahinziehenden Wolke, eines laufenden Rentiers, eines aufschreckenden Haldenhuhns zu verfolgen. Gewöhnlich wetteiferte er mit Atyk, einem entfernten Verwandten väterlicherseits, der an der Meeresküste als Großer Sänger anerkannt war. Mit Wamtsche, der ihn jetzt beherbergte, war er mütterlicherseits verwandt, ihre Vorfahren waren aus der benachbarten Eskimo-Siedlung Naukan gekommen, dort von den Inseln Imaklik und Inalik in der Beringstraße – auch Großer und Kleiner Diomid genannt – und sogar vom Kap Kygmin, den die Tangitan Kap Prince of Wales nennen. Diese weite Verzweigung seiner Herkunft im freien Raum jenes Planetenteils, den Enen den Menschen der Tundra und der Eismeerküste geschenkt hatte, sowie die Möglichkeit, sich darin ungehindert zu bewegen, spürte er geradezu physisch, aus ihnen schöpfte er Selbstsicherheit und seelische Kraft.

Als Tanat den klaren Seehorizont erblickte, spürte er einen Stich im Herz: Sowohl Enmynkau als auch Tenmaw waren mit dem Schiff nach Anadyr gefahren und bestimmt schon im Institut für Lehrerbildung eingeschrieben. Es stimmte ihn traurig, dass er nicht mehr hinfahren, sich nicht von dieser Erde losreißen, nicht einmal in Gedanken über die Weiten des großen Landes dahinfliegen würde.

Gestern, als sie die Nomaden-Jarangas am südlichen Ufer der Uëlener Lagune aufstellten, hatte Anna zunächst erklärt, dass sie nicht in die Siedlung gehen würde, sie brauchte nichts von dort. Doch Rinto hatte darauf bestanden und ihr sogar geraten, für diese Tage in einem Holzhaus zu wohnen, sich von der Jaranga und dem Tundra-Alltag zu erholen. Auch Tanat träumte davon, eine Zeit lang in einem Tangitan-Haus zu wohnen, ein freies Zimmer im Internat zu belegen.

»Da können wir uns im Bad waschen.«

»Sehnst du dich sehr danach?«, fragte Anna spöttisch.

»Ja, sehr«, antwortete Tanat treuherzig, obwohl er in der Tundra kein einziges Mal daran gedacht hatte. Dort war das aber auch überflüssig, man brauchte frühmorgens nur mit der Hand über das Gesicht zu streichen, um den Schlaf zu verjagen und die weißen Rentierhaare abzustreifen, die vom Nachtlager noch daran hafteten.

Das Fellboot legte gegenüber der Polarstation an. Als Anna an Land gegangen war, begegnete man ihr dort mit Verwunderung, beantwortete sogar ihren Gruß zurückhaltend. Sie hatte sich geweigert, sich in die alte Wattejacke, die wattierten Hosen und die Gummistiefel zu zwängen, sondern ging im schmucken Herbst-Kherker, den Welwune kürzlich für sie genäht hatte. Die Kinder lärmten los, schrien und zeigten mit Fingern auf sie.

»Das hätte ich nicht erwartet, dass du so schnell zur Tschuktschin würdest«, sagte lächelnd der Schuldirektor Lew Wassiljewitsch Belikow. »Kommt schnell, solange das Badhaus noch heiß ist.«

»Viele Anwärter fürs Bad gibt es nicht«, beklagte er sich. »Die Schüler sind in die Ferien gefahren.«

Tanat erinnerte sich gut, wie er das erste Mal im Bad gewesen war. Sehr ängstlich hatte er damals den unerträglich heißen Raum betreten. Von älteren Leuten hatte er gehört, warum die Russen so weißhäutig seien: Sie seien einfach so gut wie gekocht. Ihn wusch damals Lew Wassiljewitsch Belikow selbst, der das Bad während seiner Lehrertätigkeit in der Tundra schmerzlich vermisst hatte. Einige Male seifte er Tanat ein und wusch ihn ab, der aber flehte ihn an aufzuhören, ihm schien, seine Haut sei schon so dünn geworden, dass gleich Blut herausspritzen würde. Dafür hatte er danach eine derart ungewöhnliche Leichtigkeit verspürt, dass er wieder erschrak: Würde ihn nicht der stürmische Südwind ins Meer wehen? Doch nun freute sich Tanat auf die ungewöhnliche Leichtigkeit des sauber gewaschenen Körpers, während er sich im Vorraum auszog und durch die offene Tür auf die spiegelglatte Oberfläche der Lagune blickte.

Nach ihm wusch sich Anna Odinzowa.

Sie verließ das Badhaus gerötet und zornig. Die nassen Haare hingen ihr, dunkel glänzend, in Strähnen ins Gesicht.

Sie schüttelte sich, als wären Stechmücken in ihren Kherker eingedrungen.

»Na, wie fühlst du dich?«, fragte Tanat.

»Schlecht!«, rief Anna zornig. Der Fell-Kherker klebte an ihrem Körper. Jeder Schritt fiel ihr schwer. Mühselig erreichten sie die Jaranga von Wamtsche, wo sie ein Gastmahl erwartete.

Der Tschottagin einer Küsten-Jaranga ist geräumig, geradezu ein Saal. In der linken Ecke flackerte lustig ein offenes Feuer, mit heller Flamme brannten darin Stücke einer trockenen Flosse. An einer langen Kette hing ein großer berußter Kessel, aus dem Dampf von gekochtem Rentierfleisch aufstieg. Seitlich waren zwei große Teekessel aus Messing an das Feuer geschoben. Am Kopfende des Pologs standen auf einem niedrigen Tischchen glänzende Flaschen mit dem üblen fröhlich machenden Wasser und Teetassen. Ein Teil der Gäste setzte sich auf den Kopfstützbalken, die anderen nahmen auf den weißen Walwirbeln Platz, die als Hocker dienten. Es war unübersehbar, dass alle schon einen ersten Schluck zu sich genommen hatten. Rot im Gesicht und übermäßig lebhaft begrüßte Wamtsche laut die Eintretenden.

»Da kommt auch schon unser Kranichpärchen aus der Tundra in die Jaranga geflogen! Unser Eier tragender Tyrkyljyn und seine Renkuh! Wie schön ihr doch seid, so frisch gebadet!«

Anna sah, dass fast alle Frauen in der Jaranga sozusagen dekolletiert waren, folgte ihrem Beispiel und entblößte ebenfalls ihre volle weiße Brust, ohne dass jemand darauf geachtet hätte.

Tanat und seine Frau tranken jeder einen Becher verdünnten Sprit und ließen sich dann das Rentierfleisch schmecken, das ihnen Wamtsches Ehefrau, die noch schlanke und hübsche Kymyne, auf einer länglichen Holzschüssel reichte.

Sie tauschten Neuigkeiten aus. Vor drei Tagen war der Kreis-Bevollmächtigte des Ministeriums für Staatssicherheit, der Eskimo Atata, nach Uëlen gekommen, um für den Winter einige gute Gespanne zu mieten; beim ersten strengen Frost wollte er in die Tundra aufbrechen, um bei denen, die noch frei wirtschafteten, die Kolchosordnung durchzusetzen. Den Gespannführern wurde großzügige Entlohnung in neuem Geld versprochen, außerdem bekämen sie unterwegs unbegrenzt von dem üblen fröhlich machenden Wasser zu trinken. Da aber die Obrigkeit nicht erwartete, dass alle freiwillig in die Kollektivwirtschaften eintreten würden, erhielten die Gespannführer erbeutete japanische Arisaka-Karabiner.

Rinto hörte aufmerksam zu.

»Die Bolschewiki haben eine Losung«, fuhr Wamtsche fort, der informiert und neugierig war und als einer der ersten in Uëlen Lesen und Schreiben gelernt hatte. »Durchgängige Kollektivierung! Wer Widerstand leistet, den wird man verhaften und in ein finsteres Haus sperren. Solch ein Haus hat man in der Kreisstadt Kytryn schon errichtet, hat es mit Rasenstücken abgedichtet, die Fenster aber sind winzig und vergittert. Ein ähnliches Haus wird man auch bei uns bauen.«

»Ilmotsch in der Kurupkiner Tundra hat man alle Rentiere weggenommen«, erzählte Wamtsche weiter. »Ihn selbst hat man für einige Monate ins finstere Haus gesperrt. Mit dem ersten Dampfer ist er dann nach Anadyr gebracht worden, von dort weiter in das Land der Tangitan, in die Unfreiheit.«

Rinto hatte seinen Entschluss bereits gefasst. Sie mussten sich verbergen, ins Anadyrer Hochland gehen, wo uns der lange Arm der Bolschewiki nicht erreichen kann. Dort gibt es, hinter unzugänglichen Bergen versteckt, unberührte breite Täler, saftige und große Weiden. Das Problem besteht wohl nur darin, dass diese Länder von alters her dem Volk der Kaaramkyner gehören, den Lamuten, Leuten, die auf Rentieren reiten. Angeblich ist dieses Volk während der letzten Jahrzehnte so klein geworden, hat auch so viele Rentiere verloren, dass in diesen Tälern schon lange kein Rentierhuf seine Spur hinterlassen hat. Aber auf diesem langen Weg in die Freiheit würde Anna hinderlich und eine Last sein.

Im Lehrerzimmer der Schule führte Lew Wassiljewitsch Belikow ein schwieriges Gespräch mit Anna Odinzowa. Er hatte den Gedanken nicht aufgegeben, sie in Uëlen zurückzuhalten. »Sie können hier Geschichte lehren, auch andere Fächer übernehmen und sich gleichzeitig mit der Ethnografie und der Sprache beschäftigen.«

»Das wäre eine Sicht von außerhalb«, entgegnete Anna Odinzowa.

»Sehen Sie dort, in der Tundra, die Dinge nicht auch von außen?«, sagte Belikow spöttisch. »Für die Tschuktschen werden Sie immer eine Tangitan-Frau sein. Sie wissen, dass vor allem für die Nomaden diese Bezeichnung etwas Negatives hat.«

»Meine Aufgabe besteht eben darin, meine Verwandten vergessen zu lassen, dass ich eine Tangitan-Frau bin.«

»Das ist so gut wie unmöglich.«

»Sie urteilen nur auf Grund Ihrer eigenen Erfahrung.«

»Ja«, erklärte Belikow beinahe stolz, »mir ist es gelungen, das Vertrauen und den Respekt der Rentierzüchter zu gewinnen. Das ist nicht wenig. Viele meiner Kollegen sind schon in den ersten Monaten aus den Siedlungen vertrieben worden, und in der Chatyrer Tundra hat man einen Lehrer sogar getötet.«

»Sie haben ihnen eine fremde Kultur beizubringen gesucht, eine fremde Philosophie, eine fremde Lebensweise, ich aber will nichts dergleichen tun. Ich will und werde ihr Leben teilen, ihnen nichts aufdrängen.«

Belikow erregte sich. »Unsere Aufgabe besteht doch darin, Unbildung, Aberglauben, barbarische Bräuche auszurotten!«

»Sehen Sie sich aufmerksam um, Lew Wassiljewitsch«, widersprach Anna Odinzowa sanft. »Hat dieser Fortschritt dem tschuktschischen Volk wirklich viel gebracht? Ja, das Schreiben und Lesen, technische Neuerungen, aber wie viel ist seelisch, sittlich verloren gegangen?«

»Was die Sittlichkeit betrifft, würde ich mich an Ihrer Stelle etwas zurückhalten«, bemerkte Belikow spöttisch.

»Meinen Sie, der Kampf gegen den Schamanismus ist richtig? Sie haben lange in der Tundra gelebt, in Rintos Jaranga. Ist er ein Obskurant, ein rückständiger Mensch, ein Ignorant?«

»Rinto, das ist etwas anderes«, räumte Lew Wassiljewitsch ein. »Der ist eine einmalige Persönlichkeit. Wenn sich doch solche Leute uns anschließen würden! Dann wäre alles viel einfacher!«

»Aber Rinto ist nicht nur Schamane, er ist auch Besitzer einer Herde, ein Bourgeois, ein Ausbeuter …«

Belikow winkte ab. »Was für ein Ausbeuter! In seinem Lager leben nur seine nächsten Verwandten, seine Kinder … Die zuständigen Stellen sind beunruhigt über Ihren ungewöhnlichen Schritt«, fuhr Lew Wassiljewitsch leiser fort und warnte: »Lassen Sie es sich nicht einfallen, mit ihnen so zu reden wie mit mir. Und schon gar nicht mit Atata.« Belikow blickte auf die Uhr. »Der kommt gleich hierher, eigens, um mit Ihnen zu sprechen.«

»Ich habe aber keine Lust, mich mit ihm zu unterhalten.«

»Atata vertritt hier die Staatsicherheit, da müssen Sie – ob Sie wollen oder nicht.«

Atata war, wie sich herausstellte, relativ jung und wirkte sympathisch, man hätte ihn sogar schön nennen können. Für einen Eskimo war er groß, mit seinen weichen Gesichtszügen und den überraschend großen, schwarzen, leuchtenden Augen musste er auf Frauen Eindruck machen. Er grüßte zurückhaltend, ohne die Hand zu reichen. Nickte Belikow zu, und der verließ das Zimmer.

»Ich habe auch in Leningrad studiert«, erklärte Atata in gutem Russisch. »Freilich nur ein Jahr, im Vorbereitungs-Lehrjahr des Instituts der Nordvölker. Bin lungenkrank geworden, und die Ärzte haben mir empfohlen, in die Heimat zurückzukehren, nach Unasik.«

Schon beim ersten Blick auf Anna Odinzowa hatte er eine sonderbare Erregung verspürt: Von jeher träumte er davon, eine echte Tangitan-Frau zu heiraten.

»Schade, dass wir uns damals nicht begegnet sind: Ich war oft im Institut, war mit Wykwow und anderen tschuktschischen Studenten befreundet; das waren erstklassige Jungs, schade, dass viele im Krieg umgekommen sind.«

»Wir wollen aber keine Erinnerungen über Leningrad austauschen, sondern ein ernstes Gespräch führen«, wechselte Atata das Thema. »Ich vertrete die Kreisbehörde der Staatssicherheit und bin Stellvertreter vom Vorsitzenden der Kommission für den Abschluss der durchgängigen Kollektivierung und die Entkulakisierung der Rentierzüchter im Bereich der Tschuktschen-Halbinsel. Der Überfall des faschistischen Deutschlands hat diesen Prozess auf Tschukotka verzögert, und jetzt müssen wir die Angelegenheit zu Ende bringen, so wie das der Generalissimus Jossif Stalin von uns verlangt.« Atata warf einen Blick auf das eingerahmte und verglaste Porträt des Führers an der Wand.

»Ich befasse mich aber nicht mit der Kollektivierung.« Anna Odinzowa unterbrach ihn lächelnd. »Mich interessieren nur die alten Bräuche und die tschuktschische Sprache.«

»Ich weiß.« Atata erwiderte das Lächeln nicht. »Aber es ist meine Pflicht, über jeden Fremden, der in die Tundra eindringt, Bescheid zu wissen.«

»Na, eine Fremde bin ich wohl nicht in der Tundra«, sagte Anna Odinzowa, ohne ihren Ärger zu verhehlen. »Erstens bin ich mit einem Mann aus der Tundra verheiratet, mit Tanat, Rintos Sohn. Zweitens habe ich einen Dienstreiseauftrag vom Ethnografischen Institut der Akademie der Wissenschaften und der Ost-Fakultät der Leningrader Universität. Da sind die Unterlagen.« Anna schlug einen abgeschabten Aktendeckel auf. »Hier habe ich auch Empfehlungsschreiben von Georgi Menowstschikow, Pjotr Skorik und Innokenti Wdowin.«

»Georgi Alexejewitsch Menowstschikow hat uns in Unasik unterrichtet.« Atata wurde freundlicher. Die Papiere dieses russischen Mädchens riefen keinen Zweifel hervor, die ansehnlichen Stempel flößten Respekt ein … Dass sie aber einen Hiesigen geheiratet hat … Während Atata sie von Kopf bis Fuß musterte, wuchs in ihm Neid auf Tanat, der so ein schönes Mädchen erobert hatte, das wie durch Zauberei einem russischen Märchen entstiegen zu sein schien.

»Sie müssen die politische Bedeutung der Kollektivierung und Entkulakisierung gerade auf Tschukotka verstehen.« Atatas Miene wurde wieder streng. »Gleich nebenan verläuft unsere Grenze zum imperialistischen Amerika. Feinde können eindringen.«

»Ich aber komme von der entgegengesetzten Seite«, entgegnete Anna Odinzowa. »Aus Leningrad.«

»Das weiß ich. Da Sie in der Tundra gewissermaßen eine Repräsentantin des russischen Volkes sind, hoffe ich, dass Sie uns helfen werden.«

»Was denken Sie!«, widersprach sie entschieden. »In dieser Angelegenheit bin ich keine Hilfe. Ich bin eine einfache Tschautschu-Frau, und in meiner Freizeit befasse ich mich nur mit wissenschaftlichen Forschungen... Entschuldigen Sie, mein Mann wartet schon auf mich.« Anna Odinzowa ergriff ihren Aktendeckel, nickte wortlos zum Abschied und verließ das Zimmer.

Am Heiligen Stein versammelten sich schon festlich gekleidete Uëlener: Ortsansässige, Mitarbeiter der Polarstation, einige über den Sommer hier gebliebene Lehrer, Angestellte des Stützpunktes für Handel und Erfassung, Grenzer.

Die Sonne stand über dem Intschoun-Kap noch ziemlich hoch, doch ihre Strahlen durchdrangen die gelben Kreisflächen der großen Jarar-Schellentrommeln. Von der leisesten Berührung dröhnte das gespannte Leder, und die Männer mit den Trommeln – der berühmte Atyk, Rinto, Rypel, Wamtsche, der junge Gonom – sprachen leise miteinander, als schonten sie ihre Stimmbänder für den lauten Gesang.

Die Sänger hatten es sich auf dem von der langen Sonnenstrahlung erwärmten Stein bequem gemacht. Jeder hatte zu Füßen ein Holzgefäß mit Wasser stehen, um damit die Oberfläche der Jarar-Trommel anzufeuchten. Ein freier Platz vor ihnen war für die Tänzer bestimmt.

Tanat wusste, dass Rinto, Atyk und Wamtsche einige Zeit zuvor an den Felsen der Leuchtturmkuppe gewesen waren, dort gebetet und den Meeresgöttern Opfer dargebracht hatten. Viele wussten davon, sogar manche russische Einwohner von Uëlen errieten es, doch außer einigen Hunden war ihnen niemand gefolgt.

Der junge Gonom und noch zwei junge Leute stimmten das Frohe Lied an, das die Solodarbietungen anerkannter, großer Sänger einleitete, und in den Kreis traten zum gemeinsamen Tanz zunächst die kleinen Kinder, dann die Halbwüchsigen, die Jünglinge und die jungen Mädchen. Tanat, der neben seiner Frau stand, stampfte anfangs im Takt der Trommelschläge nur mit dem Fuß auf, dann hielt es ihn nicht, und er trat in den Kreis. Anna Odinzowa schaute ihm mit kaum verhohlener Verwunderung nach. Ihr Mann trug eine weiße Kamlejka, niedrige Fellstiefel mit Aufnähern aus gebleichter Robbenhaut. Irgendwoher hatte er sich mit Glasperlen bestickte Samthandschuhe besorgt, und während er zu tanzen begann, reagierte jeder Teil seines Körpers, jeder Muskel auf die Trommelschläge. Das war so ansteckend, dass Anna bemerkte, wie sie selbst von der allgemeinen Bewegung mitgerissen wurde und sich im Rhythmus zu wiegen begann.

Tanat tanzte in völliger Selbstvergessenheit, mit geschlossenen Augen, als trüge ihn die Melodie in märchenhafte Fernen. Vor dem zweiten, schnellen Teil des Tanzes trat für alle überraschend Atata in den Kreis und tanzte mit dem jungen Tschuktschen um die Wette. Doch unübersehbar war Tanats Tanz ausdrucksvoller und plastischer.

Als die Jarar-Trommeln verstummten und Tanat, gerötet und verschwitzt, unter anerkennenden Zurufen zu seiner Frau zurückkehrte, flüsterte sie ihm aufgeregt zu: »Ich bin stolz auf dich!«

Jeder, der wollte, nahm am gemeinsamen Tanz der Freude teil, als sich aber schon ausgelassene Stimmung ausbreitete, verstummten die Jarar-Trommeln plötzlich, und für eine Weile kehrte über dem Heiligen Stein Stille ein. Nur hinter der Kieselkette vor dem Meer ertönte, Trommelschlägen gleich, das Dröhnen der Brandung und mitunter der gellende Schrei eines unsichtbaren Meeresvogels.

Die Lieder und Tänze Atyks, Wamtsches, Rypels und des jungen Gonom erschienen Anna etwas einförmig, und mit verständlicher Spannung erwartete sie den Auftritt ihres Schwiegervaters. Plötzlich hielt er eine Jarar-Trommel in der Hand, und von hinten tauchte Welwune in einer neuen, vielfarbigen, fast bis zu den Fersen reichenden Kamlejka auf. Zum gedämpften Rollen der Trommel schritt sie langsam in die Mitte des freien Kreises, breitete die in farbenfroh glasperlenbestickten Handschuhen steckenden Hände aus und blieb stehen.

Ein Lied wird in der Stille des Nachdenkens geboren
wenn die Seele auf alles lauscht, was auf sie einwirkt –
mit dem Wind einwirkt, der von fernen Höhen
    herüberweht,
wo die Gedanken Raum und Freiheit finden.

Wenn das Schicksal dir im Morgengrauen dieses Leben
    geschenkt hat,
nimm es an und mach daraus einen hellen Tag
    bis zum Schluss –
solange dir die Kraft reicht und der Gedanke schnell ist
    wie ein Ren,
vom Morgengrauen deines Lebens bis zum ruhigen
    und stillen Sonnenuntergang.

Und wer immer aus der Fremde versucht – sei es mit
    Wort oder Gewalt –
zu verändern, was dir die Vorfahren vermacht haben,
hör auf dein Herz, hör auf den eigenen Verstand,

und erlaube nicht, dass fremder Wind
den warmen Rauch deines Heimfeuers wegträgt.

Welwune vollführte zweimal, zuerst langsam, dann schnell, Bewegungen mit den Händen, wobei sie ein wenig in die Hocke ging und den Kopf einmal nach der einen, dann nach der anderen Seite drehte – die Augen bis auf einen Spalt geschlossen, als sei sie völlig in den Tanz versunken.

Während Tanat das Lied hörte und der Mutter zusah, fühlte er Unruhe in sich aufsteigen: Ein solches Lied, einen solchen Tanz hatte am Heiligen Stein von Uëlen noch niemand dargeboten. In den letzten Jahren hatten die Lieder und Tänze neue Gedanken und neue Worte aufgenommen. Statt des Weisen Raben, des Schöpfers von Erde und Wasser, wurde immer häufiger der große Führer und Lehrer aller Völker, der große Heerführer Jossif Wissarionowitsch Stalin, genannt. Neue Lieder und Tänze verherrlichten die Eroberer der Arktis – die Tscheljuskin- und Papanin-Männer –, priesen die Errichtung von Kolchosen. Solche Lieder wurden von der Obrigkeit gefördert, ihre Schöpfer erhielten wertvolle Geschenke. So hatte Rypel, der das Lied über den Großen Raben in ein Tanzlied für den Großen Stalin verwandelt hatte, Segeltuch für die Überdachung seiner Jaranga und ein Stück farbigen Kattuns für eine festliche Kamlejka seiner Frau erhalten.

Als Welwune den Tanz beendet hatte und in tiefer Stille in die Menge zurücktrat, ging ein Seufzer der Anerkennung durch die Menge, und jemand stöhnte sogar in ihrem Rücken. Rinto verließ seinen Platz auf dem Heiligen Stein und folgte seiner Frau. Mit den Eltern verließen auch Roltyt mit Frau und Kindern, Tanat und Anna den Platz.

Am frühen Morgen des 29. August 1947 brach Rintos Lager auf und trat seinen weiten Weg an.

4

Es schien, als würde die Jaranga beim nächsten Windstoß samt ihren Bewohnern durch die Tundra davongetragen, über endlose weiße Schneefelder, Gebirgstäler, Ebenen, Schneewehen, über das kaum noch sichtbare Gesträuch an den ganzen langen Winter schlafenden, bis zum Grund zugefrorenen Flüsse. Hin und wieder brach ein heftiger Luftstoß herein, brachte die Flamme der Tranlampe zum Flackern, verschlug den Menschen für einen Augenblick den Atem und jagte mit grässlichem Heulen weiter. Dieses Heulen war das schrecklichste. Es weckte Unruhe, rief finstere Gedanken hervor, vertrieb den Frohsinn, machte gereizt und erzeugte im Mund Bitternis und Trockenheit, gegen die sogar reichliches Trinken nicht half.

Die Bewohner von Rintos Lager ertrugen das Unwetter mit stoischer Gelassenheit, sie waren an so etwas gewöhnt. Tanat verbrachte mit dem Bruder die ganze Zeit bei der Herde, sie achteten darauf, dass die Rentiere sich nicht zerstreuten. Bei Schneesturm war das eine höllische Arbeit, und in den kurzen Ruhestunden kam Tanat – von einem Windstoß begleitet – in die Jaranga, selbst weiß wie eine Schneewehe, klopfte lange mit dem gebogenen Ende eines Rengeweihs den Schnee aus seiner Kuchljanka, aus den Fellstiefeln, den Fellhosen und kroch völlig erschöpft in den Polog, nicht einmal im Stande, verständlich zu reden.

Rinto führte das Lager immer weiter weg von der Küste, von den Tälern großer Flüsse, die den Hundegespannen als Winterwege dienten. Er hielt Kurs auf das Anadyrer Hochland, wo man sich in Geländefalten von Berghängen, in Felsschluchten verbergen konnte, die reißende Flüsse ausgewaschen hatten. Einen langen Weg legten sie über die bergige Tundra der Tschuktschen-Halbinsel zurück, vorbei an den flachen Ufern des sich tief ins Landinnere erstreckenden Tschauner Meerbusens und der Koljutschinskaja-Bucht.

Eines Tages fragte Anna den Schwiegervater, wie er sich ohne Karte und Kompass in dieser bizarren Vielfalt zugefrorener großer und kleiner Flüsse, endloser Täler orientiere.

Rinto lächelte nur matt und zeigte auf die Sterne am Himmel. »Sie leiten mich.«

Anna besaß eine ziemlich alte Karte der Tschuktschen-Halbinsel, die sie in der Geografischen Fakultät der Leningrader Universität erhalten hatte. Der Kartograf hatte sie gewarnt: Weil es sich um ein Grenzgebiet handele, seien die Koordinaten zur Täuschung möglicher Interventen und Spione verändert worden.

Als Rinto sich damit vertraut gemacht hatte, sagte er zu Anna, das sei in der Tat ein gutes Mittel, einen Reisenden in die Irre zu führen. Auf einer leeren Seite des Tagebuchs seiner Schwiegertochter skizzierte er einige Sternbilder, die den allgemein bekannten nicht entsprachen, und zeichnete eine schematische Karte der Tschuktschen-Halbinsel.

»Wohin ziehen wir?«, fragte Anna.

»Das weiß allein ich«, erwiderte Rinto und sah die Frau aufmerksam an.

Sie hatte sich in diesen harten Monaten stark verändert. Nicht nur äußerlich, sondern, wie Rinto spürte, auch innerlich. Jede Frau verändert sich mit Beginn der Schwangerschaft, hierbei bildet eine Tangitan-Frau keine Ausnahme. Sie trug die Haare kurz geschnitten und klagte nicht mehr über jeden Läusestich. Das Wetter gestattete es nicht, den Winter-Polog wie erforderlich auszufrieren, und die häufigen Ortswechsel ließen keine Zeit, die Renfelle auf reinem Schnee auszubreiten und gut auszuklopfen.

Schließlich erkannte der Herr des Nomadenlagers, dass nicht nur die Frauen, sondern auch die jungen Hirten eine Ruhepause brauchten, und er beschloss, am Fuß der Schneeschafs-Berge einen Halt einzulegen. Die Jarangas stellten sie auf, während mit ungebrochener Kraft der Schneesturm wütete. Wenn es in trügerischen Pausen so aussah, als würde endlich die ersehnte Stille eintreten, war es doch nur ein Atemholen, es war, als sammelte das Unwetter frische Kraft, um sich dann erneut auf die drei in der endlosen weißen Wüste verlorenen Jarangas zu stürzen.

Rinto spürte, dass die Zeit gekommen sei, da er sich an den Großen Gebieter der Winde wenden müsse, um seine Gunst zu gewinnen, damit er sich besänftige und Stille und Ruhe auf die Erde herabsende. Schneesturm, Unwetter – sie bezeugen die Macht der Naturkräfte und unterwerfen den Menschen zugleich einer Prüfung. Hat er alles überlebt, alles ertragen, kann er in dieser unruhigen, gefahrvollen Welt weiterleben.

Rinto holte seine Schamanentracht hervor – einen langen Kittel aus sorgfältig bearbeitetem Renwildleder mit aufgenähten weißen und gelben Lederstreifen, die von verschiedenfarbigen Glasperlen gesäumt waren. Ärmel und Schoß waren mit langem Vielfraßpelz besetzt. Der Kittel reichte fast bis an die Füße. Seine Malachai, die Ohrenklappen-Pelzmütze mit ihrem buschigen Saum, glitzerte von Glasperlen. Während Rinto seine heilige Kleidung anlegte, lauschte er auf das bald lauter, dann wieder leiser werdende Heulen des Windes. Lange schon hatte er diese Tracht nicht mehr getragen. Zum letzten Mal im Frühling, vor dem Kalben, das gut verlaufen war und den Bestand der Herde mit einem Mal wesentlich vergrößert hatte.

Halb im Polog liegend, beobachtete Anna schweigend die Vorbereitungen für die Heilige Handlung. Sie fürchtete, durch eine ungeschickte Bewegung, ein unbedachtes Wort die Feierlichkeit des Augenblicks zu stören. Inzwischen zerschnitt Welwune etwas in einer sauber ausgeschabten Holzschale. Mit dieser Schale trat Rinto in das heulende weiße Dunkel hinaus. In diesem Augenblick glaubte Anna, der Schneesturm würde plötzlich nachlassen, doch der Eindruck war trügerisch. Im Gegenteil, der Sturm wütete eher noch heftiger, gewann sogar an Kraft und versuchte, die Jaranga zusammen mit den Pfosten und Querstangen, deren Bezeichnungen Anna inzwischen genauso gut kannte wie der Herr des Lagers, aus dem Frostboden zu reißen. Verängstigt dem wütenden Getöse des Schneesturms lauschend, warteten die Frauen gespannt auf Rintos Rückkehr.

Welwune zwirnte schweigend Fäden aus Rensehnen, sie drehte die dünnen Fasern auf ihrer nackten Hüfte. Da Anna wusste, wie sehr monotone Arbeit ein erregtes Herz besänftigt, folgte sie Welwunes Beispiel, obwohl ihr die Fäden noch nicht so gleichmäßig gelangen wie der Schwiegermutter. Vom Geschmack der Rensehnen brannte ihre Zunge, denn die Sehnen waren in starkem, etliche Tage abgestandenem Urin eingeweicht gewesen. Der Geruch dieser menschlichen Ausscheidung, der Anna Odinzowa in den ersten Tagen bis zum Kopfweh zugesetzt hatte, hatte sich wohl abgeschwächt oder sie hatte sich an ihn gewöhnt. Nun hätte sie es sonderbar gefunden, den von einem Birkenholzgefäß in einer entfernten Ecke des Fell-Pologs ausgehenden Geruch beim Betreten der Jaranga nicht wahrzunehmen.

Sowie Tanats Eltern und nach ihnen die übrigen Bewohner des Lagers von Annas Schwangerschaft erfahren hatten, bemerkte sie, dass sie sich ihr gegenüber anders verhielten. Jetzt suchten sie sie von aller schweren Arbeit zu befreien, stellten bei einem Halt die Jaranga ohne ihre Hilfe auf und überließen es ihr, die Kinder zu beaufsichtigen, die Nahrung zuzubereiten oder einen Retem, das Fell für die Überdachung, herzustellen. Ihre Hauptbeschäftigung bestand nun darin, Winterbekleidung für ihren Mann und für sich selbst zu nähen. Die Felle zu bearbeiten, hatte jetzt allein Welwune auf sich genommen, denn diese Arbeit war sehr anstrengend, besonders im letzten Stadium, wenn man das mit einem Steinschaber bearbeitete Renfell mit den Fersen polieren muss. Davon wurde das Fell seidenweich und leicht. Statt dieser schweren Arbeit fertigte Anna Sohlen für Winterstiefel, indem sie den oberen Rand der Rohlinge aus ebenfalls in Urin eingeweichtem und gegerbtem Bartrobbenleder mit den Zähnen zusammenpresste.

Als die innere Unruhe schon alle erfasst hatte, wurde der als Tür zur Jaranga dienende Lederfleck zurückgeschlagen, und mit einer Wolke aus Wind und Schnee trat Rinto in den Tschottagin. Schweigend klopfte er sich den Schnee aus der Kleidung, legte sorgsam seine festliche Tracht ab und hängte sie samt der Ohrenklappenmütze und den Fellstiefeln an einen Querbalken der Jaranga.

Bis zum Schlafengehen sprach niemand in der Jaranga ein Wort, doch abends, als alle sich bereits hingelegt hatten und Anna ihr Tagebuch hervorzog, bat Tanat unversehens: »Kannst du nicht heute mal auf das Schreiben verzichten?«

Er hatte es so gesagt, dass Anna nicht nach dem Grund für diese Bitte fragen musste.

Der Gedanke, dass ihr ein großes, für die Wissenschaft ungelöstes Geheimnis verborgen geblieben war, ließ Anna lange keinen Schlaf finden, und als sie morgens durch eine schon ungewohnt gewordene Stille wach wurde, eine betäubende Stille draußen vor der Jaranga, konnte sie ihre Verwunderung nicht verhehlen. Beim Morgenmahl, als sie statt des aufgebrauchten echten Tees Tundra-Laub aufbrühten, ließ sie Rinto nicht aus den Augen.

Der Hausherr und Chef des Lagers trank geräuschvoll aus einer großen Porzellanschale, die mit deutlich erkennbaren Hieroglyphen auf dem Boden offenkundig chinesischer Herkunft war, und wechselte hin und wieder kurze Sätze mit dem Sohn. Hatten ihn tatsächlich die unbekannten Kräfte erhört, waren Wind und fliegender Schnee besänftigt? Nach dem gesunden Menschenverstand war das natürlich ein zufälliges Zusammentreffen, aber glaubte Rinto selbst an seine Kräfte und Fähigkeiten? Wahrscheinlich. Und sicherlich glaubte auch sein Sohn Tanat daran, ein keineswegs ungebildeter Tschautschu, der mit den modernen Wissenschaften vertraut war, sich mit Physik, Chemie, Geometrie, Algebra, zeitgenössischer Geschichte und Literatur befasst hatte.

Nun konnten sie das gute Wetter nutzen und ihren Weg in die von der Sowjetmacht unbehelligten Täler des Anadyrer Hochlands fortsetzen. Schnell bauten sie die Jarangas ab und luden sie auf die Schlitten. Sie bildeten eine lange Karawane, in deren Mitte auf eigenen Schlitten mit winzigen Fellzelten die Kleinkinder fuhren, die anderen gingen nebenher. Den Rentieren fiel es nicht leicht, die schwere Last über die steinhart zusammengepresste jungfräuliche Schneedecke zu ziehen. Damit die Kufen besser glitten, machten sie hin und wieder Halt, drehten die Schlitten um und trugen mit einem in Wasser getränkten Stück eines Eisbärenfells eine dünne Eisschicht auf die Kufen auf. Zu diesem Zweck trugen die Männer auf dem nackten warmen Bauch mit Schnee voll gestopfte Flaschen. Das auf die Holzkufen aufgetragene Wasser wurde vom Frost augenblicklich weiß und verwandelte sich in einen durchsichtigen, gleitfähigen Überzug. Tanat füllte frischen Schnee in seine Flasche und steckte sie sich an den Leib. Immer wenn Anna das sah, erbebte sie unwillkürlich, ihr war, als legte sich das eiskalte Glas an ihren eigenen Körper.

Während des mittäglichen Halts aßen sie in aller Eile etwas gefrorenes Fleisch oder einen Rest Kopalchen, tranken Tee und gingen weiter, bis der kurze Wintertag zu Ende war und das Flammen des Polarlichts Himmel und Sternenschein überdeckte.

Im neuen Jahr, 1948, fiel starker Schnee, sodass wir auf unserer langen Flucht vor dem neuen Leben einen Halt einlegen mussten. Bei unseren Mahlzeiten gab es immer weniger zivilisationsgewohnte Lebensmittel. Zuerst ging das Mehl aus, dann der Zucker und zuletzt der Tee. Salz haben wir gar keins, aber ich habe schnell gelernt, ohne Salz auszukommen. Halbgares Renfleisch ist an sich salzig, umso mehr Rilkyril, rohes Fleisch und Kopalchen, das allerdings auch bald zu Ende geht. Viel fehlt nicht, und wir müssen uns mit Grasfutter begnügen, was durchaus meinen wissenschaftlichen Intentionen entspricht, dem Experiment, zu dem ich mich freiwillig verurteilt habe. Bemerkenswert aber ist: In dem äußerlich monotonen Leben hier bleibt fast keine freie Zeit, das erklärt die ziemlich großen Lücken in meinem Tagebuch. Man muss eine Jaranga aufstellen, Felle ausklopfen, nähen, das Feuer unterhalten, Mahlzeiten kochen, getrocknete Kleidung walken, neue Einlegesohlen für Fellstiefel fertigen, sie ausbessern. Schreiben – das wäre für meine Umgebung sonderbar und unbegreiflich gewesen. Gegen Abend habe ich nur einen Wunsch – möglichst schnell auf mein Renfell-Lager zu sinken, mich mit dem Kalbfell zuzudecken und in tiefem, traumlosem Schlaf alles zu vergessen. Die Träume von meinem einstigen Leben, von Leningrad, sind völlig verschwunden. Ich träume nur Wirrwarr, der sich längst verflüchtigt hat, sowie ich die Augen aufschlage.

Mich verfolgt weiter der Gedanke, Rintos Schamanismus zu erforschen. Jedenfalls ist mir in der wissenschaftlichen Literatur noch keine Beschreibung eines solchen Schamanentyps begegnet, der die gängigen Vorstellungen sprengt. Ich habe noch nie eine verständliche Beschwörung vernommen. In welcher Sprache spricht Rinto mit den Göttern und Mächtigen Kräften? Was sagt er für magische Worte, dass sich der Schneesturm beruhigt und in der Natur Stille und Frieden einkehren? Ist das doch ein Einwirken auf diese Kräfte? Meine Versuche, von meinem Mann etwas Bestimmtes zu erfahren, blieben erfolglos. Er weicht mir aus, windet sich, obwohl er offensichtlich irgendetwas weiß.

Die Landschaft um uns hat sich merklich verändert. Vor allem sehen wir nun kleinwüchsige Bäume. Offenbar haben wir die Waldtundra erreicht. Einmal gerieten wir im Tal eines namenlosen Flusses in einen richtigen Birkenhain und haben dort die Nacht verbracht. Mir schien, ich sei in der Gegend von Leningrad, bei Luga, wo wir vor dem Krieg eine Datsche hatten.

Gestützt auf seinen krummen Hirtenstab, stand Tanat am Hang des Hügels und lauschte. Ein sonderbarer Laut drang an sein Ohr. Er glich so gar nicht dem Geräusch des Schneetriebs über hartem Harsch, dem Windrascheln in den aus Schneewehen ragenden Krummholzzweigen. Der Laut kam von oben, vom aufgeklarten Himmel, aus nordöstlicher Richtung. Tanat suchte mit den Augen den ganzen Himmel ab und bemerkte schließlich überm Horizont einen kaum sichtbaren Punkt. Von dorther kam dieses gleichmäßige Summen, das ihm zwar bekannt war, doch er dachte, die Welt, in der Flugzeuge fliegen und große eiserne Dampfschiffe fahren, gehöre für ihn längst zur Vergangenheit. Nie würde er die Erde von hohem Flug aus sehen, wie ihm vor kurzem noch geträumt hatte. Das Flugzeug flog geradewegs nach Süden, in einiger

Entfernung von dem Tal, in dem sich die Rentierherde verbarg. Ja, die Zuflucht war so gewählt, dass selbst von einem Flugzeug aus das Lager schwer zu erkennen war. Aber wohin flog es? Suchte es jemanden, oder führte der Weg der geflügelten Maschine zufällig über diesen Teil der Tundra?

Das Flugzeug hatten alle Bewohner des Lagers gesehen, und am Abend unterhielten sie sich über nichts anderes.

»Es kam von Norden«, überlegte Rinto, »von dort, wo die Russen Siedlungen für Arrestanten angelegt haben. Die unglücklichen Gefangenen graben in den Bergen nach Gestein, um daraus festes Metall zu gewinnen. Diese Russen befassen sich nicht mit der Kollektivierung, die haben andere Sorgen, müssen zusehn, dass die Häftlinge nicht fliehen.«

Dennoch fühlten sie sich nicht völlig sicher. An heiteren Tagen stieg Rinto jeden Morgen auf den nächstgelegenen Gipfel und betrachtete von dort die Umgebung. Hinter den Bergen begann Jakutien, ein anderes Land, lebte ein anderes Volk, das eine fremde Sprache sprach. Sie hatten längst den russischen Gott und russische Namen angenommen, doch alle, die über Rentierherden verfügten, benahmen sich immer noch wie echte Tschautschu. Diejenigen, die weiter südlich nomadisierten, hatten schon Pferde, aßen Pferdefleisch und tranken leicht berauschenden Kumys, denn eine Stute gab mehr Milch als eine Renkuh. In ferner Vorzeit waren Tschuktschen und Jakuten verfeindet gewesen, denn Jakuten hatten die Russen auf tschuktschisches Land geführt, hatten ihnen gewaltsam Rentiere weggenommen, hatten mitunter auf Seiten der Tangitan auch an Kämpfen teilgenommen – wie bei dem berühmten Kampf mit Jakunin, der in der Schlacht beim Tschauner Meerbusen gefallen war. Um diesen großen Sieg rankten sich Lieder und Legenden, die nur in tschuktschischer Sprache weitererzählt wurden, denn sie ins

Russische zu übersetzen hieße, gegen den Geist der Freundschaft der Völker der Sowjetunion zu verstoßen.

Obwohl Rinto nicht über schlechte Augen klagen konnte, holte er diesmal aus einem mit Renkalbfell überzogenen Lederfutteral ein Fernglas und setzte es an die Augen. Zwei von Rentieren gezogene Schlitten näherten sich. Das beunruhigte Rinto ein wenig. Atata fuhr meistens mit Hunden durch die Tundra. Wer konnte das sein? Die Reisenden kamen nicht von Jakutien her, sondern aus der entgegengesetzten Richtung. Die Rentiere waren offensichtlich erschöpft und ausgezehrt, sie schleppten sich nur mühsam voran, auch die Menschen hielten sich kaum noch auf den Beinen, und nach einer Weile war Rinto klar – da kamen zwei Frauen. Auf seinen glatten, aus dem Fell von Rentierläufen gefertigten Hosen rutschte er den Schneehang hinab und rannte durch das Tal ins Lager.

Der ältere Sohn Roltyt, der bei der Herde Nachtwache gehalten hatte, schlief im Polog. Seine Frau Tutyne walkte im Tschottagin ein getrocknetes Fell. Mit einem erschrockenen Blick auf den Schwiegervater legte sie die Arbeit beiseite und fragte aufgeregt: »Was ist passiert?«

Ohne zu antworten, rüttelte Rinto den Sohn. »Zieh dich an. Gäste kommen von Norden her.«

Roltyt bekam kaum die Augen auf und begriff zunächst überhaupt nichts. »Was für Gäste? Wer sind sie?« Er zog über die Fell-Kuchljanka eine Stoff-Kamlejka und fragte: »Soll ich ein Gewehr mitnehmen?«

»Einstweilen nicht nötig. Es sind Frauen.«

Die zwei Schlitten waren nun schon mit bloßem Auge zu erkennen. Die Reisenden hielten sich kaum noch auf den Beinen, und den Rentieren ging es nicht besser. Das vorangehende stürzte oft, und die Frauen mussten ihm mühsam wieder aufhelfen. Sie waren von dem schweren und weiten Weg derart erschöpft und ermattet, dass Rinto in ihnen kaum die Frau seines alten Freundes Tonto und dessen Tochter Katja, die Tanat versprochene Braut, erkannte.

»Was ist los? Warum kommt ihr allein? Wo sind die Männer?«

Tontos Frau antwortete nur mit einem Stöhnen, doch Katja sagte: »Das ist eine lange Geschichte. Wir hatten bereits die Hoffnung aufgegeben, bis zu eurem Lager zu kommen, bereiteten uns schon auf den Tod vor, aber die Götter haben uns den rechten Weg gewiesen.«

Rinto führte die entkräfteten Frauen in die Jaranga. Ohne zu fragen, stellte Welwune einen großen Kessel aufs Feuer und kochte schnell Fleisch.

Anna versuchte von Rinto zu erfahren, was geschehen war, doch der winkte ab.

»Später. Sie brauchen erst mal Ruhe.«

Roltyt spannte die Rentiere aus und lud die Schlitten ab. Die Frauen aßen und legten sich kraftlos zum Schlafen nieder.

Ein Tag verging, eine Nacht, und erst gegen Mittag des folgenden Tages begann Katja, die ein wenig zu sich gekommen war, zu erzählen.

»Auch wir hatten beschlossen, weiter von der Küste wegzuziehen, aber unsere Großmutter war sehr krank, und wir warteten, bis sie ihren letzten Weg antreten würde. Schon waren alle Flüsse und Seen zugefroren, Schnee bedeckte das ganze Land, aber der Tod wollte und wollte die alte Kaljanau nicht holen. Inzwischen drangen immer schlimmere Nachrichten zu uns. Böse Gäste kamen spätabends ins Lager, verlangten, dass wir ihre Hunde fütterten, und riefen am nächsten Morgen alle Bewohner zusammen. Atata, der Oberste der Zugereisten, erklärte, von nun an sei unser Lager ein Kolchos und die Rentiere gehörten nicht mehr uns, sondern seien Gemeineigentum. Vater versuchte etwas zu entgegnen, er sagte, die Rentiere seien gewissermaßen sowieso Gemeineigentum, aber Atata unterbrach ihn zornig, erklärte ihn zum Feind von Obrigkeit und Volk und sagte, er würde eingesperrt und in das russische finstere Haus gebracht, wo Missetäter und Verbrecher untergebracht seien. Bei diesen Worten geriet der Vater in Wut und sagte, solange er lebe, werde es in seinem Lager keinen Kolchos geben, und er bitte den unfreundlichen Gast, seine Jaranga zu verlassen. Atata trank selbst gebrautes schlimmes fröhlich machendes Wasser. Sie hatten auf einem Extraschlitten ein Gerät für dessen Herstellung mitgebracht. Atata war rot und sehr böse. Aus einem an seinem Gürtel hängenden Futteral zog er so ein kleines Gewehr, das eigens zum Töten von Menschen dient. Vater dachte nicht, dass Atata ihm ernstlich drohe. Er lachte ihm ins Gesicht und sagte, er bedaure Atatas Mutter und Vater, weil die einen Menschen in die Welt gesetzt hätten, der einem Jakuten ähnele, einem Handlanger und Anhänger der Russen. Dieses kleine Gewehr erzeugt so einen leisen Ton! Wir hätten nie gedacht, dass man damit einen Menschen töten kann. Vater fiel erst auf die Knie und konnte sogar noch sagen: ›So einer bist du!‹ Dann starb er. Meine Brüder erstarrten wie von überraschendem Frost betroffen. Dieser Atata aber schrie, er werde alle, die sich ihm nähern, mit diesem kleinen Gewehr erschießen. Ihn umringten seine Gefährten, um ihn zu schützen – Krasnow aus Uëlen, Gemauge aus Nunjamo und Utojuk aus Naukan, junge Bolschewiken von uns. Die schrien natürlich nicht, obwohl sie sich auch mit dem bösen fröhlich stimmenden Wasser betrunken hatten. Sie ermahnten uns nur und baten uns, weiter wegzugehen. Meine Brüder waren drauf und dran, Atata in Stücke zu zerreißen, aber da sagte Mama, sie bitte einzig und allein, den Vater in Frieden beerdigen zu dürfen, alles andere möge geschehen, wie sie wollten. Wir bestatteten Vater auf einem hohen Hügel, von dem aus man noch die Meeresküste sehen kann. Atata und seine Gefährten führten eine Versammlung durch, ernannten zum Ältesten des Lagers Lelento aus Tschegitun, der die eigenen Rentiere Amerikanern verkauft hatte, und erklärten, das sei jetzt ein Kolchos. Unsere Brüder nahmen sie fest. Bei diesem Lelento ließen sie eine Waffe und viele Patronen zurück. Zwei unserer Hirten, die wir seinerzeit bedauert hatten, weil sie während des Gewaltigen Glatteises vor fünfzehn Jahren ihre Herden verloren hatten, wurden seine Kampfgenossen, uns aber rieten sie, wir sollten uns davonscheren.«

Ihr Bericht war ausführlich, unterbrochen nur von langanhaltendem Schweigen, wenn Katja neue Kraft zu sammeln schien. Niemand unterbrach sie, nur hin und wieder nickte ihre Mutter ihr wortlos zu, als wolle sie das Gesagte bestätigen. Dabei schluchzte sie auf, begann manchmal auch laut zu weinen. In dieser Zeit sagte keiner der Zuhörer etwas, und es sah so aus, als lausche Rinto gar nicht so sehr aufmerksam dem Bericht, sondern hinge eher eigenen Gedanken nach.

Weiter wegziehen konnten sie nicht. Sie mussten sich hier niederlassen, im Tal der Kleinen Hasen, in den Falten aufgebrochener Erde, dem letzten Fußbreit tschuktschischen Bodens, mussten sich in schmalen Schluchten vergraben, die hier und da von stachligem Gebüsch und Birkengehölz bewachsen waren. Holz hatten sie jedenfalls zur Genüge, auch wenn die Weiden karg und steinig waren.

Das kürzlich in blauer Höhe vorübergeflogene Flugzeug ging Rinto nicht aus dem Sinn. Hatte es vielleicht den Auftrag, die vor der Kollektivierung fliehenden Rentierzüchter aufzuspüren?

Die neu angekommenen Frauen wurden bei Roltyt untergebracht, doch dort war es ohnehin eng. Eine weitere Jaranga aufzustellen, wäre mühsam gewesen und eine Verschwendung. Der einzige Ausweg drängte sich von selbst auf, er entsprach zudem alten, von den Vorfahren übernommenen Gewohnheiten. Was aber würde die Tangitan-Frau dazu sagen? Der Sohn durfte sich nicht widersetzen – er war es doch, dem seinerzeit Katja versprochen worden war.

Rinto ließ sich Zeit mit seinem Plan: Die vom Weg und von den Schrecken erschöpften Frauen sollten erst zu sich kommen. Zunächst sprach er mit seinem Sohn. Das Gespräch fand fern des Nomadenlagers auf einem schneebedeckten, von Rentierhufen zertrampelten Hang statt. Die tief stehende Sonne war längst hinter den Bergrücken gesunken, das Tal füllte sich langsam mit blauer Dämmerung. Die Erde war von einer Stille umfangen, die wunderbar beruhigend wirkte.

»Du hast dich entschieden, nach den Gesetzen der Vorfahren zu leben«, begann Rinto weit ausholend. »Deshalb hast du deine Ausbildung abgebrochen und bist ins Lager zurückgekehrt. Zwar hast du diese fremde weiße Frau mitgebracht, aber Anna – davon habe ich mich überzeugt – achtet unseren Glauben, unsere Bräuche. Das hatte ich, ehrlich gesagt, nicht erwartet. Mitunter kommt mir vor, in ihr sei meine Großmutter, die weise Giwewnëu, wiederauferstanden, deren sterbliche Überreste längst in der Großen Weißen Stille aufgegangen sind.«

Tanat wurde unruhig: Selten sprach der Vater so feierlich mit ihm.

»Du musst Katja zur zweiten Frau nehmen.«

Vor Überraschung zuckte Tanat zusammen, er spürte, wie sich sein Körper unter dem weichen Renkalbfell seiner Unterzieh-Kuchljanka mit kaltem Schweiß überzog.

»Du weißt, dies ist bei uns zulässig und unter besonderen Umständen sogar üblich. Deshalb gibt es bei uns auch kaum

Waisen. Überdies hat Katja größere Rechte auf dich als Anna. Solltest du es vergessen haben, so erinnere ich dich daran: Sie ist dir seit ihrer Geburt versprochen.«

Tanat blickte zum Bergkamm hoch, wo eigenartige rote Lichtreflexe der untergegangenen Wintersonne verblassten. Seine Vorstellungskraft versetzte ihn in ferne Länder, von denen er in Büchern gelesen hatte. Er konnte über das glänzende Parkett in den Sälen von Palästen schreiten, wogende Felder reifen Getreides durchqueren, im warmen Meer schwimmen, das feuchte, dunkle Grün tropischer Dschungel auf Löwenjagd durchstreifen; oft versetzte er sich in ein über den Himmel jagendes Flugzeug oder stand hinter dem Rücken von Kapitän Nemo, um gemeinsam mit ihm die wundersame Unterwasserwelt zu betrachten. Doch zwei Frauen! Seine Liebe zwischen Anna und Katja teilen – das konnte er sich nicht vorstellen! Mit Mühe zwang er sich, ruhig zu antworten: »Und was wird Anna dazu sagen? Ich glaube nicht, dass sie so weise sein wird wie Großmutter Giwewnëu. Vergiss nicht, sie ist eine Tangitan-Frau. Soviel ich weiß, lieben die es nicht, ihren Mann mit einer anderen zu teilen. Das kann böse enden. Und ist es angebracht, jetzt darüber zu reden, da in ihrem Leib ein Kind von mir heranwächst?«

»Das Leben wählt keine günstigen Zeiten, wenn es von uns entschlossenes Handeln verlangt.«

Tanat war es nicht gewohnt, mit dem Vater zu streiten.

»Du musst Anna überzeugen. Wenn sie, wie sie behauptet, unsere Bräuche achtet und eine richtige Nomadenfrau geworden ist, soll sie es beweisen.«

»Aber ich werde es nicht schaffen, mit zwei Frauen zu leben.«

Der Vater lächelte spöttisch. »Vielleicht gelingt es dir nicht sofort.«

»Weiß Katja davon?«

»Sie ist zu uns, in unser Lager gekommen«, erwiderte Rinto. »Sie wusste, warum.«

»Sie muss aber begriffen haben, dass ich schon verheiratet bin.«

»Sie ist immer noch völlig durcheinander. Es wird ihr schwer fallen, dein Verhalten zu verstehen.«

»Daran ist aber nichts mehr zu ändern«, sagte Tanat seufzend.

»Man kann immer etwas korrigieren«, widersprach Rinto. »Wozu besitzt der Mensch seinen Verstand? Man muss nur so handeln, dass ein anderer nicht darunter leidet.«

»Anna wird darunter leiden.«

»Woher weißt du das? Außerdem wiederhole ich: Wenn Anna nach unseren Bräuchen leben will, muss sie sich damit abfinden.«

»Vielleicht will ich es nicht.«

»Da du schon in die Tundra zurückgekehrt bist, musst du dich fügen – ob du willst oder nicht«, entschied Rinto mit Nachdruck.

Das Abendbrot in der Jaranga verlief unter angespanntem Schweigen. Tanat entfernte sich eilig in seinen Polog. Nachdem Anna ihre Hausfrauenarbeit beendet hatte, kroch auch sie in den Polog, berührte die entblößte Schulter des Mannes und fragte leise: »Ist etwas vorgefallen?«

Anna hörte zu, ohne Zwischenfragen zu stellen. Als Tanat seine Rede mit der Feststellung schloss, damit würde er sich nie einverstanden erklären, entgegnete sie sanft: »Du sperrst dich unnütz. Wenn es wirklich einen solchen Brauch gibt, musst du dich fügen.«

Tanat blickte sie verblüfft an. »Wie kannst du so sprechen? Wie kannst du zulassen, dass hier in unserem Polog neben dir oder an meiner anderen Seite noch eine Frau liegt! Von so etwas habe ich noch in keinem Buch gelesen!«

»Das beweist nur, dass in den Büchern nicht alles steht, was es im Leben gibt.«

Tanat spürte, dass Anna lächelte. Er hatte mit allem gerechnet, nur nicht mit dieser Reaktion. Was noch vor kurzem eine unerschütterliche Bedingung für ihre Zärtlichkeit gewesen war, erwies sich plötzlich als zerbrechlich. Eine ernsthafte Attacke von außen, und schon war der persönliche Frieden bedroht. Wie konnte Anna nur so sprechen – sie, die ihn so oft ihren Einzigen, Unwiederholbaren, Liebsten unter allen Menschen auf Erden genannt hatte? Plötzlich war sie bereit, ihn mit einer anderen Frau zu teilen. Wie war das möglich? Offenbar hatte der Vater Recht gehabt, als er ihn vor der Tücke von Tangitan-Frauen warnte.

Aber auch Anna fand keine Ruhe, konnte bis zum Morgen nicht einschlafen. Da war jenes Geschenk des Schicksals, das noch keinem ethnografischen Forscher widerfahren war! Den Brauch des Levirats hatten bisher alle nur von außen beschrieben. Alles, was man über diese ungewohnte Form ehelicher Beziehungen bei den primitiven Völkern berichtet hatte, war nur ein vages Bild von außen. Zwar handelte es sich hier nicht um ein Levirat üblicher Art, bei dem eine Witwe den überlebenden Bruder ihres Mannes heiratet. Und noch nie ist es einem Wissenschaftler gelungen, das selbst zu erleben, gewissermaßen aus dem Inneren dieser Verhältnisse! Sie sah sich schon im Petersaal der Kunstkammer hinter dem Schnitzwerk der Eichenholztribüne vor einem Auditorium, das vorwiegend aus grauhaarigen Wissenschaftlern bestand. Sie hält einen Vortrag über das Levirat, auf Grund eigener Erfahrung und eigener Beobachtungen! Sogar der große Miklucho-Maklai hatte streng genommen nicht mit Eingeborenen gelebt. Sein Haus stand abseits von den Hütten der Ureinwohner, der Klassiker der Ethnografie war immer Außenseiter geblieben. Auch

Margaret Mead hatte wahrscheinlich keine einzige Nacht in der Hütte eines Ureinwohners von Samoa verbracht. Fieberhafte Erregung wühlte Anna auf. Ein wenig verwunderte sie allerdings, wie sich ihr Mann dazu verhielt. Doch er musste sich dem Vater unterordnen, dem Haupt des Lagers, dem Schamanen, dem Bewahrer der alten Bräuche. Wie mochte sich wohl Katja all dem gegenüber verhalten?

Katja hatte von Tanats Heirat bereits während einer herbstlichen Reise an die Küste gehört. Dass eine gelehrte Tangitan Tanats Frau geworden war, schien ihr unbegreiflich, verdächtig und ließ sie an der geistigen Gesundheit des ihr Anverlobten zweifeln. Das Fünkchen Hoffnung, das bislang ihr kleines Herz gewärmt hatte, war mit einem Mal erloschen, zu bitterer Asche geworden. Allmählich hatte sich ihr Leid gemildert, aber sie brauchte nur an den ihr Versprochenen zu denken, an sein Gesicht, seine Stimme, und schon wurde sie von einer Woge der Betrübnis erfasst, verdunkelte sich der helle Tag. Nach außen hin zeigte sie ihr Leiden nur in langem und beharrlichem Schweigen. Sie hatte sich fest vorgenommen, nie den Mann wieder zu sehen, der sie um ihre schönsten Hoffnungen betrogen hatte. Doch das Schicksal hatte es anders gewollt.

Als Katja Anna zum ersten Mal sah – im Kherker und mit aufgekrempeltem rechtem Ärmel, mit dem von einer dünnen, unabwaschbaren Fettschicht glänzenden Gesicht und den kurzen, glänzenden Haaren einer jungen schwangeren Tschautschu-Frau ähnlich –, erkannte sie nicht sogleich ihre durchdringenden blauen Tangitan-Augen. Obwohl von Natur aus ein gutmütiger Mensch, konnte sie eine aufflammende Feindschaft nicht bezwingen. Wäre Anna eine der Ihren gewesen, eine Luorawetlan, allenfalls eine Eskimo-Frau, wäre es nicht so kränkend gewesen. Aber eine Tangitan … Zweifellos war sie es, die sich Tanat genommen hatte, ohne

Rücksicht darauf, dass sie einer anderen das ihr zustehende Glück raubte. Sie hatte gehandelt wie eine Diebin.

Jetzt aber mussten sie zusammen leben. Sie musste sich anpassen, sich an dieses Leben gewöhnen, immer wieder den Hass auf die Tangitan-Frau unterdrücken, den Kummer ertragen und die nie erlöschende Liebe verbergen. Katja konnte ein wenig Russisch, erinnerte sich an die Unterrichtsstunden beim Wanderlehrer Lew Wassiljewitsch Belikow. Sogar ihren russischen Namen hatte sie vom Lehrer erhalten. Wir werden dich Katja nennen, hatte Lew Wassiljewitsch seinerzeit gesagt. Gewöhnlich wurden russische Namen von den Tschuktschen im Alltag nicht angenommen. Hier aber war es so, dass der Name, den der Nomadenlehrer dem Mädchen gegeben hatte, allen sofort gefiel, selbst der Vater nannte sie Katja, nachdem sie ihm ihren neuen Namen mitgeteilt hatte.

Als Rinto sie aufforderte, mit ihm am Ufer des kleinen zugefrorenen Flusses ein Stück spazieren zu gehen, ahnte Katja nicht, worüber er sich mit ihr unterhalten wollte. Aber als sie begriff, was der Herr des Lagers ihr sagte, entfesselten unterdrückte Gefühle einen Sturm in ihrer Seele.

»Das letzte Wort hast du«, sagte Rinto. »In Annas Leib wächst ein neuer Mensch heran, und falls die Höheren Mächte dir und meinem Sohn gnädig sind, wirst auch du vielleicht Kinder haben.«

Kinder… Wie gern hätte Katja Kinder gehabt. Aber würde die Tangitan-Frau ihrem Mann erlauben, sie zu berühren? »Ich habe nie vergessen, dass Tanat mir bestimmt ist«, sagte Katja leise. »Er hat immer in meinem Herzen gelebt.«

»Dann ist es ja gut«, sagte Rinto erleichtert und entließ das Mädchen.

Die Vorfahren hatten offenbar dafür gesorgt, dass unter keinen Umständen ein Mensch ohne Hilfe blieb, zumal eine

Frau. Für Tanat würde es natürlich schwer werden, aber er hatte dieses Schicksal selbst gewählt.

29. Februar 1948, Rintos Lager
In meinen kühnsten Erwartungen hätte ich nicht gedacht, dass so etwas ausgerechnet mir zustoßen kann, dass der uralte Brauch des Levirats zum Mittelpunkt meines eigenen Lebens wird! Jetzt werde ich ihn von innen erforschen müssen. Der Brauch, dass ein Mann die Frau eines verstorbenen oder unfähig gewordenen Bruders gleichsam erbt oder umgekehrt bei Frauenmangel mehrere Männer, meistens Brüder, mit einer Frau leben, soll zweifellos das Überleben des Stammes sichern. Hier gibt es weder Mystik noch Zauberei, obwohl äußerlich alles von feierlichen und schönen Ritualen begleitet wird. Zunächst muss ich feststellen, dass in unserem Fall das jämmerlichste und traurigste Bild bei der Zeremonie der Bräutigam abgab, während Katja ihr Glück nicht verhehlte und ihr rundes Gesichtchen so hell leuchtete wie die Wintersonne, die eigens hervorgekommen schien, um diesen magischen Vorgang zu beleuchten. Rinto zog die mir nun schon bekannte Schamanentracht an und stand erst eine Weile allein auf dem nächstgelegenen Hügel mit einer Schale Opfergaben. Ich hätte viel dafür gegeben zu hören, was er den Göttern sagte. In welcher Sprache, mit welchen Worten er mit ihnen sprach. Was Bogoras und andere Erforscher des Schamanismus niedergeschrieben haben, ist wegen des unklaren Textes nicht sehr Vertrauen erweckend. Es kann doch nicht sein, dass ein pragmatisches Volk wie die Tschuktschen in einer so lebenswichtigen Angelegenheit sich derart allegorisch und verschwommen ausdrückt. Diesmal hatte sich Rinto in stolzer Einsamkeit entfernt. Doch er kam in prächtiger Laune zurück, lächelte. Auf der Südseite der Jaranga stellte er den finsteren Tanat und die strahlende Katja nebeneinander. Ging einige Schritte zur Seite und urinierte in den Schnee. Dasselbe machte Tanat, anschließend zog Katja Tonto ihren weiten Kherker aus und

hockte sich mit entblößtem Körper auf eine Schneewehe. Dann winkte Rinto mich herbei. Die erste Zeit hatte ich mich ein wenig geniert, vor aller Augen in der Jaranga meine Notdurft zu verrichten, doch es kamen Tage, da man die Nase nicht hinausstecken konnte, und eine ständige Unterkühlung des weiblichen Unterkörpers konnte unheilvoll auf die inneren Organe wirken. Ich gewöhnte mich ziemlich schnell daran, manchmal merkte ich sogar erst während der Unterhaltung mit meinem Mann, dass diese von hellem Plätschern im großen Birkenholzgefäß begleitet wurde. Also folgte ich Katjas Beispiel, obwohl sie mit herausfordernder Neugier darauf wartete, was ich tun würde. Am Ende der Trauungszeremonie warf Rinto eine lange Fangschlinge über uns drei und sagte:

»Von nun an seid ihr fester als mit dem festesten Riemen
miteinander verbunden.
Und zwischen euch gibt es keinen Abstand, in den auch
nur die Schneide eines Messers passen würde.
Möge mit der Zeit die längste Fangschlinge
nicht lang genug sein,
dass eure ganze Familie in ihrem Kreis Platz fände.«

Jetzt liegt Tanat zwischen zwei Frauen. Weder er noch Katja schläft. Ich schreibe wie immer, in den Tschottagin hinausgestreckt. Meine Finger werden steif, aber das Ereignis ist so wichtig, dass ich es festhalten muss. Ich erinnere mich an die Erörterungen von Morgan, Lévy-Bruhl, Boas, Margaret Mead, von unseren Bogoras, Sternberg, Miklucho-Maklai und anderen über das Leben des ursprünglichen Menschen und überzeuge mich immer mehr davon, dass sie weit von der Wirklichkeit entfernt sind. Ein unüberwindliches Hindernis, an das der weiße Mensch und Forscher stößt, einen undurchsichtigen Schleier für seine Erkenntnisse bildet vor allem sein Hochmut. Mir scheint, das erklärt sich insbesondere dadurch, dass der Ethnograf unweigerlich an der Kolonisation beteiligt war, dass er sich an der

Seite derer bewegte, die die ortsansässige Bevölkerung dezimierten, falls diese plötzlich versuchte, sich den ungebetenen Eindringlingen in ihr Land, in ihr Leben zu widersetzen. Alle Erörterungen darüber, dass es auch milde, schonende, humane Kolonisationen gegeben habe, sind nachträgliche Versuche, die Rücksichtslosigkeit zu rechtfertigen, mit denen die so genannten Entdecker und kühnen Forschungsreisenden in die eroberten Landstriche eindrangen. Besonders die sowjetischen Historiker taten sich bei der Beschönigung von Verbrechen der Eroberer hervor. Was taugen ihre Behauptungen, russische Kosaken hätten den Ureinwohnern des Nordens nur Licht und Lächeln gebracht! In Wirklichkeit haben sie die ortsansässige Bevölkerung restlos ausgerottet. Nach Stellers Seekuh hatten sie auch die Eingeborenen der Halbinsel Kamtschatka vom Antlitz der Erde getilgt und die wenigen Überlebenden derart verschreckt, dass die die eigene Sprache vergaßen. Das Gleiche geschah mit den Alëuten, den Tlingiten und anderen Ureinwohnern von Alaska. Der russische Historiker Serafim Schaschkow beschreibt in seinen historischen Skizzen, wie tausende von Alëuten-Leichen von der Meeresströmung an die Küsten von Kamtschatka getrieben wurden, und alles nur, weil die Alëuten sich der räuberischen Ausrottung von Bärenrobben und anderen Tieren in dem Land widersetzten, das sie seit Jahrhunderten ernährt hatte. Wissenschaftlicher Hochmut, den sie von den Kolonisatoren geerbt hatten, erlaubte den Ethnografen nicht, sich auf eine Ebene mit dem erforschten Menschen zu stellen.

Anna Odinzowas Finger waren so steif geworden, dass ihr jetzt schon jeder Buchstabe schwer fiel.

Sie zog den Kopf in den Polog zurück und lauschte. Im Dunkel waren die gleichmäßigen Atemzüge von Tanat und Katja zu hören.

Doch sie schliefen nicht.

5

In der Jaranga gab es Bücher. Eine prächtige Puschkin-Ausgabe in gelbem Einband, herausgegeben zum hundertsten Todestag des Dichters. Tanat hatte sie zum Abschluss der Uëlener Siebenklassenschule mit der Widmung bekommen: »Für ausgezeichnete Leistungen und vorbildliche Führung. 25. Mai 1947. Siedlung Uëlen, Tschuktschischer Nationaler Bezirk. Direktor Lew Belikow.« Es gab auch ein Büchlein »Verfassung der UdSSR« auf Tschuktschisch, das unlesbar war, weil es fast ausschließlich aus russischen Wörtern bestand, die lediglich tschuktschische Präfixe und Suffixe hatten. Auch dieses Buch gehörte Tanat. Die Bibliothek von Anna Odinzowa war unvergleichlich größer – und nicht nur in russischer Sprache. Sie besaß das Buch der Tschautschu-Märchen »Tschawtschywalymnylte« von Fjodor Tynetegin mit Zeichnungen des Uëleners Wykwow, die erste tschuktschische Fibel, das »Tschuktschisch-Russische Wörterbuch« von Bogoras, das »Russisch-Tschuktschische Wörterbuch« von P. Skorik, den dicken Band »Die Tschuktschen« von Bogoras, das englischsprachige Buch »Coming of Age« von Margaret Mead.

Besonderen Anklang fand in der Jaranga das Buch der Tschautschu-Märchen. Viele der Märchen, die darin aufgezeichnet und den Zuhörern gut bekannt waren, wirkten auf den weißen Seiten des Buches wie verändert. Dieses Buch lasen im Wechsel Tanat, Anna und sogar Katja vor.

Rinto bat mitunter seinen Sohn, Gedichte von Puschkin vorzulesen. Stumm, konzentriert lauschte er der russischen poetischen Sprache, bat um Übersetzung, blieb aber immer unzufrieden. »Was sagst du da: Frost und Sonne – ein schöner Tag! Warum soll Puschkin solche Selbstverständlichkeiten erzählen!«

Mit seinem hervorragenden Gehör und Gedächtnis wiederholte Rinto russisch:

»Moros i solnze – den tschudesny!
Jestscho ty dremlesch, drug prelestny?«[1]

Er überlegte: »Natürlich muss man bei gutem Wetter alle wecken. Bestimmt gibt es in einem russischen Lager nicht weniger zu tun als bei uns. Man muss doch auch die Kühe hüten, die Pferde einspannen, den nächsten Ortswechsel vorbereiten.«

»Die Russen nomadisieren nicht«, erinnerte ihn Katja.

»Ach ja, das hab ich vergessen«, gab Rinto zu.

Katja hatte sich, wie es schien, fest in die Familie eingefügt. Was aber ging in der Dunkelheit des Fell-Pologs vor sich, wenn Tanat zwischen den zwei jungen Frauen lag? Gewiss, Anna war schwanger und sollte jeden Tag gebären, aber Tanat war doch kein kalter Fisch, sondern ein junger, heißblütiger Mann.

Ein wenig stockend las Katja:

»Unylaja pora, otschej otscharowanje,
Prijatna mne twoja prostschalnaja krassa …«[2]

Tanat übersetzte: »Sehr angenehm ist es, die Schönheit der herbstlichen Tundra zu betrachten.«

[1] Deutsch: Sonne und Frost; ein goldner Morgen! / Du schläfst noch, Schatz, dem Tag verborgen? (L. K.)

[2] Deutsch: Wehmütge Zeit! Doch für die Augen – welch ein Zauber! / Zu gut gefällt mir deine abschiedstrunkne Pracht … (L. K.)

»Was soll daran angenehm sein?«, wunderte sich Rinto mit einem Seufzer und bat, doch wieder aus Tynetegins Buch der Tschautschu-Märchen vorzulesen.

Dunkel dämmerte es Rinto, dass diese Zeilen einen anderen, verborgenen Sinn bargen, wie er auch in den äußerlich einfachen Beschwörungsworten eines Schamanen steckte. Es kommt doch oft vor, dass sich ein einfaches Wort, am richtigen Ort und zur richtigen Zeit gesprochen, auch für Ihn, den Einzigen, an den es gerichtet ist, als stärker erweist denn jegliche physische Handlung. Nicht umsonst lautet ein altes tschuktschisches Sprichwort: Mit einem Wort kann man töten.

Was die wissenschaftlichen Bücher betrifft, die der Schwiegertochter gehörten, so erschien ihr Inhalt als ausgeklügelter Wirrwarr mit dunklem und unerkennbarem Sinn. Doch es gab auch interessante darunter: so ein großes Buch über die Sprachen der Nordvölker, herausgegeben von der Forschungsvereinigung des Instituts der Völker des Nordens. Darin wurden Wörter in ihre Bestandteile zerlegt, und das erschütterte Rinto. Ein lebendiges Wort, das – ausgesprochen – wie ein Vogel aus dem Nest geflogen war, um frei dahinzufliegen, lag wie angeschossen hingestreckt auf der weißen Buchseite, zerlegt wie ein abgestochenes und gehäutetes Ren. Es ist aber doch nicht dasselbe, ob man ein Tier zerlegt oder ein Wort. Das ist so ähnlich, als würde man einen Menschen an den Gelenken trennen, statt ihn in seiner Ganzheit zu sehen. So kann man nur mit einem Toten verfahren, und die Betrachtung auseinander genommener tschuktschischer Worte auf einer Buchseite erinnerte Rinto an einen Friedhof.

Dann aber geschah ein Wunder. Anna ließ die Blicke über eine weiße Buchseite gleiten, entlang der dort aufgereihten schwarzen Buchstaben, und während sie laut vorlas, belebte sie die toten Wörter, erfüllte sie mit Sinn. Dass man Wörter auf einer Buchseite abbilden konnte, um sie dann wieder zu beleben, war natürlich ein großes Wunder. Diese Wiedererweckung war möglich, wenn ein Mensch darauf blickte, der Lesen und Schreiben gelernt hatte. Im tiefsten Herzen war Rinto auf diese Fähigkeit sogar neidisch, und hätte ihn nicht die eigene Würde daran gehindert, die Sorge, er könne lächerlich erscheinen, hätte er schon früher, als es ihm der Wanderlehrer Belikow vorgeschlagen hatte, neben seinem jüngeren Sohn Platz genommen, dann könnte er heute die Luorawetlan-Märchen in Tynetegins Buch selbst lesen. Immerhin hatte der Uëlener Schamane Mletkyn nicht nur Russisch, sondern auch Amerikanisch lesen können, und das hatte ihm in den Augen seiner Landsleute, die ihn aufrichtig verehrten, nicht geschadet. Freilich war eben das den neuen, bolschewistischen Tangitan verdächtig erschienen, sie hatten ihn später verhaftet und nach Anadyr ins finstere Haus gebracht, wo er sich aus Gram an einer aus Rensehnen geflochtenen Schnur von seiner eigenen Seehundfell-Hose erhängt hatte.

Rinto bemühte sich, die jungen Frauen einander näher zu bringen, sie zu befreunden. Anna schien nichts dagegen zu haben, doch Katja blieb reserviert. Rinto konnte sie verstehen – so viele Jahre hatte sie vertrauensvoll darauf gewartet, der ihr Anverlobte würde sich früher oder später mit ihr vereinigen. Sie hatte sich an diesen Gedanken, an diese Perspektive gewöhnt und konnte sich nicht damit abfinden, dass ihre Zukunft zerstört war. Sie konnte das Gefühl der Feindschaft gegenüber einer Frau nicht unterdrücken, die ihr das Glück der Liebe genommen hatte. Rinto erriet, dass Liebe wie ein lebendiges Wort nicht teilbar war, dass sie durch Aufteilung geschädigt wird, ihre Lebenskraft verliert und schließlich stirbt. Katja war noch so jung, so vertrauensselig und arglos, ihre Gefühle spiegelten sich auf ihrem runden Gesicht, in ihren dunklen Augen. Gleich dem lebendigen Feuer, das unter der Asche eines niedergebrannten offenen Feuers schwelt, entflammten ihre schwarzen Pupillen oft von der Glut des Hasses gegen ihre glückliche Rivalin. Dabei verhielt sie sich zu Anna äußerlich recht freundlich, sprach ruhig und leidenschaftslos mit ihr. Rinto konnte ein Gefühl der Schuld gegenüber Katja nicht unterdrücken. Das Einzige, was er tun konnte, war, die Götter um Hilfe anzuflehen. Aber worum sollte er sie bitten?

Er stand an einem Abhang, inmitten nackter Felsen. Die verstreuten Gesteinstrümmer konnten einen Menschen, der sich vor fremden Blicken verstecken wollte, gut tarnen. Die vertrauten Gebetsstätten befanden sich fern von hier, und wer weiß, ob sein Heiliges Wort im Stande war, Jene zu erreichen, die den Menschen durch das Leben führen. Oder sollten sie ihn, sein Lager doch verfolgen? Rinto stimmte sich auf eine Eingebung ein, auf einen Zustrom Heiliger Worte. Immer kamen sie unerwartet. Jetzt fand er plötzlich diese Worte:

Das Gute und die Liebe im Menschen sind untrennbar,
als seien sie Teil seines Wesens.
Und wollte man sie teilen, eins vom anderen trennen,
würde der Mensch sich selbst verlieren.

O, Enen, möge doch jene, die Katja heißt,
das Gute und die Liebe im Herzen wiedergewinnen,
mögen diese Gefühle eins werden -
sich einfügen ins ungeteilte Wesen des Menschen!

Rinto flüsterte diese Worte laut, obwohl man sie – wie ihn Großmutter Giwewneu, die große Schamanin der Küstentundra, gelehrt hatte – nicht einmal auszusprechen braucht, damit sie Den erreichen, für den sie gedacht sind. Doch Rinto war sich längst bewusst geworden, dass es Heilige Worte gab, die er unbedingt hörbar aussprechen, mitunter sogar hinausschreien musste, wenn er sicher war, dass kein Mensch in der Nähe war. Ihm gefielen die Melodie, der Rhythmus der Worte. Die russischen Verse, die ihm aus dem großen gelben Buch vorgelesen wurden, beeindruckten ihn eben durch ihre Musikalität und ihren Rhythmus. Der scheinbar ungeordnete Strom der fremden Laute einer unbekannten Sprache gewann plötzlich Harmonie. Das war so ähnlich wie bei den Heiligen Worten, und obwohl sie so unzulänglich übersetzt wurden, spürte er, dass diese Worte einen tieferen Sinn bergen. Wie die verstorbene Giwewnëu zu sagen pflegte – das Wort muss vor allem der verstehen können, an den es gerichtet ist. Es wurde dem Menschen gegeben, damit einer den anderen verstehe, sie einander nahe kämen und begriffen, wie sehr die Seele dem Guten und der Liebe verwandt ist. Rinto gehörte zu jenen Schamanen, die keines fremden Heiligen Wortes bedurften. Andere, schwächere, wandten sich mitunter an ihn, baten ihn um Rat, und er wies sie nicht ab. Doch solch einen Schamanen zählte er nicht zu den erleuchteten. Solche Leute waren auch nötig, aber sie taugten nur für unwesentliche Gelegenheiten, für den Vollzug notwendiger Rituale – bei Geburt und Tod, Namensgebung oder Namenswechsel. Schlimm war vor allem, dass es in manchen Siedlungen Schamanen gab, die nach dem Beispiel der Tangitan dazu übergegangen waren, sich für ihre Dienste bezahlen zu lassen.

Rinto interessierte sich für den russischen Glauben. Wie kleine Bäche strömten bei ihm Nachrichten über den russischen Enen zusammen, der, wie auch der luorawetlanische, unerreichbar war und sich in fernen Sphären aufhielt. Aus seiner Familie hatte nur der Sohn die Erde besucht, war aber von Feinden getötet, vom Vater wieder erweckt und in den Himmel zurückgeholt worden. Der Umgang mit Zeremonien unterschied sich bei den russischen Schamanen im Grunde nicht von dem der Luorawetlan, auch sie traten in prachtvollen Gewändern auf, murmelten vieldeutig und unverständlich Heilige Worte, lasen zudem oft aus großen Heiligen Büchern, die offenbar jenem Buch glichen, das die Gedichte von Puschkin enthielt. Das war erstaunlich, demnach verfügte der russische Schamane oder Pope, wie man ihn nannte, über kein eigenes Schöpfertum, brauchte nicht auf die unhörbare Stimme von oben zu lauschen. Wenn es so war, meinte Rinto, müsse ein russisches Heiliges Buch eine Vielzahl von Beschwörungen enthalten, ist doch das Leben vielfältig und veränderlich. Darin bestand nach seiner Überzeugung die Hauptschwäche des Tangitan-Glaubens. Er versuchte, über solche Fragen mit Anna Odinzowa zu sprechen, sie aber konnte ihm über den russischen Glauben wenig sagen, glaubte selbst nicht oder wusste nichts darüber.

Dabei hatte Rinto oft genug bemerkt, dass die Schwiegertochter klug war und sehr aufmerksam alles beobachtete, was das hiesige Leben betraf, auch hingebungsvoll alle Bräuche befolgte. Er hatte keinen Grund, über sie zu klagen. Mitunter vergaß er sogar, dass sie von den Tangitan abstammte. In ihrer Kherker-Kombination, mit dem glänzenden, dunklen Gesicht unterschied sie sich auf den ersten Blick weder äußerlich noch durch die Sprache von den übrigen Frauen des Lagers. Nur die himmelblauen Augen verrieten, dass sie anderer Herkunft war. Mitunter dachte Rinto, er solle all das, was er eigentlich dem jüngeren Sohn übertragen wollte, alles Wissen, die heiligen Schamanengeheimnisse, an sie weitergeben. Doch zunächst ließen Zweifel einen entschlossenen Schritt in dieser Richtung nicht zu. Andererseits sah Rinto niemanden sonst, der würdig gewesen wäre, sein Stellvertreter zu sein, zumal unklar war, was ihnen die Zukunft bereithielt. Der älteste Sohn Roltyt war zwar ein lieber Junge, aber er war zu schlicht und geradlinig, ihm fehlte der Gedankenflug, die Fantasie. Was aber den jüngeren betraf... Rinto spürte, dass der nicht mehr so gehorsam und nachgiebig war wie früher, als er noch in der Jaranga lebte. Er hatte die Schule besucht, Jahre in völlig anderer Umgebung verbracht, in einem Holzhaus mit Glasfenstern gewohnt, in einem Bett geschlafen, beim Essen Messer und Gabel gebraucht, sich zahlreiche neue Gewohnheiten angeeignet – er war bis zu einem gewissen Grad ein anderer Mensch geworden. Er, der Vater, spürte jetzt, dass Tanat sich von ihm entfernte. Vielleicht bedauerte er sogar insgeheim, dass er seine Ausbildung nicht fortsetzen konnte und er in die Tundra zurückkehren musste. Es gab Momente, da Rinto meinte, er sei allein geblieben, allein in der kalten Wüste der Entfremdung ihm nahe stehender Menschen. Sogar die getreue Welwune, noch vor kurzem die einzige Frau in der Jaranga, hatte nun plötzlich Geheimnisse mit Anna und Katja.

Die Pfeife lag auseinander genommen auf dem niedrigen Tischchen. Das war eine spezielle Konstruktion mit dickem Pfeifenrohr aus Hartholz, dessen geräumige Bohrung kleine, nikotingetränkte Holzspäne aufnahm. Man kann ohne Tee auskommen, ohne Zucker und schon gar ohne das böse, benebelnde Wasser, doch auf Tabak verzichten zu müssen, war qualvoll und unerträglich. Dagegen half diese wundertätige Pfeife, gekrönt von einem Schälchen, das sorgsam, damit kein Krümchen verloren ging, mit klein geschnittenem Tabak gefüllt wurde. Auf dem Weg in Rintos Mund strömte der Rauch durch die Holzspäne und hinterließ in ihnen kostbaren Tabaksaft. Rinto leerte vorsichtig die Pfeifenbohrung von dem dunkelbraunen Inhalt, zerkleinerte und vermischte ihn mit richtigem Tabak. Dieser Trick erlaubte es, den ursprünglichen Tabakvorrat zu strecken, und ließ die Raucherzukunft schon weniger düster aussehen. Alles Übrige, was sie in Uëlen gekauft hatten, war längst verbraucht. Geblieben waren nur einige Streichholzschachteln für den Notfall. Feuer wurde doch meist auf die alte Weise gewonnen – mittels einer Einrichtung aus einem Bogen mit loser, verlängerter Sehne, einem Stöckchen und einem Brett mit ausgebrannten Nestern, in denen vom heftigen Reiben das Feuer entstand.

Alles Neue, Unbekannte geriet sofort auf die Tagebuchseiten von Anna Odinzowa: Worte, Sätze, Sprichwörter und Redewendungen, Kindersprüche, Bezeichnungen von Gegenständen, Windrichtungen, Gewächsen, Tieren, Wolken, Eis- und Schneegebilden … Es fehlten nur heimliche Beschwörungen, nach denen die Schwiegertochter schon einige Male vorsichtig gefragt hatte. Ja, Anna war keine Fremde mehr, sie hatte das mit ihrem ganzen Verhalten bewiesen. Mitunter glich sie eher einer Tschautschu-Frau als Welwune. Und doch hielt etwas Rinto davon ab, sie ganz und gar als die seine anzuerkennen. Immer wieder tauchte ein Wurm des Zweifels auf, der ihn zurückhielt. Das verdarb die Stimmung, stürzte in finstere Skepsis. So konnte es nicht lange weitergehen, er musste eine Entscheidung treffen, damit das Leben in der Jaranga sich auf gegenseitiges Vertrauen gründen konnte. Deshalb begann Rinto an den Abenden lange Gespräche, äußerte Interesse für Frauenangelegenheiten, womit er seine Frau und die Söhne in Erstaunen versetzte. Am redseligsten war er, wenn sich in der Haupt-Jaranga alle Lagermitglieder bis auf die Herdenwachen versammelten. Dann wurde ein Rentier geschlachtet, sodass sie einen großen Kessel Fleisch kochen, die Renläufe abnagen und zerschlagen konnten, um an das im Mund zergehende Knochenmark zu gelangen. Da es keinen Tee mehr gab, tranken sie Renbrühe, die viel besser schmeckte als jedes Tangitan-Getränk. Sobald das Geschirr abgeräumt war, stopfte Rinto seine dicke Pfeife. Das war gewissermaßen das Vorspiel zum Höhepunkt des Abends – dem Vortragen einer alten Legende. In diesem kleinen Lager war der wichtigste, ja der einzige Erzähler Rinto. Seine Erzählungen waren wortreich und endeten oft erst gegen Morgen, wenn die Kinder bereits im Schlaf schnieften. Es kam aber vor, dass Anna ihn vertreten musste. Ihre Berichte über das Tangitan-Leben in den großen Städten fanden großes Interesse. Dass es in Leningrad riesige, mehrere Stockwerke hohe Häuser gab, verlangte nach zusätzlichen Erklärungen und Beschreibungen. Ob es nicht schrecklich sei, in solcher Höhe zu wohnen? Wie fühle sich jemand, der an solch hohem Haus vorbeigeht, von dessen Dach, ja aus dessen Fenstern alles Mögliche herunterfallen könne? Rinto fragte detailliert nach der russischen Viehzucht, nach den Kühen, Pferden, Ziegen, nach dem Geflügel, das seine Besitzer nicht einmal im Winter verlässt und in besonderen Räumen mit ihnen zusammenlebt. Anna antwortete, so gut sie konnte, wobei sie die Sympathien nicht nur der Kinder, sondern auch der Erwachsenen gewann. Besonders bemühte sie sich um Katja. Doch die schenkte der Frau, die mit ihr das Ehelager teilte, kein Lächeln.

Seit einiger Zeit hatte Anna aufgehört, den Mann an sich heranzulassen. An jenem Abend, als sie die Erzählung über den gütigen Riesen Pitschwutschin zu Ende gehört hatten, rückte Anna im Ehe-Polog schroff vom Ehemann ab, der sich an sie zu schmiegen suchte, und flüsterte russisch: »Du kannst dem Kind schaden.«

»Ich mag es aber, wenn du ganz nah bei mir bist, wenn ich deinen Atem spüre... Na gut, kann ich wenigstens meine Hand auf deine Schulter legen? Mir tut das wohl. Früher hattest du nichts dagegen.«

»Du bist doch erwachsen und musst begreifen, dass ich schwanger bin. Du musst vorsichtig mit mir umgehen. Rück doch etwas zur Katja hin, neben ihr ist noch so viel Platz.«

»Ich will aber mit dir schlafen und nicht mit Katja. Das kann ich nicht.«

»Früher oder später wird dir nichts anderes übrig bleiben.«

»Das kann ich mir nicht einmal vorstellen. Warum quälst du mich so, als sei ich dir fremd geworden?«

»Du bist mir nicht fremd geworden. Ich liebe dich wie zuvor. Aber hier, in der Jaranga, herrschen eigene Bräuche und Gesetze. Was du über die Liebe zwischen Mann und Frau weißt, hast du nur aus Büchern, richtige hiesige Erfahrung hast du nicht.«

Tanat war verzweifelt. Ihm schien, hinter seinem Rücken, wo Katja lag, lodere ein Feuer von Gefühlen, befände sich ein glühendes Gefäß voll Liebe und Hass. Er hatte sogar Angst vor dem Einschlafen, weil er sich im Schlaf Katja nähern und plötzlich in ihren Armen liegen könnte. Vorsichtig drehte er sich auf dem Lager um, damit er nicht zufällig den Leib seiner zweiten Frau berührte. Nachts erwachte er mitunter plötzlich, dann überlegte er fieberhaft, wo er lag, an wessen Seite, wessen Atem sich mit seinem Atem vermengte. Manchmal fiel es ihm schwer, das gleich zu erkennen. Einige Male wurde ihm bewusst, dass er Katja in den Armen hielt. Tanat erkannte es daran, dass sie sich ganz still verhielt, fast ohne zu atmen, nur ihre Glut verriet ihre Erregung. Dann wandte er sich jäh von ihr ab, schmiegte sich an die geliebte Anna, weckte sie, sie aber knurrte leise und bat ihn, von ihrem riesigen Bauch wegzurücken. Die erhitzten Sinne, die nächtliche Bedrängnis, die Angst vor sich selbst trieben Tanat aus der Jaranga hinaus, und zur großen Freude seines Bruders bemühte er sich, die meiste Zeit bei der Rentierherde zu verbringen. Doch am Ende musste er immer wieder nach Hause zurückkehren, die durchnässten Kleidungsstücke wechseln, etwas Warmes essen, ausschlafen, ausruhen. Wäre Sommer gewesen, dann hätte er einfach bei den Rentieren bleiben können, zumal es im Lager ein kleines Segeltuchzelt gab, das der Vater während seiner letzten Amerikareise gekauft hatte. Aber auch jetzt brachte es Tanat fertig, einige Stunden bei der Herde zu ruhen. Er durfte nur nicht in zu tiefen Schlaf fallen, sonst würde er vielleicht überhaupt nicht wieder wach, sondern geriet für immer in das Stillschweigen jenseits der Wolken, in das Umfeld des Polarsterns, wo die Gestorbenen ihren Platz finden.

Tanat rückte ein wenig von seiner Frau ab, doch schon spürte er wieder die Berührung von Katjas heißem Leib. Ihre Haut war zart, weich wie Renkalbfell und ein wenig klebrig. Mit Mühe suchte er sich einen Platz zwischen den beiden Frauen und fiel in einen unruhigen Schlaf.

Schon gegen Morgen hörte Anna ein gleichmäßiges, rhythmisches Atmen ihres Mannes, und mit einem Mal erriet sie die Situation. Nun war es also geschehen.

Tanat aber hatte anfangs geglaubt, er wäre mit Anna zusammen, presse ihren Körper. Erst ganz zum Schluss, als er statt eines süßen Tangitan-Kusses die bitteren Lippen Katjas spürte – rau wie eine unreife Torfbeere – begriff er, in welche Situation er geraten war. Ein Stöhnen brach aus ihm, als hätte ein Unsichtbarer die Spitze einer Lanze in sein Herz gestoßen. Er kroch aus dem Polog in den kalten Tschottagin, zog sich an und ging hinaus unter die kalten Sterne der Winternacht. Er wollte weinen, sich die Haare raufen, doch ihm fehlte die Kraft, als habe ihn das Mädchen bis auf den Grund zerstört, alle Lebenssäfte ausgesaugt. Der Schnee knirschte unter den Füßen, das aufgewühlte Herz klopfte laut in der Stille, und der heiße Atem stieß pfeifend aus der Kehle.

Roltyt empfing den Bruder mit Verwunderung. »Ist etwas geschehen?«

»Nichts … Geh nach Hause, ich bleibe hier, bei der Herde.«

Roltyt schwieg zunächst, bemerkte dann aber: »Wenn ich zwei Frauen hätte, würde ich die Jaranga gar nicht mehr verlassen. Ein sonderbarer Mensch bist du. Sobald du in die Jaranga zurück willst, kannst du die Rentiere allein lassen. Hier weiden sie in aller Ruhe. Die Weide ist zwar gut, aber klein. In ein paar Tagen werden wir an einen anderen Ort ziehen müssen.«

Tanat schwieg. Er hatte keine Lust zu plaudern. Er wollte allein sein. Doch kann man sich selbst entfliehen?

Die Rentiere weideten friedlich, von der Dämmerung unter den Sternen eingeschlossen. Unter ihren Hufen knirschte der trockene Schnee, es war zu hören, wie sie mit den Gehörnen aneinander stießen, die Luft war vom Atem tausender Tiere erfüllt. Tanat fröstelte innerlich bei dem Gedanken, dass Anna ihm gegenüber erkaltet war, ihr Gefühl an Kraft verloren habe und sie ihn deshalb in die Umarmungen von Katja stoße. Wie sollte er dann leben? Jene Welt, die sich ihm eröffnete, als er begonnen hatte, sich die Schrift anzueignen, Bücher zu lesen, hatte sich wieder verschlossen. Was konnte er jetzt vom Leben erwarten? Ein monotones Dahinfließen der Zeit ohne Ereignisse, den Wechsel von Tag und Nacht und von Jahreszeiten, das Geborenwerden, Wachsen und Sterben der Rentiere, aber nichts, das ihm wie ein

Licht leuchten, ihn rufen, ihm einmalige Überraschungen ankündigen, vielleicht sogar von Gefahren den Atem stocken lassen würde …

Der Himmel im Osten rötete sich, als würde dort jemand ein Feuer entfachen, und sein Widerschein färbte auch den unteren Rand der niedrigen Wolken. Doch das Licht nahm langsam zu, und um die düsteren Gedanken zu verscheuchen, rief sich Tanat die Legende in Erinnerung, wie eine kleine Schneeammer den Menschen die von Bösen Mächten geraubte Sonne wiedergegeben hatte. Einst, als die Menschen vom Schlaf erwacht waren, wollte sich kein Morgengrauen einstellen: Im Osten stand die Finsternis wie eine undurchdringliche Mauer. Riesige Tiere und große Helden bemühten sich, diese Mauer niederzureißen, den Sonnenstrahlen den Weg zur Erde zu öffnen, doch vergebens. Da kam eine kleine Schneeammer geflogen und verkündete mit ihrem dünnen Stimmchen, dass sie versuchen würde, die Mauer mit dem Schnabel zu durchlöchern. Das Schnäbelchen der Schneeammer war klein, schwach, und sie selbst war ein Winzling, deshalb nahm niemand ihre Worte ernst. Die Schneeammer verschwand in der Finsternis, verschwand aus den Augen. Nach einiger Zeit aber tauchte im Osten am Himmel plötzlich ein roter Rand auf, wie mit frischem rotem Blut gezogen. Später stellte sich heraus, das waren Blutspritzer der Schneeammer, die ihr Schnäbelchen an der harten, undurchdringlichen Mauer aufgerieben, zerschlagen hatte. Das Blut wurde immer heller, dann brach ein Lichtstrahl durch, noch einer, das Sonnenlicht ergoss sich über die Erde und vertrieb die Finsternis. Als die kleine Schneeammer in die Tundra zurückkam, sahen die Menschen, das sie nicht nur entkräftet war, sondern auch keinen Schnabel mehr hatte und ihr Brustgefieder mit Blut voll gespritzt war …

Rinto erwachte von weiblichem Gesang. Der Gesang war leise, kaum hörbar und kam aus dem Tschottagin, von der Feuerstelle. Er steckte den Kopf aus dem Polog und entdeckte Katja. Ihr Gesicht leuchtete vor Glück, und zum ersten Mal, seit sie im Lager war, lächelte sie. Sie hörte augenblicklich auf zu singen und fragte erschrocken: »Habe ich dich geweckt?«

»Nein, ich bin von selbst wach geworden. Mir hat dein Gesang gefallen.«

Aus dem anderen Polog hatte Anna den Kopf herausgestreckt. Sie hatte ihr Heft auf ein Brett eines an den Kopfbalken herangezogenen Schlittens gelegt und schrieb eilig.

Wenn ich nur wüsste, was sie dort schreibt, überlegte Rinto innerlich lächelnd. Doch es bedurfte keines besonderen Scharfsinns, um zu erraten, was in der Nacht geschehen war. Die Abwesenheit Tanats beunruhigte Rinto nicht sehr. Das Wichtigste, worüber er in diesen Tagen nachgedacht, worum er die Götter angefleht hatte – mit Heiligen Worten, die ihm unter den hellen Wintersternen und unter dem flammenden Polarlicht in den Sinn gekommen waren –, war Wirklichkeit geworden. Natürlich würde das nicht wenig neue Konflikte schaffen, vor allem zwischen Anna und Katja, aber auch zwischen Tanat und den beiden jungen Frauen. Doch das waren Kleinigkeiten. Wenn Katja singt, heißt es, in ihrem Herzen ist Freude. Was aber bedeutet es, wenn Anna schreibt? Seinerzeit, als ihm der Wanderlehrer Lew Wassiljewitsch Belikow vorschlug, Lesen und Schreiben zu lernen, konnte Rinto sich nicht vorstellen, neben den Kindern zu sitzen, die sich auf dem Boden niedergelassen hatten und dem Lehrer gedehnte Laute nachsprachen. Insgeheim hielt er das mehr für Zeitvertreib als für eine ernste Angelegenheit…

Nun bin ich also die Zweitfrau des Rentierzüchters Tanat geworden. Eine lebende, unmittelbare Teilnehmerin am uralten Brauch des Levirats. Formal war dies schon früher geschehen, tatsächlich aber erst letzte Nacht, am 24. März 1948. Was empfinde ich dabei? Wenn ich ehrlich sein soll, hat mich ganz zu Beginn, als ich hörte, was im Dunkeln vor sich geht, wilde Eifersucht gepackt, und ich war sogar versucht, das Zusammensein meines Mannes mit Katja gewaltsam zu beenden. Einen Augenblick später trat an die Stelle dieses Gefühls der heiße Wunsch, mich selbst an diesem Akt zu beteiligen. Und ich hätte es getan, wäre nicht meine Schwangerschaft. Überzeugt habe ich mich, dass der Brauch des Levirats nichts mit Sittenlosigkeit zu tun hat oder mit dem Verlangen, seine übermäßigen sexuellen Bedürfnisse zu befriedigen. Dieser Brauch ist aus einem einfachen Grund entstanden – die Familie zu schützen, die Nachkommenschaft zu sichern, eine einsame Frau vor dem Gefühl der Nutzlosigkeit in der Gesellschaft zu bewahren und ihr einen würdigen Platz zu geben. Wie schade, dass alle meine Gefühle nicht die einer Frau sind, die hier geboren und aufgewachsen ist, ohne den Einfluss einer Kultur mit familiären Traditionen, die vor allem durch das Christentum und die neue kommunistische Moral geprägt sind. Was gegenwärtig vor meinen Augen und unter meiner Teilnahme geschieht, ist Jahrtausende alt. Ich bin gewissermaßen in eine Zeit versetzt, die vor die Erbauung der ägyptischen Pyramiden zurückführt, vor Troja, vor die Reisen des Odysseus, weit vor das Auftreten der ersten christlichen Prediger. Genau genommen leben die Tschuktschen und viele Völker unseres Nordens, zu denen die Revolution gekommen ist, noch in jener Zeit. Das Zerbrechen der in Jahrtausenden entstandenen Bräuche im Namen der neuen, lichten Zukunft wird alles hinwegfegen, was sich in diesem Nomadenlager noch erhalten hat, und meine Aufgabe diesen Menschen und der Wissenschaft gegenüber besteht darin, ungeachtet all meiner Gefühle dies wenigstens auf dem Papier festzuhalten. Mitunter überkommt mich Furcht, wenn ich an den Tag denke, da Atata hier erscheint – vielleicht auch ein anderer an seiner statt, aber früher oder später wird dies geschehen.

Katja, die immer noch sang, warf einen Seitenblick auf Anna und sagte plötzlich: »Ich kann auch schreiben.«

»Ausgezeichnet«, erwiderte Anna.

»Nur nicht so schnell wie du.«

»Wenn du willst, bringe ich dir bei, schnell zu schreiben.«

»Nicht nötig... Jetzt brauche ich das nicht mehr. Ich bin die Ehefrau eines Rentiermenschen, eine Tschautschu-Frau.«

»Ich bin doch auch Ehefrau eines Rentiermenschen«, bemerkte Anna vorsichtig.

»Ich war Tanat von Geburt an bestimmt. Du aber bist von irgendwoher aufgetaucht. Obwohl du auch seine Frau bist, bin ich doch die Hauptfrau.«

»Sein erstes Kind werde aber ich zur Welt bringen.«

Katja verstummte. Anna machte sich insgeheim Vorwürfe, dass sie sich in dieses für sie gefährliche Gespräch eingelassen hatte. Das Gefühl hatte gesiegt und nicht der nüchterne Forschergeist.

»Ich werde auch Kinder haben«, erklärte Katja leise und begann, mit aller Kraft ein Stück gefrorenen Robbenspeck in einem Steinmörser zu zerstampfen.

6

Als es auf den Frühling zuging und sonnige Tage das Dunkel der Polarnacht verdrängten, brachte Anna Odinzowa eine Tochter zur Welt.

Einige Tage vor der Geburt quartierte Welwune Tanat und Katja in den elterlichen Polog um, sie selbst aber zog zur schwangeren Schwiegertochter. Beizeiten hatten sie eine gefütterte Kinderkombination genäht – innen mit weichem, dünnem, zartem Renkalbfell und außen mit dem festen Fell eines einjährigen Tieres. Aus verborgenen Winkeln der Jaranga hatte Welwune ein Stück verkohlter Holzrinde und eine scharfe Klinge aus Obsidian-Stein geholt. Mit dieser Klinge durchtrennte Welwune die Nabelschnur, band sie mit einem straff gedrehten Faden aus Rensehnen ab und bestreute sie mit Asche, die sie von dem Stück verkohlter Rinde geschabt hatte.

Die in Renkalbfell gewickelte Neugeborene trugen sie aus der Jaranga ins Freie und rieben sie, die aus vollem Hals brüllte, in heller Sonne mit reinem Schnee ab, dann beschmierte Rinto das rote Gesichtchen mit frischem Renblut. Nachdem das Mädchen wieder in das weiche, warme Kalbfell gewickelt war, verstummte es und presste sich gierig an die weiße, Milch spendende Mutterbrust.

Tanat blickte unentwegt auf die Neugeborene und konnte vor Glück nichts anderes sagen als: »Das ist meine Tochter! Meine Tochter!«

Nachdem sie die Nabelschnur und ihre Geburtshelfer-Geräte weggeräumt hatte, gestattete Welwune endlich den Nachbarn, die Neugeborene zu bewundern.

Jeder, der in die Jaranga trat, zeigte – einem neu erschienenen Menschen zu Ehren – den kleinen Finger und wurde beschenkt. Die Kinder, die eine neue Cousine bekommen hatten, erhielten je ein winziges Stück aufgesparten Zucker, die Erwachsenen eine Prise Kautabak, ein Dutzend farbige Glasperlen oder auch eine Stahlnadel.

Welwune erklärte der jungen Mutter die Bedeutung des Brauchs. »Weil dein kleines Mädchen aus einem fernen Tangitan-Land gekommen ist. Sieh nur, wie hell sie ist, so hell wie ein Feldhuhn im Winter. Deshalb hat sie auch Tangitan-Geschenke mitgebracht.«

Über dem nie erlöschenden Feuer hing ein großer Kessel, in dem eine kräftige Renfleischbrühe blubberte. Welwune gab der Schwiegertochter die leckersten Fleischstücke und sorgte dafür, dass die große Tasse mit Brühe nicht leer wurde.

Rinto fühlte sich etwas verunsichert, während er der Neugeborenen die alten Zeichen von Aufmerksamkeit erwies. »Wir haben alles getan, was bei der Ankunft eines neuen Menschen üblich ist«, erläuterte er der jungen Mutter. »Aber vielleicht gibt es bei euch Tangitan eigene Bräuche, die befolgt werden müssten? Wir werden dich nicht daran hindern und, falls notwendig, dir dabei helfen.«

»Nein«, entgegnete Anna Odinzowa. »Ich kenne keine besonderen Bräuche. Überdies habe ich in dieser Jaranga ein Tschautschu-Mädchen geboren, empfangen von dem echten Tschautschu Tanat. Also wollen wir uns auch ausschließlich an die Bräuche halten, die in diesem Land von alters her bei der Ankunft eines neuen Menschen üblich sind.«

Dann wurde es Zeit, der Neugeborenen einen Namen zu geben. Und wieder fragte Rinto, dem als Sippenältestem das entscheidende Wort zustand, vor allem Anna.

»Ich sage es noch einmal«, erwiderte sie. »Alles soll nach altem Brauch geschehen.«

»Aber wir können ihr einen russischen Namen geben«, schlug Rinto behutsam vor. »Katja zum Beispiel erinnert sich schon nicht mehr an ihren ursprünglichen Namen. Für uns alle ist sie einfach Katja.«

»Ich hätte gern, dass das Mädchen einen normalen Luorawetlan-Namen bekommt«, meinte Anna.

Von unten, von dem fest zusammengepressten Schnee drang fühlbar Kälte, doch im bloßen Gesicht spürte man schon Sonnenwärme. Rinto nahm die Malachai ab und bot sein Gesicht den Sonnenstrahlen dar.

Der Name eines Menschen … Nur ein Wort, ein Zeichen eines augenblicklichen Einfalls – aber er wird mit der Zeit von einem einfachen Laut zum wesentlichen Bestandteil der Persönlichkeit, trägt zusammen mit dem Menschen die Last des Lebens, leidet, freut sich, erkrankt, teilt die Verantwortung für seine Handlungen und stirbt schließlich. Mitunter genügt es, den Namen auszusprechen, und schon steht vor einem der Mensch in seiner Einmaligkeit. Natürlich gibt es bei der Namensgebung auch Missgeschicke. Oder man lässt sich beim Auswählen so lange Zeit, dass an dem Menschen fürs ganze restliche Leben der Kindername kleben bleibt und sich kaum jemand noch an den richtigen Namen erinnert. Auch ein Spitzname kann sich einem Menschen anheften, wie es meinem Freund Mletkyn, dem Uëlener Schamanen, widerfuhr, der nach vielen Jahren, die er in San Francisco gelebt hatte, in seine heimatliche Siedlung als Frank Mletkyn zurückkehrte. Alle folgenden Jahre, bis zu seiner Verhaftung, nannte man ihn nur Frank. Mit dem neuen Leben führten die Bolschewiki den Brauch ein, Tschuktschen und Eskimos russische Namen zu geben. In der Schule wurden die Kinder von der ersten Klasse an ausschließlich auf russische Art gerufen. So wurde Tymnewakat, der Sohn des Walharpuniers Kagje, zu

Anatoli Kagjewitsch Tymnewakat, weil nach russischem Brauch jeder ehrenhafte Sowjetmensch Vor- und Vatersnamen haben muss. Russische Vornamen erhielten auch Erwachsene, besonders vor dem Krieg, als Ausweise eingeführt wurden. Rinto samt Familie umgingen diese Prozedur, doch ihr Uëlener Verwandter Pamja hieß nun offiziell Pawel Kulilowitsch Pamja. Der erste Name war der ihm gegebene russische Vorname, der Vatersname wurde vom tschuktschischen Namen des Vaters abgeleitet, und nur als Familienname blieb der alte eigene.

Wie sollten sie die Neugeborene nennen? In tiefstem Herzen hoffte Rinto, das hellhäutige kleine Wesen, das einem weißen Hermlin glich, möge einen passenden russischen Namen erhalten. Ihm schwebte sogar schon einer vor: Tanja. Sprach man diesen Namen mit nasalem »n« aus, klang er auch auf Tschuktschisch nicht schlecht, fast wie Tutyne, und das hieß »Schöne Abendröte«. Vielleicht sollten sie die Neugeborene so nennen?

Mit einer schönen Abendröte geht der Tag
zur Neige –
in der Stille, unter glitzernden Sternen.
Die Abendröte ist ein Bote neuer Hoffnung,
der Alltagssorgen des morgigen Tags.
Zusammen mit der Abendröte
ruht sich die Erde aus und alles Leben auf ihr,
kommt ihr Lied zur Welt gleich einem Amulett.
Dieses Lied wird Tutyne begleiten,
sie wird es ihr ganzes künftiges Leben bewahren.

In der Jaranga war es still. Die auf dem Kopfbalken sitzende Mutter neigte das glückliche Gesicht über das schlafende

Mädchen, das, von Zeit zu Zeit selig stöhnend, heftig an der Mutterbrust saugte. Am Feuer brach Katja mit den Händen widerspenstige feste Knieholzzweige. Sie glich einem plötzlich erkrankten Hund, den man aus dem Gespann genommen hat, weil er entbehrlich, nutzlos geworden ist. Starkes Mitleid regte sich in Rintos Brust, doch er begriff, dass es in diesen Augenblicken das Beste war, sie in Ruhe zu lassen. Eine solche Verfassung braucht keinen Trost, dafür gibt es nur eine Medizin: genügend Kraft zu finden, um die Seelenpein zu überwinden, denn das Leben ist ohnehin stärker, und alles verblasst angesichts des Jubels über die Geburt eines neuen Menschen.

Nach dem Abendessen sang Rinto das Lied der Namensgebung, das von nun an das Lied von Tutyne, der Tochter von Tanat und Anna Odinzowa, werden sollte. Die Mutter wiederholte einige Male halblaut die Worte und die Melodie, wobei sie die Bedeutung eines jeden Wortes betonte. Während sie das Kind wiegte, holte sie das Tagebuch hervor und schrieb als erstes das Lied auf.

Die Übersetzung ins Russische vermittelt nicht ein Hundertstel der Poesie, die sich hinter jedem Wort dieses Liedes der Namensgebung verbirgt. Ich habe vorhin eingehend den ganzen mit der Geburt eines Menschen in einem Tundra-Lager verbundenen Ritus beschrieben, habe sogar das Obsidian-Messer gezeichnet, das man zum Durchtrennen der Nabelschnur verwendet, und das Stück verbrannte Holzrinde. All das liegt jetzt in einer kleinen, kunstvoll mit dünnen Seehundriemen zusammengenähten Kiste aus Birkenrinde.

In meinem Herzen herrschen Ruhe und Frieden, sogar meine wissenschaftliche Arbeit scheint mir für eine gewisse Zeit unwichtig und unnütz. Wie froh und glücklich ist Tanat! Heimlich hat er mir zugeflüstert: Wie dumm war es doch von mir, manchmal bedauert zu haben, dass ich nicht ins Institut für Lehrerbildung nach Anadyr gefahren bin! Er überschüttet mich regelrecht mit Zärtlichkeiten und nützt jede Minute, um unsere Tutyne in den Arm zu nehmen. Er singt für sie das Lied der Namensgebung wie ein Wiegenlied. Und doch ist mir manchmal bange ums Herz, als könnte uns ein jäher Winterwind in diesen stillen Tagen Eiseskälte bringen.

Anna Odinzowa fuhr zusammen. Wieder dieser Blick! Durchdringend, sie durchbohrend, sprühend vor Hass. Kein einziges Mal hatte Katja dem Kind zugelächelt, nie hatte sie die Neugeborene in den Arm genommen, worin sich doch alle Bewohner des Lagers, groß und klein, gern ablösten. Alle, bis auf Katja. Sie war teilnahmslos, gleichgültig, und ihre Stimme blieb immer monoton und still.

Schweigend ergriff Katja Annas rechte Hand, spreizte ihr die Finger und ertastete eine Schwiele in der Beuge des Zeigefingers.

»Siehst du?«, sagte sie mit leidenschaftsloser Stimme. »Die Schwiele hast du vom Bleistift, nicht von einer Nadel oder dem Zuschneidemesser. Deshalb wirst du nie eine richtige Tschautschu-Frau werden!«

»Ich bin längst eine«, entgegnete Anna überraschend schroff, obwohl sie vor kurzem beschlossen hatte, sich nicht mit Katja zu zanken. »Ich habe ein Kind.«

»Es ist sehr hellhäutig«, seufzte Katja mit geheucheltem Mitgefühl. »Solche leben in der Tundra nicht lange.«

»Sag das nicht!«, unterbrach Anna sie scharf.

Tanat war noch nicht in den Ehe-Polog zurückgekehrt, er schlief mit den Eltern und Katja im Polog des Vaters. Als es im Frühling leichter geworden war, die Herde zu weiden, übernahm Rinto immer öfter die Wache und ließ den Söhnen mehr Zeit für die Familien: Bald schon würde das Kalben einsetzen, dann würde es keinen Augenblick mehr Ruhe geben.

Oft erwachte Tanat mitten in der Nacht von Katjas beharrlichen Liebkosungen und konnte sich dann nicht zurückhalten. Sie liebte ihn schweigend, ungestüm und ließ den Mann selbst nach erschöpfenden Liebkosungen nicht aus den Armen.

In den letzten Tagen oder richtiger Nächten aber war Tanat Katja gegenüber ein wenig abgekühlt, mitunter konnte sie sich noch so viel Mühe geben, er blieb starr wie ein gehäutetes Rentier. Sogar seine immer heiße Haut überzog sich mit sonderbar kühlem Schweiß, und er rückte, so weit es der enge Polog zuließ, von Katja ab.

Als sie die trächtigen Renkühe aus der Herde aussonderten und in das sichere, vor den Frühlingsstürmen geschützte Tal der Gehörnten Hammel trieben, entdeckte Katja, dass sie schwanger war. Sie gestand es nur der Mutter und schärfte ihr ein, niemandem etwas zu sagen. Äußerlich hatte sie sich nicht verändert, doch sie war lebhafter geworden, ihre Stimme weckte alle in der Jaranga mit Morgenliedern. Die entscheidende Veränderung aber war ihr neues Verhältnis zu der Neugeborenen. Jetzt nahm sie die kleine Tutyne auf den Arm und lächelte ihr zu. Alle erklärten sich diesen Wechsel bei Katja mit der allgemeinen Frühlingsstimmung und der Erwartung der ersten Kälber.

»Hast du auch ein eigenes Lied?«, fragte Katja Anna Odinzowa, doch die antwortete ausweichend.

»Ich kenne viele Lieder.«

»Aber hast du ein eigenes, so wie Tutyne?«

»Bei uns ist es nicht Brauch, ein persönliches Lied zu haben.«

Katja lächelte. »Da siehst du. Du hast nicht mal ein eigenes Lied. Soll ich dir mein Lied vorsingen? Es ist ein Frühlingslied, weil ich im Frühling geboren bin.« Und Katja sang:

Ein neues Blümchen drang durch den Schnee
und lächelte der Sonne zu.
Ein neugeborenes Kälbchen stand auf
und machte einen Schritt der Sonne entgegen.
Ein neuer Bach erglänzte unter den Steinen
und funkelte in der Sonne.
Mit dem Frühling freuen auch wir uns
und lächeln der Sonne zu.

Zum Bittgebet für ein glückliches Kalben nahm Rinto Tanat mit. Vom Gipfel eines Berges eröffnete sich ihnen der Blick auf die weite Tundra, die Flüsse hier strömten schon nach Süden, mündeten in den großen tschuktschischen Fluss Whän, den die Russen Anadyr nennen. Hier und da war auf den vom Wind freigefegten Lichtungen der Schnee verschwunden, und zartes Grün überzog die Steine. Die Luft hatte sich verändert, schien dichter geworden, von den Gerüchen der sprießenden Pflanzen durchtränkt zu sein. Sie weitete die Lungen, machte den Menschen gleichsam größer, schenkte ihm neue Kraft. Den langen Winter hatten sie satt, und obwohl der Schnee noch lange nicht tauen würde, musste sich die Natur um sie herum nun mit jedem Tag merklich verändern. Wie schön war es doch, die Zeichen des Frühlings zu entdecken – eine Bürste winziger Eiszapfen auf der Südseite des Retem, die blaue Farbe auf dem Grund der Spur eines Rentierhufs.

Nachdem Rinto Opfergaben aus einem kleinen hölzernen Trog verstreut und den Göttern beschwörende Worte zugeflüstert hatte, wandte er sich dem Sohn zu. »Errätst du, warum ich dich gerufen habe? Ich wollte längst einmal mit dir reden. Die Zeit verrinnt. Du bist Vater und das Haupt einer großen Familie geworden. Es ist Zeit, dass du das Geheimste erfährst, dass du lernst, dich an die Götter zu wenden. Ich lebe nicht ewig. Natürlich fühle ich mich noch nicht als kraftloser Greis, doch wir sind es gewohnt, unser Alter nach unserer Nachkommenschaft zu bestimmen. Jetzt bin ich noch einmal Großvater geworden. Und du, mein Jüngster, bist Vater ... Würdest du gern wissen, mit welchen Worten ich mich an Sie gewandt habe?«

»Es war so leise«, antwortete Tanat. »Ich habe nichts verstanden. Aber ich habe gespürt, dass du etwas Wichtiges, Bedeutsames gesagt hast.«

»Gut, dass du es gespürt hast«, sagte der Vater. »Und nun höre aufmerksam zu. Die Worte, mit denen ich mich an die Götter gewandt habe, sind in der Tat äußerlich schlicht und jedem Sterblichen verständlich. Es geht nur darum, wo und in welcher Reihenfolge sie gesagt werden ... Weißt du, ich habe begriffen, dass Puschkin in seinen Gedichten das Gleiche tat. Er setzte die Worte in eine Folge, ordnete sie so, dass sie im richtigen Augenblick kamen und magische Kraft gewannen. Die Kraft eines Schamanen liegt in der Intuition, im Vermögen, die Zeit zu erraten, ihr einen Augenblick zuvorzukommen. Und wenn du an der Reihe sein wirst, dich an die Götter zu wenden, suche vor allem nicht besondere Worte, sondern erhebe deinen Geist, versetze ihn in einen Zustand der Eingebung. Dann fliegen dir die nötigen Worte von selbst zu, in der notwendigen Folge, und gewinnen magische Kraft. Wiederhole jetzt, was ich sagen werde:

O Mächte des Himmels und der Erde!
Alle, die ihr über das Leben von Menschen
        und Rentieren gebietet!
Bewirkt, dass sich in diesem Frühjahr
Leben im Überfluss in unser Land ergießt!

Schickt uns neue Kälber,
Zuwachs für unsere Herde,
denn nur das Ren gibt uns Leben.
Euch preisen wir,
Euch Alle, die ihr Unsichtbar, aber Allmächtig seid!«

Tanat wiederholte ein wenig stockend die Worte, leicht verwirrt und verwundert über ihre Alltäglichkeit.

»Die Worte erlangen Kraft, wenn sie aus tiefster Seele, von Herzen kommen«, sagte Rinto. »Sie müssen frei strömen wie der Atem, wie der klare Strahl einer Quelle.«

Tanat nahm alle Kraft zusammen, bedeckte die Augen und wiederholte die geheiligten Worte. Diesmal regte sich etwas in seiner Seele, und die letzten Worte erhielten in seinem Mund sogar eine Melodie.

Rinto blickte zufrieden auf seinen Sohn und bemerkte: »Früher wurde der künftige Schamane, damit er die Fähigkeit erlangte, die geheiligten Worte zu hören, einer körperlichen und seelischen Prüfung unterzogen, er wurde gezwungen, lange Zeit ohne Nahrung und Schutz durch die Tundra zu ziehen. Manche gingen dabei zu Grunde, andere verloren für immer den Verstand, wer aber überlebte, gewann große Schamanenkraft. So war es bei deiner Großmutter Giwewnëu. Sie hat alle Prüfungen bestanden.«

»Und du?«, fragte Tanat.

»Ich nicht«, entgegnete Rinto und erklärte nach kurzem Schweigen: »Großmutter Giwewnëu meinte, solche Prüfungen nützten einem künftigen Schamanen gar nichts. Entscheidend sei, dass einer Wissen erlangt. Sie hat mich gelehrt, das mich umgebende Leben zu begreifen – die Bewegung der Gestirne, der Wolken, die Zeichen für einen Wetterwechsel, die Pflanzen, die für den Menschen nützlich sind, ihn von bestimmten Krankheiten heilen können. Sie hat mir alte Überlieferungen erzählt, Zaubermärchen, Legenden über den Ursprung und die Taten unserer Vorfahren. Natürlich hatte sie zu ihren Lebzeiten viele Feinde, aber niemand übertraf sie an Lebenserfahrung, an Heilkünsten und Voraussagen. Sie meinte, ein Schamane müsse nicht Göttern, sondern den Menschen dienen.«

»Konnte sie beschwören und wahrsagen?«

»Und ob!« Rinto lächelte.

Der verschneite Hang funkelte von körnigem Schnee, der sich in den warmen Sonnenstrahlen gebildet hatte. Gegen das blendende Licht schützten sie die Augen mit farbigen Gläsern, die sie in Uëlen gekauft hatten. Sie begrenzten den Gesichtskreis nicht wie früher die schmalen ledernen Augenklappen mit dünnem Schlitz.

»Aber in der Schule hat man uns gesagt, der Schamanismus sei ebenso wie die russische Religion Gift für das Volk«, bemerkte Tanat.

»Über den russischen Glauben kann ich nicht urteilen, weil ich kaum etwas darüber weiß«, meinte Rinto. »Doch in ihren heiligen Erzählungen gibt es viele Ungereimtheiten. Zum Beispiel, wie Gott die ersten Menschen aus dem Paradies vertrieb, weil sie irgendeine Beere gegessen haben.«

»Einen Apfel«, erinnerte ihn Tanat.

»Ich habe den Apfel nur als Konserve gesehen«, bemerkte Rinto. »Ein frischer schmeckt wahrscheinlich sehr gut. Aber einen Menschen für alle Ewigkeit wegen so einer Lappalie bestrafen, das ist Gottes nicht würdig.«

»Unterscheiden sich denn die Götter nach ihrer Nationalität?«, fragte Tanat.

»Koo«, entgegnete Rinto eher skeptisch.

In der Tat ist schwer vorstellbar, dass sich die Höheren Mächte in ihrer himmlischen Wohnstatt so voneinander unterscheiden wie die hiesigen Tangitan von den Tschuktschen, den Korjaken und Eskimos, den Tschuwanzen und Jakuten … Dann wäre der tschuktschische Gott brünett, hätte Schlitzaugen und breite Wangenknochen, der lamutische wäre krummbeinig, der russische aber hätte blonde Haare und eine helle Haut wie der Lehrer Lew Wassiljewitsch Belikow. Und dann gäbe es noch den jüdischen – rotblond und pockennarbig wie der Mathematiklehrer in der Uëlener Schule Naum Solomonowitsch Dunajewski.« Das malerische Bild einer himmlischen Internationale amüsierte Rinto, und er lächelte. »Dass die russischen Bolschewiki und Lehrer mit solchem Eifer die Existenz Gottes leugnen, beweist nur das Gegenteil. Wenn in der Natur etwas nicht existiert, dann redet auch niemand davon. Es gibt unzählige Zeugnisse von der Existenz der Höchsten Mächte.«

Vater und Sohn stiegen langsam den verschneiten Hang hinab und begaben sich zur Herde der trächtigen Renkühe. Unversehens blieb der Vater stehen und wandte das Gesicht dem nordwestlichen Himmel zu. »Die kommen noch vor den Vögeln«, murmelte er. Jetzt sah auch Tanat das Flugzeug und hörte sein anschwellendes Summen. Aus dem schwarzen Punkt am klaren Himmel wurde schnell ein metallener Vogel. »Es fliegt in Richtung Anadyr«, bemerkte Rinto.

Das Flugzeug flog in großer Höhe vorüber, löste sich in der Luft auf, verschwand mit dem verstummenden Laut im Himmelsblau. Stattdessen hörten sie eine freudige laute Menschenstimme.

Es schrie Roltyt. Stolpernd lief er ihnen entgegen, im Arm den weißen Klumpen eines soeben geborenen Kalbs. »Hier ist das erste«, rief er keuchend vor Erregung und vom schnellen

Lauf. Behutsam stellte er das neugeborene Renkitz auf den Schnee. Ganz weiß, nur mit einem Fleck auf der Stirn, stand das Kleine noch unsicher auf den dünnen, zitternden Beinchen und blickte sich erschrocken mit großen schwarzen Augen um. Schon kam ihnen auch die beunruhigte Renmutter entgegen.

»Ich weihe das erste Kitz, das in diesem Frühling geboren wurde, meiner neuen Enkelin Tutyne«, sagte Rinto langsam und feierlich. »Es soll ihr persönliches Ren sein.«

Nun wurde ein Kälbchen nach dem anderen geboren. Die Hirten hatten in diesen Tagen viel zu tun. Sie blieben fast pausenlos bei der Herde, halfen den gestürzten kleinen Rentieren auf die Beine und stellten die unsicheren unter die Milch spendenden Zitzen der Renkühe. Von dieser Arbeit voll in Anspruch genommen, flehte Rinto in Gedanken die Götter an, es möge keinen Schneesturm geben, das stille, warme Wetter möge andauern, bis die Renkälber kräftiger wären und sicher auf den Beinen ständen.

Das Essen wurde in aller Eile bereitet oder aus dem Lager gebracht. Das machte vor allem Katja, für die es immer eine Freude war, den geliebten Mann wieder zu sehen. Sie begrüßte Tanat mit frohem Lächeln, das aber sofort erlosch, wenn er nach dem Befinden der kleinen Tutyne und ihrer Mutter fragte.

»Dem Kind geht es ganz normal, es gibt nichts Besonderes«, teilte Katja ihm gleichmütig und verschlossen mit. »Es saugt halt immerzu an der weißen Brust.« Ihren eigenen Zustand hatte sie noch niemandem außer der Mutter offenbart, damit das in ihr keimende neue Leben ja nicht behext, verschreckt würde.

Der Schneesturm setzte am zwanzigsten Tag nach dem Beginn des Kalbens ein. Den tauenden, zusammengesackten

Schnee konnte der Wind schon nicht mehr aufwirbeln. Sie trieben die Kitze mit den Muttertieren in eine schmale Felsschlucht, obwohl es dort unter der dicken Schneeschicht nicht viel Futter gab. Die Männer verließen die Tiere nicht, magerten ab, aber die Kälber-»Ernte« war immerhin gerettet.

An dem Tag, da der Wind sich legte und die Wolkendecke aufriss, fiel grelle Frühlingssonne auf die Tundra, und von den verschneiten Hängen sprudelten Bäche zu Tal. Wasser durchtränkte den Schnee. Während der kurzen Nacht, wenn die Sonne versunken war, vereiste die Oberfläche. Nun kam eine neue Sorge – sie mussten die Renhufe vor Schnittwunden bewahren.

Jetzt kam Tanat an die Reihe, in der Jaranga zu übernachten. Langsam ging er durch das schmale Tal, stapfte mit den feuchten Fellstiefeln durch den tauenden Schnee. Hinter ihm zog sich eine Kette mit blauem Wasser gefüllter Spuren. Obwohl seine Füße eiskalt waren und der ganze Körper vor Müdigkeit und dem sehnsüchtigen Wunsch schmerzte, möglichst schnell auf das weiche, warme Renfell-Lager zu sinken, spürte er hin und wieder Verlangen nach dem weißen Körper seiner ersten Frau.

Bereits von fern, vom hohen Ufer des noch nicht erwachten Flusses vernahm Tanat Kinderweinen, das immer lauter wurde. Es hörte sich aber anders an als das übliche kindliche launische Fordern, sondern verriet Leid und Wehmut.

Tanat trat in den verräucherten Tschottagin, und als seine Augen sich an das Halbdunkel gewöhnt hatten, erblickte er Anna, die auf dem Kopfbalken seines Familien-Pologs mit dem weinenden Kind auf den Knien saß. Sie versuchte, der Kleinen die Brust zu reichen, doch das vor Anstrengung rote Gesichtchen wandte sich von der dunklen Brustwarze mit den weißen Milchtröpfchen ab.

»Warum weinst du denn? Was ist mit dir?«, jammerte Anna Odinzowa. »Trink doch, vielleicht wird dir dann besser... Ach, du armes Würmchen, warum musst du so leiden?« Mit ihren aufgelösten, zottigen und schmutzigen Haaren, den von Schlaflosigkeit geröteten Augen glich Anna nur wenig der jungen, goldhaarigen Tangitan-Schönheit auf dem Uëlener Küsteneis.

»Was ist geschehen?«

»Tutyne ist krank. Sie nimmt die Brust nicht, glüht am ganzen Leib, die Ärmste.«

Tanat sah seine Mutter fragend an.

»Ich habe alle Mittel ausprobiert, alle Kräuter, die ich noch am Ufer der Uëlener Lagune gesammelt habe. Nichts hilft, dem Mädchen geht es immer schlechter.«

Tanat rannte aus der Jaranga und stürzte zur Rentierherde. Er achtete nicht auf seine feuchten Fellstiefel, auf den unter seinen Füßen aufspritzenden Schnee. »Vater!«, schrie er schon von weitem. »Vater! Mach was! Rette unser Mädchen! Ich flehe dich an. Du kannst es doch, wenn du sehr willst. Falls Tutyne stirbt, sterbe auch ich.«

»Sprich nicht so! Über das menschliche Leben können nur die Götter bestimmen, denn sie schenken es dem Menschen«, sagte Rinto zurückhaltend und folgte dem Sohn ins Lager. In der Jaranga warf er nur einen flüchtigen Blick auf das kranke Mädchen und auf die vor Schmerz und tiefer Erregung verstörte Mutter.

Die Schamanentracht war vom langen Aufbewahren ausgetrocknet und ließ sich nur mit Mühe auseinander falten. Goldfarbener Staub glitzerte im Widerschein des im Tschottagin lodernden Feuers, in den Sonnenstrahlen, die durch die früher unsichtbar gewesenen kleinen und größeren Löcher im wintersüber verschlissenen Retem fielen.

Dem Brauch gemäß, fand die Beschwörung im Polog statt, in tiefem Dunkel. Zunächst war hinter dem dicken Fellvorhang nichts zu hören, die Jaranga erfüllte nur ein Laut, der durch den Rauchabzug im Zeltkegel nach außen drang – das Weinen des Kindes, voller Leid und unbeschreiblichem Kummer.

Jähes Trommelgedröhn erschütterte die ganze Jaranga. Schwer zu glauben, das es allein von der über einen hölzernen Reif gespannten Haut eines Walrossmagens ausging. Bald schwoll das Dröhnen an, bald wurde es leiser, aus dem Dunkel der Wohnstatt schallte es in die Weite der offenen Frühlingstundra. Hin und wieder mischte sich in dieses Gedröhn hoher, schriller Gesang, der sich anhörte, als dringe langgedehntes Stöhnen aus der Tiefe eines menschlichen Körpers. Dann brach alles ab, nur unverständliches Murmeln war zu hören, das Rintos Stimme verriet.

Plötzlich erscholl ein so gellender Schrei, dass sogar die Kranke für einen Augenblick verstummte. Der Schrei ging allmählich in einen gleichmäßigen melodischen Gesang über, begleitet von Trommelwirbel. Es klang, als dröhnte da im Dunkel des Pologs nicht nur eine Trommel und als wäre nicht allein Rintos Stimme zu hören. Worte waren nicht auszumachen. Während Anna lauschte, versuchte sie etwas zu verstehen, doch vergebens. Die Stimmen, die Worte, das Dröhnen der Trommel, die Melodie – alles vermischte sich.

Wahrscheinlich dauerte das etliche Stunden, denn die tief stehende Sonne blickte schon geradewegs auf den Eingang der Jaranga.

Dort, im Polog, war Stille eingetreten. Nach einer Weile blickte Anna auf das Kind. Das kleine Mädchen war auch still geworden und eingeschlafen, obwohl auf ihrem Gesicht noch immer der Ausdruck tiefen Leidens lag.

»Er ist dort eingeschlafen.« Welwune nickte zum Polog hin.

»Wieso?«, rief Anna Odinzowa.

»Das muss so sein«, sagte Tanat leise und ergriff die Hand seiner Frau.

Rinto erwachte erst gegen Abend. Welwune zog ihm die Schamanentracht aus, bettete ihn auf das Renfell-Lager und deckte ihn mit einem leichten Renkalbfell zu.

Tanat legte sich neben Anna, und das kranke Mädchen, das still in Schlaf gesunken war, lag am Rand. Als er gegen Morgen eingeschlafen war, wurde er fast im selben Moment von einem so lauten unmenschlichen Schrei wach, dass er beinah aus dem Polog gesprungen wäre. Es schrie Anna.

»Sie ist ja ganz kalt! Sie ist gestorben, mein Töchterchen, mein Fleisch und Blut! Wieso denn das? Ach!« Sie hielt den entseelten kleinen Körper des Mädchens auf dem Arm und heulte unaufhörlich wie eine tödlich verwundete Wölfin, wobei sie russische und tschuktschische Wörter vermengte. »Rinto! Du hast mich betrogen! Nichts ist mit deinen gepriesenen Göttern! Wo ist deine Macht, du unglücklicher Schamane?«

Rinto stand in seiner gewohnten Kleidung im Tschottagin, und auf dem versteinerten Gesicht spiegelte sich kein einziger Gedanke. Wenn man ihn ansah, konnte man sich kaum vorstellen, dass er erst vor wenigen Stunden gerast hatte, um von den Höchsten Mächten das Leben dieses kleinen Körpers zu erflehen, der jetzt aussah wie ein erkalteter Polarfuchs. Das Leben war aus ihm entwichen, war, wie es mit den Seelen der Verstorbenen geschieht, durch den Rauchabzug bei den gekreuzten Stangen im Scheitelpunkt der Jaranga hinausgeflogen.

Da Rinto ihr keine Aufmerksamkeit schenkte, richtete Anna ihren Zorn gegen Katja. »Du hast gesagt, sie ist kein

Erdenbewohner. Du hast den Uiwel, das Verderben, über mein armes kleines Mädchen gebracht!« Anna machte einen Schritt auf sie zu, stieß aber auf ein unsichtbares Hindernis und blieb unter Rintos schwerem Blick stehen.

Tanat wollte etwas sagen, doch der Vater hob warnend die Hand und sprach: »Lass nur. Sie wird sich gleich beruhigen.«

Und in der Tat, Anna schluchzte laut auf und verfiel dann in leises, an einen Hund erinnerndes Winseln.

»Wenn du willst«, sagte Rinto am nächsten Tag, »beerdigen wir Tutyne nach russischem Brauch. Ich habe ein paar gute Bretter und werde eine Kiste zimmern.« Er hatte gesehen, wie in Uëlen Russen beerdigt wurden. Sie zogen den Verstorbenen wie zu einem Fest seine beste Kleidung an, legten ihn in eine Kiste und vergruben die dann in der Erde. Weil der Tundra-Boden sogar im Hochsommer hart blieb, gelang es nicht, tief in die Erde einzudringen, deshalb wurden Steine auf den Sarg gehäuft. Diese Art der Beerdigung rief bei den Tschuktschen Abscheu hervor. Ihre Verstorbenen wurden nackt in die freie Tundra gelegt, nur symbolisch durch kleine Steine eingerahmt.

»Nein«, entgegnete Anna. »Tutyne soll nach altem tschuktschischem Brauch bestattet werden.«

In diesem fremden Gebiet gab es keine einzige vertraute Grabstätte. Rinto musste ziemlich weit gehen, bis er einen nicht zu hohen Hügel fand, der schon schneefrei war. Die Steine dort waren bereits von grünem Moos bewachsen. Sie zogen der Toten die noch ungetragene Kombination aus Renkalbfell an. Bevor Anna Odinzowa der Kleinen das Gesicht verdeckte, streichelte sie ihre spinnwebfeinen hellen Haare und wandte sich ab.

Nach dem Brauch durften nur Männer an der Beerdigungsprozession teilnehmen. Anna hatte darauf bestanden, das Mädchen auf seinem letzten Gang zu begleiten.

»Wir bestatten sie aber doch nach unserem Brauch«, protestierte Rinto schwach. »Hätten wir sie in eine Kiste gelegt, wär's was anderes… Na schön, sie ist ja ohnehin zur Hälfte eine Tangitan.«

14. Mai 1949

Nach alldem, was geschehen ist, dachte ich, dass ich nicht mehr die Kraft haben würde, auch nur einen Finger zu rühren, von Schreiben gar nicht zu reden. Doch nach der Beerdigung meines kleinen Mädchens überkam mich sonderbare Ruhe. Mir scheint, dass Rinto über hypnotische Fähigkeiten verfügt und sie manchmal nutzt. Zur Beerdigungszeremonie im Tundra-Lager. Sie zogen dem Leichnam eine Kinderkombination an, eine Art Kinder-Kherker, schoben ihr die Kapuze so tief über die Stirn, dass sie fast das Gesicht verdeckte. Alle hatten sich im Tschottagin versammelt, den Leichnam aber hatten sie im Polog gelassen, von dem sie die Vorderwand hochhoben. Rinto setzte sich neben den Leichnam, nachdem er unter den Kopf der Verstorbenen das Ende eines Wykwepoigyn gelegt hatte, eines Stocks zur Bearbeitung von Fellen; der bildete eine Art Hebel. Rinto stellte laut Fragen, dann hob er behutsam das freie Ende der Stange. Später erfuhr ich, dass der Stock sich bei einer bejahenden Antwort leicht anheben ließ und bei einer verneinenden entsprechend schwer. Es waren nur drei oder vier Fragen, vor allem fragte er, ob die Verstorbene irgendjemandem der am Leben Gebliebenen zürne. Es erwies sich, dass die arme Tutyne alle liebe und keinem böse sei, keinem etwas übel nehme. Nach der Befragungszeremonie hob Tanat seine Tochter vorsichtig auf. Man hatte sie zuvor so verschnürt, dass der kleine Körper der Verstorbenen vom Vater auf den Rücken genommen werden konnte. Einen erwachsenen Verstorbenen bringt man gewöhnlich mit einem Schlitten zur letzten Ruhestätte. Und einen Säugling kann man im Arm dorthin tragen. Unser kleiner Beerdigungszug bewegte sich in folgender Ordnung: an der Spitze Rinto, hinter ihm Tanat und als letzte ich. Wir gingen langsam, ohne stehen zu bleiben. Offenbar hatte Rinto den Ort vorher ausgewählt – da gab es keinen Schnee, hier und da spross sogar zartes Grün und steckten kleine Blumen ihre Köpfe heraus, die Nejet heißen (ich muss ein Muster ins Herbarium geben). Auf dem Hügel legten sie das Mädchen auf die Erde, um sie herum markierten sie die Stelle mit Bruchsteinen, eine Art symbolischer Einfriedung. Dann folgte etwas, dessen Anblick ich nicht ertragen hätte, wenn ich mich nicht hätte dazu zwingen müssen, um es wahrheitsgetreu beschreiben zu können. Tanat zerschnitt die Kleidung der armen Tutyne, entblößte ihren dünnen weißen Körper. Ich verlor fast das Bewusstsein. Die zerschnittene Kleidung legten sie nebenan auf einen Haufen und türmten Steine darauf. Damit war die Beerdigung der kleinen Tutyne zu Ende. Ich hielt mich kaum noch auf den Beinen, und nur weil mein Mann mich stützte, erreichte ich das Lager. Vor der Jaranga brannte ein kleines Feuer. Rinto machte vor der Flamme reinigende und abschüttelnde Bewegungen, nach ihm taten wir das Gleiche. Dann gab es ein Totenmahl. Beim Essen sprach Rinto, er lobte die Verstorbene, weil sie mit ihrem Tod so gutes Wetter gebracht hatte. Hätte das Unwetter doch Monate gedauert, wenn nur mein Mädchen noch am Leben wäre! Eine Woche ist schon vergangen, aber immer wieder kommt mir der Gedanke: Hat sich das ganze Vorhaben wirklich gelohnt? Habe ich für künftige wissenschaftliche Triumphe nicht zu viel zahlen müssen? Sollte ich nicht alles hinwerfen, die Expedition für beendet erklären und aus der Tundra zurückkehren? Das gesammelte Material reicht ohnehin nicht nur für die Kandidaten-, sondern auch für die Doktor-Dissertation!

Alle diese Tage war Rinto ungewöhnlich zart fühlend und zuvorkommend zu seiner Tangitan-Schwiegertochter und sorgte dafür, dass Tanat möglichst viel freie Zeit bekam, um länger bei seiner Frau zu sein. Als das Feuer im Tschottagin nicht brennen wollte, setzte sich Rinto davor, um der Schwiegertochter zu helfen.

»Bist du auf mich böse?«

»Warum?«

»Weil meine Beschwörungen nicht geholfen haben.«

»Dich trifft keine Schuld... Entweder gibt es Sie nicht, oder Sie haben dich nicht erhört.«

»Es gibt Sie schon«, entgegnete Rinto überzeugt. »Doch diesmal hatten Sie andere Absichten.«

»Böse Absichten«, bemerkte Anna und verzog vom beißenden Rauch das Gesicht.

»Wir können Ihre wahren Absichten nie erraten«, sagte Rinto. »Ich muss aber sagen, dass wir die Handlungen der Höchsten Mächte nicht mit unseren Maßstäben messen dürfen.«

»Mit keinerlei Maßstäben, weder denen der Höchsten Mächte noch denen von uns Menschen, lässt sich der Tod eines unschuldigen Säuglings rechtfertigen, der niemandem Böses getan hat!«, rief Anna.

»Sie allein geben das Leben«, sagte Rinto.

»Dafür gibt es zu viele, die es auch ohne Sie wegnehmen wollen«, bemerkte Anna bitter. »Vor allem unter den Menschen... Aber worin soll der große Sinn von Tutynes Tod liegen?«

Rinto schwieg eine Weile und fuhr dann fort: »Ich spüre, dein Glaube an meine Kräfte ist erschüttert. Vielleicht wirfst du mir sogar – wie deine bolschewistischen Stammesgenossen – insgeheim vor, dass ich dem Volk den Verstand vergifte. Es ist dein gutes Recht zu zweifeln. Der Zweifel hilft, den Weg zur Wahrheit zu überprüfen.«

Obwohl Tanat auf sein eheliches Lager zurückgekehrt war, gab es die einstige heiße, alles verschlingende Nähe zwischen ihm und Anna nicht mehr. Er spürte, sie duldete ihn nur und konnte es kaum erwarten, dass er von ihrem Leib abließ und zu Katja hinüberrollte, die demonstrativ laut seufzte, hustete und mit ihrem ganzen Verhalten zeigte, dass sie wach war und alles hörte.

»Wir werden noch ein Kind bekommen!«, flüsterte Tanat Anna zu. »Vor uns liegt noch das ganze Leben!«

Anna schwieg. Nachdem sie ihrem Mann zu Willen gewesen war, drehte sie ihm den Rücken zu und begann kurz darauf laut zu atmen.

»Ich bekomme ein Kind!«, flüsterte Katja Tanat ins Ohr. »Jetzt gibt es keinen Zweifel mehr. Und ich bin sicher, es wird ein Sohn!«

Tanat erfasste den Sinn dieser Worte nicht sofort. Als er ihn dann verstand, ergriff ihn ein sonderbar zwiespältiges Gefühl. Er wollte Katja liebkosen, ihr danken für ihre geduldige Treue, aber zugleich presste ihm nie erlöschendes, nie nachlassendes Mitgefühl für Anna das Herz zusammen.

Am nächsten Morgen wussten bereits alle im Lager, dass Katja schwanger war. Anna umarmte sie und sagte: »Ich bin sehr froh. Unsere Jaranga wird also nicht ohne eine helle Kinderstimme bleiben!«

Eintracht und Frieden waren im kleinen Lager eingekehrt.

Eines Tages gerieten die Flüsse in Bewegung, die verschneiten Hänge verströmten Tauwasser, überzogen sich mit Grün. Die ersten Blumen besprenkelten die steinigen Anhöhen und die Ufer der Bäche. Die zarten Blüten wurden in Lederbeuteln zusammengepresst. Gewürzt mit leicht ranzigem Robbenfett waren sie süß wie Beeren und schmeckten sehr gut. Das Essen wurde nun reichhaltiger, es gab Wild und in einem nahe gelegenen See gefangene Fische

Rinto beunruhigte, dass immer häufiger Flugzeuge auftauchten. Einige hatten offensichtlich das Lager und die Rentierherde bemerkt. Ein dröhnender metallener Vogel überflog die weidende Herde so tief, dass die aufgeschreckten Rentiere etliche Kälber erdrückten. Ein Zugtier brach sich ein Bein und musste geschlachtet werden.

Auf der Suche nach Wild und neuen Weiden entfernte sich Rinto häufig weit vom Lager, und einmal meinte er den Geruch einer unbekannten Feuerstelle zu spüren. Er stieg auf die nächste Anhöhe und erkannte durch das Fernglas an einem Flussufer im Südwesten drei helle Flecken. Es war zweifellos ein Nomadenlager.

Er wusste nicht, ob das gut war oder schlecht. An den von Kind auf vertrauten Orten, die nach ungeschriebenem Gesetz im Besitz ihres Stammes waren, hatte er sich nie so einsam und verloren gefühlt wie hier, auf fremdem Land. Früher hatte er immer gewusst und gespürt, dass in nordwestlicher Richtung Tonto lagerte, den man bei gutem Wetter auf einem Reiseschlitten in zwei Tagen erreichen konnte. Im Südwesten nomadisierte mit seiner zahlreichen Sippe Ilmotsch, zu dem konnte man sogar zu Fuß gehen. An der Kurupkiner Wasserscheide, unweit der Heißen Quellen, lagen die Weiden von Tukkai, einem Verwandten der Imtuker und Siwukaker Eskimos. Manchmal sah er sie Monate, auch Jahre nicht, aber immer spürte er, dass sie da waren, und das genügte, um sich nicht einsam zu fühlen.

Wer aber war dort, in den drei Jarangas? Sollte er vor ihnen fliehen oder zu ihnen gehen? Aus welcher Tundra kamen sie, aus welchen Gegenden? Waren sie vielleicht die wirklichen Herren dieser Landstriche? In diesem Fall könnte das ungebetene Eindringen von Rintos Lager als Verletzung angestammter Rechte gelten, und bestenfalls würden sie diese

Örtlichkeiten verlassen müssen... Aber wohin sollten sie? Zurück nach Uëlen und zu den Hügeln hinter der Lagune?

Rinto beschloss, nichts zu übereilen.

Die Nachbarn kamen selbst zu Gast.

Es waren drei. Der eine ein Greis, gebeugt von der Zeit und der schweren Hirtenarbeit. Der Alte stützte sich auf einen Stock. Die beiden anderen waren etwa in Rintos Alter, vielleicht sogar ein wenig jünger. Die Kleidung der Gäste unterschied sich kaum von der gewohnten Tschautschu-Kleidung, nur ihre Sommer-Kuchljankas waren sehr tief ausgeschnitten. Die dunkle Haut unterschied sich wenig von der braunen Innenseite eines gut bearbeiteten Fells vom einjährigen Renkalb.

Rinto begrüßte die Gäste zurückhaltend und bat sie in die Jaranga.

Anna hatte bereits ein niedriges Tischchen an den Kopfbalken gestellt und den Teekessel über die Feuerstelle gehängt.

»Wir kommen aus Kantschalan«, erklärte der Greis mit leicht heiserer Stimme. »Ich bin Arento, und das sind meine Söhne. Wir sind von der Küste weggezogen und haben nicht gehofft, jemanden in dieser verlassenen Gegend anzutreffen.«

»Und wir stammen aus Uëlen«, teilte Rinto mit und nannte seinen Namen.

»Ich habe von dir gehört.« Der Alte nickte. »Deine Lieder sind bis zu uns gedrungen. Warum seid ihr so weit von eurer Küste weggegangen?«

Rinto wollte sich auf keine Erörterungen einlassen und sagte ausweichend: »Es musste sein.«

»Die Weiden hier taugen nicht viel«, bemerkte Arento. »Nur große Not kann einen dazu bringen, hierher zu ziehen.« Er musterte Anna eindringlich. »Sie sieht aus wie eine Tangitan.«

»Mein jüngerer Sohn hat sie in Uëlen zur Frau genommen.«

»Das dortige Volk ist, wie ich gehört habe, stark vermischt mit Eskimos und Tangitan, amerikanischen und russischen.«

»Unsere Anna ist russischer Herkunft«, sagte Rinto und beeilte sich, dem Gespräch eine andere Richtung zu geben. »Auch ihr seid, wie's scheint, nicht freiwillig so weit weggezogen.«

Arento blickte noch einmal misstrauisch auf Anna. Auf ein für die Gäste unsichtbares Zeichen Rintos hin verließ seine Schwiegertochter die Jaranga.

»Ehrlich gesagt«, begann Arento leise, »fliehen wir vor dem Kolchos. Und nicht wir allein. Viele haben das Tal des Whän verlassen und sind an die Ausläufer der Berge gezogen, zu den Quellgebieten der Flüsse. Die neuen Tangitan nehmen uns gewaltsam die Rentiere, sperren die Besitzer der Herden ein und bringen sie weit weg von der Heimat. Das haben in alten Zeiten nicht einmal die Kosaken gemacht. Unheil ist über unser Land gekommen. So etwas hat es noch nie gegeben.«

Rinto pflichtete ihm bei. »Ja, das hat es wirklich noch nie gegeben.«

Der Argwohn wurde von Mitgefühl abgelöst, allen wurde leichter ums Herz. Also gab es noch andere Menschen, die ihr eigenes Leben bewahren wollten. Und als wolle er auf Rintos Gedanken antworten, sagte Arento: »Wir müssen zusammenhalten.«

Arentos Lager blieb den ganzen Sommer in der Nähe. Die Menschen besuchten einander. Die Frauen suchten auf dem unbekannten Land gemeinsam Torfbeeren, Moosglöckchen und Vorratskammern, die Mäuse an den trockenen Hängen der Flüsse angelegt hatten.

Anna lebte allmählich auf, arbeitete viel in der Wirtschaft, bearbeitete Felle, zwirnte Fäden aus Rensehnen, vor allem aber machte es ihr Freude, essbare und heilkräftige Pflanzen zu sammeln. Eine jede legte sie mit genauer Beschreibung und ihrer tschuktschischen Bezeichnung getrocknet in eine Mappe.

Tanat verfolgte aufmerksam das Tun seiner Frau und dachte: Warum macht sie das, wenn sie nicht die Absicht hat, nach Leningrad zurückzukehren? In den letzten Tagen war es wieder zu intimen Beziehungen zwischen ihnen gekommen, weniger, weil Katja schwanger geworden war, als vielmehr wegen eines aufgeflammten neuen Gefühls. Sie schliefen wie früher zu dritt im Polog: Tanat zwischen den beiden Frauen. Er fand daran nichts Ungewöhnliches mehr. Manchmal ertappte er sich sogar bei dem Gedanken, dass er ohne eine von beiden gar nicht mehr auskommen könnte. Und das nicht einmal, weil er so sinnlich geworden war. Katja und Anna ergänzten einander, verschmolzen in seinen Augen zu einem Ganzen, zu seiner Frau, seiner Familie. Wenn eine auf dem Schlaflager fehlte, er nicht zu jeder Seite einen warmen Frauenkörper spürte, fühlte er sich nicht wohl, und bevor nicht jede Frau an ihrem Platz lag, schlief er nicht ein.

Am Ende eines Tages schrieb Anna gewöhnlich, und Tanat plauderte mit Katja. Sie erinnerten sich an ihre Kindertage, an den Unterricht in der Wanderschule.

»Ich habe doch wirklich gedacht, Belikows Goldzahn sei ein natürlicher, sei von selbst in seinem Mund gewachsen, als Zeichen seiner Gelehrtheit. Ich dachte, auch mir würde irgendwann einmal ein solcher Zahn wachsen, sobald ich Lesen und Schreiben beherrsche. Vor allem deshalb habe ich mir große Mühe gegeben.«

»Anfangs habe auch ich das geglaubt«, meinte Tanat. »Aber Belikow hat mir später gesagt, dass die Tangitan solche Zähne für kaputte einsetzen. Und ihre Zähne verderben, weil sie viel Zucker essen.«

»Ich hätte so gern Zucker!«, sagte Katja träumerisch. »Werden wir denn nie wieder Tangitan-Esswaren bekommen?«

Und wieder bedauerte Tanat insgeheim, dass aus seiner Fahrt zum Anadyrer Institut für Lehrerbildung, in ferne, große Städte nichts geworden war, wo es so viele Süßigkeiten gab, dass die Menschen davon kaputte Zähne bekamen.

Anna kroch in den Polog, zog sich aus und legte sich hin. In den warmen Sommernächten deckten sie sich nicht mit Renkalbfell zu, sie schliefen nackt auf den weichen Renfellen.

Nach einer Weile fragte Tanat: »Worüber hast du heute geschrieben?«

»Über Verschiedenes. Vor allem über Pflanzen.«

»Ich denke mir«, sagte Tanat langsam, »wenn du nicht nach Leningrad zurückwillst, wozu brauchst du das?«

Anna antwortete nicht sofort.

»Ganz gleich, ob ich zurückgehe oder nicht, was ich aufschreibe, ist wichtig für die Wissenschaft.«

»Wir hier brauchen diese Wissenschaft nicht«, bemerkte Tanat. »Was du beschreibst, wissen wir ohnehin. Also schreibst du für jemanden.«

»Ja!«, entgegnete Anna fest und laut. »Weil das für das Allgemeinwissen der Menschheit gebraucht wird, darunter auch für deinen künftigen Sohn.«

»Wie willst du aus dieser Tundra die gesamte Menschheit erreichen«, fragte Tanat spöttisch. »Wir bemühen uns, möglichst weit wegzugehen, sind auf der Hut vor den nächsten Nachbarn, und du …«

»Tanat, du weißt sehr wohl, dass die Welt nicht nur aus der Sowjetunion besteht. Es gibt auch andere Länder.«

»Der Lehrer Belikow hat uns gesagt, früher oder später würde auf der ganzen Welt der Kommunismus errichtet. Vielleicht laufen wir vergebens davon?«

Im Polog trat langes Schweigen ein, beklemmend und quälend. Tanat spürte, dass Katja nicht schlief, sie hatte, ohne ein Wort zu sagen, gleichsam an dem Gespräch teilgenommen.

7

Nach dem Fest der Schlachtung Junger Rentiere, als die Feiertage vorbei waren, kühlte die Luft spürbar ab. Den Herrn des Nomadenlagers quälte der Tabakmangel. Seinen Vorrat an nikotingetränkten Holzspänen hatte er längst verbraucht, nun streckte er die kärglichen Tabakreste mit trockenen Blättern und sogar mit Hasenkot, doch davon wurde die Lust auf einen guten Zug noch größer. Schließlich entschloss sich Rinto, die Söhne in die nächstgelegene Flusssiedlung zu schicken, damit sie für das aufbereitete Pelzwerk, die Renkalbfelle und das Renfleisch die benötigten Tangitan-Waren und Tabak eintauschten. Das Unternehmen war gefährlich, doch von Arendo hatte er erfahren, die Siedlung sei winzig und es gäbe da nur einen Russen – den Aufkäufer.

Anna beauftragte ihren Mann: »Bring Schreibhefte und einen Bleistift mit.«

»Und mir farbiges Garn und Glasperlen«, bat Katja.

Sie spannten zwei Schlitten an, beluden sie mit gebündeltem Pelzwerk und Renkalbfellen und trieben zwei Rentiere als Fleischversorgung herbei.

Roltyt spielte sich etwas auf, um seine Befürchtungen zu verbergen. »Schlimmstenfalls sagen wir, wir hätten uns verirrt, seien von Uëlen her unterwegs.«

Tanat schwieg dazu, das verdross den Bruder. »Dich verstehe ich schon: Wie soll man sich von solchen Frauen losreißen. Eine ist verlockender als die andere! Mich würde interessieren, ob es einen Unterschied gibt zwischen der Tangitan-Frau und einer von uns, einer Luorawetlan. Vielleicht sind sie anders gebaut? Wie sehen ihre Haare aus? Und wenn du es mit der einen treibst, was macht indessen die andere? Wartet sie geduldig, bis sie dran ist, oder drängt sie dich zur Eile, ruft dich zu sich?«

Im Herbst bezaubert die Tundra durch besonders üppige Schönheit. Inmitten der immer noch leuchtend grünen Umgebung zeichnen sich als helle gelbe Flecken Torfbeerfelder ab, die steinigen Hänge sind blau von der Rauschbeere. Und die vielen Pilze! Die Tschuktschen verwenden die Pilze nicht als Nahrung, betrachten sie als Renleckerbissen, Anna aber hatte einmal Pilzsuppe mit jungem Renfleisch gekocht, und allen hatte das sehr gut geschmeckt.

Während einer nächtlichen Rast sammelte Tanat eine Mütze voll Birkenpilze, säuberte sie und warf sie in einen Kessel mit kochendem Renfleisch. Die Rentiere weideten friedlich in der Nähe, die Mückenzeit war schon vorbei, und es war die kurze Periode angebrochen, da die Tiere durch nichts beunruhigt werden und Futter im Überfluss vorhanden ist – Pilze, zarte Gräser und Rentiermoos.

Tanat ignorierte alle Sticheleien und Herausforderungen des Bruders, der aber wurde nur zudringlicher. »Du schweigst bestimmt, weil du mit allen Gedanken dort bei den beiden Frauen bist.«

Roltyt äußerte sich dann noch eindeutiger, doch Tanat erhob sich nur und ging zur Seite. Er wollte keinen Streit, weil ihm klar war, dass er nur den Mund aufmachen müsste, und alles würde mit einer Rauferei enden. Die Brüder hatten sich nicht nur in der Kindheit, sondern auch als Heranwachsende erbittert geprügelt, vor allem, weil der Vater offensichtlich den jüngeren bevorzugte, während der ältere immer nur zu hören bekam: Nein, Tanat ist noch klein, soll das doch lieber Roltyt erledigen, er ist älter und stärker. Die alte Kränkung hatte sich dem Herzen des Älteren eingebrannt, und bei kleinstem Anlass brach sie immer wieder heraus.

Am vierten Tag ihrer Reise sog Roltyt die Luft ein und erklärte: »Rauch ist in der Luft.«

Die Siedlung erstreckte sich am Flussufer. Natürlich war sie nicht mit Uëlen zu vergleichen, aber immerhin waren es mehr als zwei Jarangas. Zwischen den tschuktschischen Wohnstätten ragten drei Holzhäuser hervor, die offenkundig erst unlängst errichtet worden waren. Über einem flatterte eine rote Fahne im Wind, genau so eine wie über dem Haus des Dorfsowjets in Uëlen.

Sie beschlossen, zunächst in einigem Abstand, in einer Senke Halt zu machen, und Roltyt bot sich an, die Lage in der Siedlung zu erkunden.

Tanat verbrachte den Tag in Erwartung des Bruders. Schon hatte sich Dunkelheit auf das kleine Zelt gesenkt, Roltyt aber war noch nicht zurück. Immer wieder trat Tanat aus dem Zelt ins Freie, lauschte auf jedes Geräusch, blickte aufmerksam auf die wenigen blinkenden Lichter der unbekannten Siedlung, und in seinem Herzen wuchs die Unruhe. Jedes Schnauben der Rentiere ließ ihn zusammenzucken, der Puls schlug bis zum Hals.

Schlaflos verbrachte er die Nacht.

Bei Tagesanbruch stieg er wieder auf einen Hügel und schaute von dort in die Siedlung, bis die Augen schmerzten und tränten. Doch dort war keine Bewegung zu erkennen, als sei die Siedlung ausgestorben.

Der Bruder erschien erst am Nachmittag, offensichtlich angeheitert und in Begleitung zweier Männer. Einer der beiden war ein Russe.

»Das ist mein jüngerer Bruder.« Roltyt tippte mit dem Finger auf Tanat. »Er kann lesen und schreiben, hat sieben

Jahre die Schule besucht! Er ist verheiratet. Hat sogar zwei Frauen, und eine davon ist eine richtige gelehrte Tangitan aus Leningrad.«

»Kamokej!«, riefen die Gäste verwundert und musterten Tanat voller Neugier.

Ihm bereitete das unbeherrschte Verhalten seines Bruders Unbehagen, doch laut ermahnen konnte er ihn nicht. Er versuchte ihrem Auftreten zu entnehmen, wie sich das Leben in der großen Welt verändert hatte. Sie aber interessierten sich vor allem für Pelzwerk und Rentierhäute. Sie verabredeten, dass Tanat sie begleiten würde, während Roltyt bei den Rentieren bliebe. Der stimmte gern zu, während er unter seiner Kleidung eine Flasche Sprit hervorzog. »Vorschuss«, sagte Roltyt vergnügt und ließ sich auf ein aus Renfellen bereitetes Bett im Zelt fallen.

Tanat hatte keine große Lust, mit den unbekannten Leuten in die Siedlung zu gehen, andererseits mussten sie diese Angelegenheit möglichst schnell hinter sich bringen und ins Lager zurückkehren. So freundlich sich die Gäste gaben, es war nicht zu übersehen, dass sie auf der Hut waren.

Einer von den beiden, der sich als Etylen vorgestellt hatte, war etwas älter als Tanat. Auf dem Weg in die Siedlung teilte er Tanat wortkarg mit, er habe in Markowo, einem Dorf, das Nachkommen der entdeckungsreisenden Kosaken bewohnten – selbst hätten sie sich als Tschuwanzen bezeichnet –, die Siebenklassen-Schule absolviert, ein Jahr am Anadyrer Institut für Lehrerbildung studiert, sei krank geworden und in sein Heimatdorf zurückgekehrt. Etylens Erzählung erinnerte Tanat an seine einst geplante Reise nach Anadyr, an seinen verlorenen Traum von dem anderen Leben, das sich ihm dort eröffnen sollte, und schüchtern bat er Etylen, ihm von der Stadt Anadyr und vom Institut für Lehrerbildung zu erzählen.

»Anadyr ist natürlich gar keine Stadt«, sagte Etylen. »Jeder, der in wirklich großen Städten gewesen ist, in Petropawlowsk, Chabarowsk, in Leningrad oder Moskau, lächelt nur spöttisch, wenn er hört, dass jemand Anadyr eine Stadt nennt. Die Häuser sind klein, mit Grasziegeln abgedichtet. Ein richtig großes Haus gibt es für die Obrigkeit, das Bezirkskomitee der Partei und das Bezirks-Exekutivkomitee. Das ist noch von der zaristischen Verwaltung gebaut worden. Große Häuser haben auch das Institut für Lehrerbildung, die Schule für Kolchoskader und die Mittelschule. Das ist das ganze Anadyr.«

»Aber diese Häuser haben wahrscheinlich viele Zimmer?«

»Das vom Institut für Lehrerbildung hat vielleicht ein Dutzend, in dem großen Haus der Obrigkeit bin ich nie gewesen, da gibt es wahrscheinlich mehr.«

Tanat konnte sich so viele Zimmer, die Ausmaße dieser großen Häuser schwer vorstellen. Als er einst vom Lehrer Belikow hörte, dass es im Winterpalais, der einstigen Zarenwohnstatt, tausende Zimmer gäbe, war das für ihn unfassbar.

Die Siedlung befand sich am Ufer eines wasserreichen Flusses, der selbst in den großen Strom Anadyr mündete. Jarangas standen zwischen niederen Holzhütten, die fast in der Erde versanken. Die Flussufer waren von hohen Sträuchern bewachsen, die Tanat wie richtige Bäume erschienen, wie er sie nur von Bildern kannte. Ihr grünes Untergehölz tat den Augen wohl, weckte den Wunsch, in den grünen Schatten der Blätter einzutauchen, die sich so hoch über die Erde erhoben hatten, in die von verstreuten Sonnenstrahlen durchdrungene Stille.

Etylen führte seinen Gast in ein Haus. »Das ist die Schule«, teilte er ihm mit. »Ich unterrichte da.« In der Schule wohnte Etylen auch in einem Klassenzimmer, in dem ein aus Brettern gezimmertes und mit Renfellen bedecktes Bett und ein schiefes Regal mit Büchern standen.

Etylen hatte inzwischen Tee aufgebrüht, raffte die Schulhefte vom Tisch, breitete die Zeitung »Sowjet-Tschukotka« aus, stellte Zucker und Butter darauf, schnitt dicke Scheiben Brot ab. Beim Anblick einer so üppigen Bewirtung lief Tanat der Speichel im Mund zusammen: Schon lange hatte er solche Leckerbissen nicht genossen.

»Eigentlich hatte ich keine große Lust, Lehrer zu werden«, bekannte Etylen. »Ich wollte in die Tundra zurück. Aber unsere Rentiere sind mit zwei anderen Herden vereinigt worden, daraus wurde ein Kolchos, und mir hat man die Schule angeboten. Da musste ich zustimmen. Immerhin sind die Kinder begabt, erfassen alles im Handumdrehen. Sonst wäre ich als Lehrer verloren gewesen.«

Tanat genoss jedes Stück des mit gelber Butter bestrichenen Brotes, jeden Schluck des starken süßen Tees und überlegte im stillen, wie viel Mehl, Zucker, Tee und Tabak er für das mitgebrachte Pelzwerk, für die Renkalbfelle und die Renhäute eintauschen könnte. Sie müssten auch eine Flasche von dem üblen fröhlich stimmenden Wasser für den Vater mitnehmen.

»Aus was für einem Kolchos kommt denn ihr?«, fragte Etylen plötzlich.

Tanat verschluckte sich am Tee und antwortete nach kurzem Zögern: »Vom Morgenrot.« So hieß der Uëlener Kolchos.

»Und warum seid ihr von eurem Land so weit weggezogen?«

»Glatteis hat die Halbinsel überzogen, da mussten wir nach freien Weiden suchen.«

»Weit hat es euch fortgetrieben«, bemerkte Etylen mitfühlend. »Hier irgendwo zieht Arento mit seinen Rentieren herum. Ein ausgesprochener Kulak, ein Feind der Sowjetmacht. Er ist vor der Kollektivierung davongelaufen, denkt, man erwischt ihn nicht. So ein Dummkopf, begreift nicht, dass man der Sowjetmacht nicht entkommt. Wenn es erst Winter wird und Schlittenwege das Land durchziehen, wird man ihn schon packen.«

Etylen sagte das mit unverhüllter Gehässigkeit, so als wäre Arento ein persönlicher Feind, hätte ihn unverzeihlich gekränkt, tödlich beleidigt. Tanat verspürte einen Hauch eisiger Gefahr und beeilte sich, aufzubrechen. »Danke für die Bewirtung. Sag noch, kann man in eurem Laden Schulhefte und Bleistifte kaufen?«

»Unterrichtest du etwa auch?«, fragte spöttisch Etylen.

»Nein«, antwortete Tanat widerstrebend. »Meine Frau braucht das.«

»Ist sie Lehrerin?«

»Nein, sie schreibt für sich selbst. Sie ist eine Tangitan, aus Leningrad.« Tanat begriff plötzlich, dass er all das nicht sagen sollte, wusste aber nicht, wie er den gefährlichen Fragen Etylens ausweichen, sich dem Sog verräterischer Aufrichtigkeit entziehen könnte.

«Hefte und Bleistifte habe ich jede Menge, nimm dir, so viel du willst«, bot Etylen an.

»Nein«, versuchte Tanat sich herauszuwinden, »nun brauche ich das nicht mehr.«

»Nimm doch, mir macht das nichts aus!« Etylen drückte dem verlegenen und verwirrten Gast einen Stoß Schulhefte und ein Dutzend Bleistifte in die Hände.

Die dörfliche Aufkaufstelle befand sich neben dem Kaufladen, und der versetzte Tanat mit seinem Überfluss an Waren in Erstaunen. Er war nicht mehr gewohnt, Tangitan-Produkte zu sehen. Auf breiten Regalen standen alle möglichen Blechkonserven. Die meisten mit Papieretiketten – Apfel- und Pfirsichkompott, Schmorfleisch, Kondensmilch, Konfitüre,

Gemüse. Verschiedene Teesorten waren zu Pyramiden aufgebaut – von Blatt-Tee in Papierpackungen bis zu gleichförmigen Tafeln Ziegeltee. Zucker glitzerte in einer Schüssel, verschiedene Hülsenfrüchte und Körner füllten Glasgefäße. Der Verkäufer, der auch als Aufkäufer tätig war – es war derselbe Russe, der mit Etylen gekommen war –, zählte zusammen, was Tanat für das Pelzwerk, die Renkalbfelle und die Felle von Rentierläufen zu bekommen hatte, und sagte: »Für dieses Geld kannst du den ganzen Laden leerkaufen!«

Doch Tanat beherrschte sich, wählte nur das Nötigste aus und nicht mehr, als sie auf den zwei Schlitten transportieren konnten. Er ließ den Blick nochmals über die zum Kauf angebotenen unermesslichen Schätze schweifen und fragte dann unsicher: »Und wo steht der Wodka?«

»An sich verkaufen wir Wodka nur an Wochenenden und vor Feiertagen, weil du aber von weither kommst, wollen wir eine Ausnahme machen.«

Tanat verstaute behutsam drei Flaschen in einem Sack, und in der kleinen Bäckerei kaufte er noch einige frische Brote – mit großem Bedauern, dass er nicht mehr mitnehmen konnte. Nach diesen Einkäufen war ihm noch viel Geld geblieben. Genug, um noch drei Schlitten zu beladen.

Der ältere Bruder war inzwischen nüchtern geworden, doch der Rausch vom Vortag drückte seinem Gesicht noch immer den Stempel von Bitterkeit auf, wirkte in seinem Herzen schmerzlich nach. Mit gesenktem Kopf blickte er auf die drei großen Säcke, die Tanat, Etylen und der Aufkäufer mit großer Mühe herbeigeschafft hatten.

Den Rückweg legten sie schweigend zurück, doch das freute Tanat, der noch die Eindrücke verarbeitete, die der Besuch dieser winzigen Flusssiedlung ihrer Landsleute bei ihm hinterlassen hatte. Sogar Etylen, der nur ein Jahr am Institut für Lehrerbildung studiert hatte und sich offenbar nicht durch übermäßige Intelligenz auszeichnete, war Lehrer geworden. Für Tanat stand ein Lehrer über allen anderen Leuten, und er sah, dass sogar hohe Chefs, die aus der Kreisstadt nach Uëlen kamen, trotz der Bedeutsamkeit ihrer äußeren Erscheinung über viel weniger Wissen verfügten als Lew Wassiljewitsch Belikow – sein erster Lehrer, der scheinbar alles wusste. Der konnte sogar Öfen mauern und stellte geschickt aus Konservengläsern Zylinder für Petroleumlampen her. Solche Kenntnisse musste ein Lehrer haben, dachte Tanat, sie zu erwerben, erforderte viele Jahre. Etylen war Lehrer. Auch Tanat hätte nach Absolvierung des Anadyrer Instituts für Lehrerbildung Lehrer werden können. Sollte sein Leben wirklich dahingehen, ohne dass er Zugang zu den unermesslichen Schätzen an Wissen findet, die die Menschheit im Laufe ihrer Geschichte angehäuft hatte? Kenntnisse über zahlreiche Völker, über unbekannte Tiere, riesige Städte … Niemals würde er die Rinde eines lebendigen Baumes berühren, niemals durch ein Getreidefeld gehen, niemals den Duft einer vom Morgentau benetzten Rose wahrnehmen. Und erst die heißen Länder, wo man das ganze Jahr über nackt gehen und im warmen Ozean baden kann! Und wo zu Häupten die unbekannten süßen Früchte tropischer Bäume reifen! Er würde nicht auf einem eisernen Dampfer, nicht mit einem durch Wälder und Felder dahinjagenden Zug fahren, nicht im Flugzeug über der Tundra zum Himmel steigen … Wozu musste man vor der Sowjetmacht fliehen, die all dies versprach? Warum konnte man nicht in einen Kolchos eintreten und dort Rentierzüchter bleiben? Die Einwohner von Uëlen gelten doch alle als Mitglieder des Kolchos »Morgenrot« und haben trotzdem nicht aufgehört, Meeresjäger zu sein. Über die Fellboote gebieten nach wie vor die alten, angesehenen und fähigen Tierfänger und Harpunierer. Hat man in der genossenschaftlichen Uweran, der im ewigen Eis angelegten Vorratsgrube, das obligate Zehntel der Beute zurückgelegt, wird der Rest nach altem Brauch aufgeteilt, und der Herr des Fellbootes erhält die größte Portion. An die Spitze des Kolchos hat man zwar den ungebildeten und versoffenen Giu gestellt, und nun gilt der als Vorsitzender, aber in den Augen der Alteingesessenen von Uëlen besitzt er keine Autorität, kann nur Reden halten und aufgeblasen die Versammlungen präsidieren. Vielleicht wurde die Ablehnung des Kolchos durch den Vater weniger von der Angst bestimmt, die Rentiere zu verlieren, als vom Widerstand gegen die Preisgabe des Glaubens seiner Vorfahren, gegen die Abkehr von seinem Schamanismus?

Die verblühende Tundra schien sich zu beeilen, die vom Himmel gesandte kurze Lebensfrist auszukosten. Von überallher erschollen das Zwitschern und die Schreie der Vögel. Es war schwer zu glauben, dass sich in ein bis anderthalb Monaten auf die Berge, ihr blaues Vorland, die Ufer der Flüsse und Seen erneut Dämmerung, Stille und Lautlosigkeit herabsenken würden. Mitunter durchquerten die Wanderer dichte Felder von Torf- und Krähenbeeren, und ihre Fellstiefel überzogen sich mit süßer, klebriger Feuchtigkeit. Die Beeren waren schon so überreif, dass sie von den Sträuchern zur Erde fielen, sich wie ein Teppich darüberlegten. Über den spiegelgleichen Seen erprobten die Entenjungen ihre Flügel, bereiteten sich auf die weite Reise in warme Länder vor. Sobald der letzte Vogelschwarm abgeflogen ist, werden nur Wölfe, Krähen, Polar- und Rotfüchse, Hermeline, Rentiere und der Mensch in der Tundra zurückbleiben. Und ab und an wird sich vor dem durch Höhenketten gezackten Horizont ein Schneeschaf zeigen.

Roltyt, der hinter seinem Bruder ging, bat diesen flehentlich, ihm vom üblen fröhlich stimmenden Wasser zu trinken zu geben, damit er sich vom Kater erholen könne. Er murrte und stöhnte, setzte sich immer wieder auf Torfhügel oder trank gierig aus jeder Quelle oder Pfütze an ihrem Weg, bis Tanat Mitleid bekam und ihn einige Schluck Wodka trinken ließ. Das waren die Folgen des Abschiedsumtrunks vom Vortag, als der dankbare Tanat eins der als Proviant mitgenommenen Rentiere geschlachtet, über einem Lagerfeuer das Fleisch gekocht, die Gäste großzügig bewirtet und ihnen das restliche Fleisch geschenkt hatte. Roltyt hatte viel getrunken und im Rausch mit der riesigen Herde geprahlt, die nach dem Tod des Vaters in seinen Besitz übergehen würde, mit seinen Kindern und sogar mit den beiden Frauen seines jüngeren Bruders Tanat.

»Ich bin jederzeit bereit, ihm beizustehen, wenn ihm die Kraft nicht mehr reicht.« Roltyt lachte trunken. »Früher oder später wird es dazu kommen. Ein normaler Mensch kann doch nicht gleichzeitig zwei junge Frauen befriedigen, von denen eine noch dazu eine Tangitan ist.«

Etylen fragte den Betrunkenen vorsichtig, unauffällig, wie die Tangitan-Frau in ihr Lager geraten sei und warum sie von ihrer heimatlichen Halbinsel so weit weg gezogen seien. Roltyt hatte jede Kontrolle über sich verloren und gab offen zu, dass sie vor der Kollektivierung davongelaufen seien. »Und die Tangitan-Frau hat Tanat mit Gewalt zu ihrem Mann gemacht. Sie sagt, dass sie so leben will wie eine richtige Tschautschu-Frau aus der Tundra.«

Tanat erinnerte sich mit Schaudern dieser Vorgänge vom Vortag und sah mit Abscheu auf den unter dem Kater leidenden Bruder. »Weißt du wenigstens noch, was du gestern zusammengefaselt hast?«

Roltyt machte eine abwehrende Geste. »Nichts weiß ich mehr … Habe ich vielleicht Überflüssiges gesagt?«

Tanat hielt ihm seine trunkenen Offenbarungen vor. Vor Schreck wurde Roltyt augenblicklich nüchtern und flehte den Bruder an: »Sag nur nichts dem Vater!«

Endlich tauchten ihre vertrauten Jarangas auf.

Als alle Einkäufe im Tschottagin ausgebreitet waren, konnten die Frauen Freude und Begeisterung nicht unterdrücken. Anna Odinzowa küsste ihren Mann für die Hefte und Bleistifte kräftig auf den Mund, und Katja schenkte ihm für die bunten Fäden und die Glasperlen einen dankbaren Blick.

Bis Mitternacht dauerte an jenem Abend das Festessen im Lager. Der Hausherr öffnete eine Flasche und gab jedem zu kosten. Alle probierten von dem üblen fröhlich stimmenden Wasser, sogar Katja. Sie verzogen das Gesicht, spuckten und erwarteten doch gespannt jene Wärme, die auf wundersame Weise tief im Körper entstand, lächelten dann beseligt und staunten über die plötzlich erworbene Redseligkeit, die sich schwer zügeln ließ, über den Appetit und die Gier nach stark aufgebrühtem Tee. Jeder erhielt ein großes Stück Brot, dick mit Butter bestrichen, die Kinder je ein Schüsselchen Kondensmilch und eine Tasse stark gesüßten Tee. Rinto rauchte unentwegt, reichte die Pfeife hin und wieder auch seiner Frau. Roltyt, der sich in Rauch hüllte, stand ihm nicht nach, blickte aber untertänig auf den Bruder, flehte ihn wortlos an, nicht zu verraten, was er im Rausch vor fremden Leuten ausgeplaudert hatte.

Rinto gab von den Schätzen der Tangitan den Nachbarn ab, bewirtete Arento sogar mit einem Schluck des üblen fröhlich stimmenden Wassers, und der genoss es mit größtem Vergnügen. »Von allen Erfindungen der Tangitan ist das die wunderbarste!«, bemerkte er beseligt und erhielt noch einen Schluck.

Bald nahm das Leben wieder seinen gewohnten Gang, und Tanat erinnerte sich an seine Reise zu dem am Fluss gelegenen Dorf wie an einen nächtlichen Traum.

Am Tag, als der erste Schnee fiel, brachte Katja einen gesunden Sohn zur Welt. Strahlend vor Glück, sagte sie ihrem Mann: »Ich habe dir einen Sohn versprochen und habe mein Versprechen gehalten.«

Der Großvater nannte den Enkel Tutril, »Flügel der Dämmerung«.

Die Geburt des kleinen Neffen erinnerte mich an mein armes Töchterchen, dessen Seele sich spurlos in diesem riesigen Raum aufgelöst hat. Sie erscheint mir nicht einmal mehr im Traum. Mir scheint, die anderen haben sie ganz vergessen. Mitunter tragen mich meine Beine von selbst auf jenen Hügel, wo wir ihren Körper hingelegt haben, doch etwas zwingt mich jedes Mal, stehen zu bleiben. Von fern versuche ich auszumachen, was dort geblieben ist, doch außer der steinernen Einfassung erkenne ich nichts. Als hätte es Tutyne nie gegeben, und nur im Namen ihres neugeborenen Bruders ist ein kaum nachweisbares Echo ihrer verschwundenen Existenz wahrzunehmen: ein Namenspartikel des Jungen, seine Wurzel »tut«, bedeutet nicht nur »Dämmerung«, sondern bildet auch die Wurzel des Wortes Tutyne, »Abendröte«. Die Erinnerung schmerzt, und sogar die Brust erinnert sich an die fordernden, gierigen Lippen. All dies wurde durch die Geburt von Tutril aufgerührt, der sofort zum Mittelpunkt des Lagers geworden ist. Alles dreht sich jetzt nur um ihn, und Katja blickt mich mit der Miene der Siegerin an. Nein, sie verspottet mich nicht, doch ihr ganzer Ausdruck zeigt, dass sie jetzt zur Hauptfrau in der Familie geworden ist, zur bestimmenden und geliebten.

Nachdem Anna diese Seite voll geschrieben hatte, machte sie das Heft zu und steckte es in den Sperrholzkoffer, der die übrigen Tagebücher, Zeichnungen und Bücher enthielt. Katja zog in den großen Eltern-Polog um, und Tanat blieb mit Anna im kleinen, ehelichen. Der Mann lag auf den Rentierhäuten, hatte die Decke aus Renkalbfell zurückgeworfen. In dem kleinen, von Fellen gebildeten Raum war es schon von den menschlichen Körpern heiß. Anna rückte an den Mann heran, schmiegte sich an ihn. Aufkommendes Verlangen veranlasste Tanat, sie eilig und grob zu nehmen, dann aber rückte er sofort zur Seite.

»Warum denn so?«, fragte mit leichtem Vorwurf und Kränkung Anna. »Ohne Liebkosung und so schnell.«

»Ein Ren macht es noch schneller«, antwortete Tanat und drehte sich zur Wand.

8

Durch Anadyr stob der Schnee. Aber selbst bei solchem Sturm arbeiteten alle zentralen Institutionen des Tschuktschischen Nationalen Bezirks streng nach Plan, und der Arbeitstag begann bereits im Dunkeln um neun Uhr morgens.

Atata ging, das Gesicht von dem schneidenden Wind und dem stechenden Schnee abgewandt, den Kragen seines Uniformmantels hochgeschlagen und die Ohrenklappen der kokardengeschmückten Mütze heruntergezogen. Natürlich wäre es bei diesem Schneesturm in Fell-Kuchljanka und Kamlejka gemütlicher gewesen, dazu auf dem Kopf eine Malachai, deren Saum aus Vielfraßfell nicht bereift und das Gesicht gut vor Kälte schützt, und an den Händen statt der Lederhandschuhe Fäustlinge aus Rentierfell … Doch auf eine Kamlejka kann man nicht die Schulterstücke eines Hauptmanns der Staatssicherheit nähen, an eine Malachai keine Kokarde befestigen. Seit man Atata Offiziersrang verliehen hatte, war er noch nie ohne Uniform im Amt erschienen. Umso weniger konnte er sich das heute erlauben, angesichts der wichtigen Begegnung mit dem Vorsitzenden des Bezirks-Exekutivkomitees von Tschukotka, dem Abgeordneten des Obersten Sowjets der UdSSR, Genossen Otke. Atata war mit seinem Los zufrieden. Hätte er als Eskimo-Bürschchen aus dem Dorf Unasik auf der langen steinigen Landzunge an der Beringstraße je davon träumen können, dass er eines Tages eine Offiziersuniform anziehen und Aufträge von besonderer Wichtigkeit erledigen würde? In der Grundschule war seine große Hoffnung, irgendwann einmal hinterm Verkaufstisch des Dorfladens zu stehen und über Waren von unerhörtem

Wert zu verfügen. Nun aber hielt der Hauptmann Atata oft genug sogar Menschenleben in seiner Hand! Das ist wahre Macht! Einen Menschen dazu bringen, dass er zittert, stottert, sich erniedrigt, darum fleht, ihn in der Freiheit zu lassen und nicht zu verbannen, weil Verbannung für einen freien Rentierzüchter gleichbedeutend ist mit Tod. Alle Frauen der Tundra sind bereit, ihm ihre Liebkosungen zu schenken, wenn er nur ihre Väter und Männer in Frieden lässt…

Atata kämpfte sich bis zum halb schneeverwehten Gebäude des Bezirks-Exekutivkomitees durch, öffnete mit Mühe die mit Rentierfell beschlagene Tür und betrat einen schmalen Korridor, wo er sorgsam Uniformmantel, Stiefel und Mütze reinigte – mit besonderer Aufmerksamkeit für die Schulterstücke und die Kokarde an der Ohrenklappenmütze.

Vor dem Arbeitszimmer des Vorsitzenden Otke thronte an einem Tisch mit Schreibmaschine eine Sekretärin. Sie nickte freundlich und sagte bedeutsam: »Sie werden erwartet, Genosse Atata.«

Am großen Sitzungstisch saß der Erste Sekretär des Bezirkskomitees der Partei, Grosin, ein hagerer, kränklich wirkender Mann, und rauchte eine Papirossa. Er war erst kürzlich gekommen, und Atata begegnete ihm zum ersten Mal so nah. Der Vorsitzende selbst thronte in weißem Hemd mit Krawatte an seinem Platz. Er begrüßte Atata herzlich, freute sich offensichtlich über dessen forschen Anblick und die gut sitzende Uniform. Das Porträt des Führers hing direkt über Otke, und der Vorsitzende selbst, Tschuktsche aus Uëlen, ehemaliger Lehrer und verdienter Liquidator des Analphabetentums, vom Schicksal auf den Gipfel der hiesigen Macht getragen, war gleichsam dessen Fortsetzung. Atata aber wusste sehr wohl, dass die wahre Macht nicht dem Abgeordneten des Obersten Sowjets und Vorsitzenden des Bezirks-Exekutivkomitees von

Tschukotka gehörte, sondern diesem kränklichen Raucher, dem Ersten Parteisekretär. Und der hatte es nicht nötig, zu betonen, dass er der Oberste war – das wussten ohnehin alle.

»Atata stammt von Meerestierjägern ab wie ich«, erläuterte Otke. »Er wurde in einer Jaranga geboren. Und was hat unsere Partei und die Sowjetmacht aus ihm gemacht! Einen Hauptmann im Ministerium für Staatssicherheit! Das ist was anderes als ein Walross harpunieren, heißt kämpfen gegen einen listigen und verschlagenen Klassenfeind! Atata hat bereits große Erfolge in der Kollektivierung. Hier und da, vor allem an der Grenze zu Jakutien, gibt es noch Einzelwirtschaften, aber ich denke, in diesem Jahr kriegen wir sie endgültig, und Tschukotka wird wie unsere ganze mächtige Sowjetunion ein Land der durchgängigen Kollektivierung!«

Otke verfiel immer wieder in einen feierlich erhabenen Ton, er konnte ihn selbst in gewöhnlicher Rede nicht ablegen. Atata begriff, dass die Anwesenheit des Ersten Sekretärs daran schuld war.

Nachdem sie Atata aufgefordert hatten, am Tisch Platz zu nehmen, ließ Otke Tee bringen. Während die Gläser, Würfelzucker und Hartbrot auf den Tisch gestellt wurden, unterhielten sie sich übers Wetter, darüber, dass es keine echten, starken Fröste mehr gebe und daher der Anadyrer Liman keine feste Eisdecke bekomme: Die gewaltige Strömung transportiere einen Mischmasch aus Eis und Schnee, den man weder im Boot noch mit einem Hundegespann überwinden könne.

Als sich die sorgsam mit schwarzem Kunstleder beschlagene feste Tür hinter der Sekretärin geschlossen hatte, trat Otke an die Wand, schob einen leichten Vorhang beiseite und legte eine große Karte von Tschukotka frei. Solche »geheimen« Karten gab es in jeder wichtigen sowjetischen Institution der Bezirksstadt.

»Neulich war bei mir ein Lehrer vom Oberlauf des Anadyr«, begann Otke. »Er brachte interessante Nachrichten. Unweit von ihrer Siedlung am Fuße des Anadyrer Gebirgszuges nomadisiert Rinto mit seiner Rentierwirtschaft – angeblich ist er aus der Gegend von Uëlen dorthin gekommen. Ich konnte das kaum glauben. Rinto kenne ich gut, ich bin ihm persönlich oft begegnet. Er ist ein eigenwilliger Mann. Gilt als mächtiger Schamane. Genauer, als echter Schamane. Einige unserer Forscher haben leichtfertig zu dem Urteil beigetragen, Schamanen seien Leute, die anspruchslose Bedürfnisse mit primitiven Beschwörungen bedienen. Was Menschen wie Rinto anbelangt, so verkörpern sie gewissermaßen eine nationale Bibliothek, eine Akademie der Wissenschaften, die Medizin, die Meteorologie, das Veterinärwesen. Er weiß sehr viel. Er ist ein Schamane etwa desselben Kalibers wie mein Landsmann Mletkyn, der sogar Englisch beherrschte, da er einige Jahre in Amerika gelebt hatte, in San Francisco. Wir haben versucht, ihn der Sowjetmacht nahe zu bringen, haben ihn sogar nach Moskau zu Michail Iwanowitsch Kalinin gebracht. Doch er blieb seinen Überzeugungen treu. Anfang der Dreißigerjahre wurde er verhaftet. Im Gefängnis soll er gestorben sein, vielleicht wurde er auch erschossen. Seine Verwandten leben heute noch in Uëlen. Rinto ist natürlich schwächer als Mletkyn, hat aber auch viel Einfluss. Bis in die letzte Zeit benahm er sich vorsichtig, legte sich nicht mit der Sowjetmacht an, und im Krieg spendete er an die hundertfünfzig Rentiere für den Verteidigungsfonds. Zunächst habe ich dem Genossen nicht geglaubt, der mir die Nachricht übermittelte, aber alles scheint zusammenzupassen. Bis auf eins: Im Lager soll eine echte Russin leben, die einen Sohn von Rinto geheiratet hat.«

Atata traf diese Nachricht, als wäre ihm ein Sonnenstrahl ins Herz gedrungen: Er erinnerte sich an diese Frau, an die Unterhaltung mit ihr in der Uëlener Schule, an die Erregung, die er dort empfand, und ihre Erwähnung weckte in ihm plötzlich solche Begierden, dass er sogar rot wurde. Er nickte. »Ich kenne Rinto. Kenne sogar diese Frau. Es ist Anna Odinzowa.«

»Sind Sie ihr schon mal begegnet?«, fragte Grosin neugierig und steckte sich eine neue Papirossa an.

»Ich habe mit ihr sogar eingehend gesprochen und ihre Dokumente überprüft. Alle Papiere waren in Ordnung. Bekannte Leute – Pjotr Jakowlewitsch Skorin und Georgi Alexejewitsch Menowstschikow – haben sie für wissenschaftliche Arbeit empfohlen, und ihr Dienstreiseauftrag wurde von der Akademie der Wissenschaften unterschrieben.«

»Doch statt wissenschaftlich zu arbeiten, ist sie darauf verfallen, einen Sohn von Rinto zu heiraten, einen Schüler!«, sagte Otke empört, wobei er vergaß, dass er selbst seinerzeit ein vierzehnjähriges Eskimo-Mädchen geheiratet und von ihr seither bereits fünf Kinder bekommen hatte.

»Ich habe Tanats Alter überprüft«, sagte Atata, der ein ausgezeichnetes Gedächtnis besaß. »Da können wir ihnen nichts am Zeug flicken, der Bursche war schon achtzehn. Er ist spät in die Schule gekommen … Mich hat damals verwundert: So ein gebildetes und schönes Mädchen wird plötzlich freiwillig eine Tundra-Frau … Da stimmt doch was nicht.«

»Der Feind ist listig«, sagte Grosin belehrend. »Er kann sich so geschickt verstellen, dass man ihm nicht gleich auf die Schliche kommt. Was aber die Dokumente anbelangt: Die zu fälschen ist ein Kinderspiel. Sie, Genosse Atata, hätten sich damals sofort dafür interessieren sollen, wieso diese Frau so verdächtig schnell eingewilligt hat, einen Tschuktschen zu heiraten. So etwas macht man nicht ohne weiteres.«

Warum kann eine Tangitan-Frau nicht einen Tschuktschen oder Eskimo heiraten? Diese Bemerkung berührte Atata unangenehm. Aber laut sagte er das nicht, denn er wusste sehr wohl, wie man sich einem so hohen Vorgesetzten gegenüber zu verhalten hat. Sie mögen keine Einwände, und die eigene Meinung sollte man nur äußern, wenn man darum gebeten wird.

Grosin stand auf, verabschiedete sich und ging.

Otke warf einen Blick ins Vorzimmer, schloss sorgfältig die Tür hinter sich und kam an seinen Tisch zurück. »Ich habe mich noch nicht an Grosin gewöhnt«, sagte er leise. »Aber du weißt sicherlich nicht, dass Rinto ein entfernter Verwandter von mir ist. Mütterlicherseits. Es heißt, als in Russland der Bürgerkrieg tobte, standen Brüder, Schwestern, Väter und Kinder oft auf verschiedenen Seiten der Barrikade und der Front. Nun ist eine solche Zeit auch für unser Volk gekommen. Vielleicht wird man hart handeln müssen. Kannst du das?«

»Wenn Heimat und Partei es befehlen, werde ich es können!«, versicherte Atata laut.

»Das ist schön«, lobte ihn Otke, wandte sich dem beeindruckenden Safe in seinem Rücken zu, direkt unter dem Stalinbild, holte eine angebrochene Flasche Wodka heraus, einen Teller mit bereits aufgeschnittenem gedörrtem Lachsrücken, Brot und zwei Gläser.

»Jetzt feiern wir diese Angelegenheit!«, sagte Otke fröhlich.

Anders als die meisten seiner Landsleute vertrug Atata Alkohol gut. Wie viel er auch trank, er wirkte immer nüchtern. Auch diesmal entwickelte er einen präzisen Plan. Vor allem brauche er die besten Hundegespanne und Schlitten. Er müsse gute Gespannführer verpflichten. Die Expedition benötige gute Schlafsäcke, heizbare Zelte mit Primuskochern, auch Kolpachen und abgelagertes Walrossfleisch sowie gedörrten und gesäuerten Fisch als Hundefutter. Für die Expedition wären vierzig Liter reinen medizinischen Spiritus bereitzustellen, ferner Tee, Tabak, Mehl und andere Lebensmitteln. Und natürlich Waffen. Gut wäre es, sich mit dem Militär zu verständigen und sich bei ihnen mit automatischen Waffen zu versorgen.

»Was du brauchst, geben wir dir!«, versprach Otke und geleitete Atata aus seinem Arbeitszimmer.

Der Schneesturm würde noch mehr als eine Woche dauern. In dieser Zeit konnte man die Expedition ausrüsten. Vor allem musste er dafür sorgen, dass in die Mannschaft kein Tangitan gesteckt würde. Die haben einen unschönen Zug: Alle Verdienste schreiben sie sich selbst zu, den Einheimischen überlassen sie nur Lappalien. Atata wollte künftigen Ruhm, möglicherweise sogar einen Orden, mit niemandem teilen. Eine Uniform ohne Orden sieht nach nichts aus, auch wenn sie die Schulterstücke eines Hauptmanns zieren.

Schneidender Frostwind, mit Schnee vermischt, hatte Atata vollends ernüchtert, als er seine Wohnung in einem einzeln am Hang stehenden Einzimmerhäuschen erreicht hatte. Bereits im Herbst hatte er die Wände mit schwarzer Dachpappe bespannt und mit Tundra-Rasen isoliert, damit sie warm hielten. Die zwei Fenster saßen tief in der Wand wie Schießscharten, daher wurden sie weder von Schnee zugeweht, noch vereisten sie, gaben aber sogar im winterlichen Dämmer und bei Schneesturm genügend Licht. Elektrizität lieferte in Anadyr ein Stromaggregat am Ufer des Limans. Es kam vor, dass der Dieselmotor der Station zwar mit voller Kraft arbeitete und die umliegenden Häuschen beben ließ, es aber kein Licht gab, weil der betrunkene Hauptelektriker drinnen schlief –

die Metalltür hatte er dann so unter Strom gesetzt, dass man sie nicht berühren konnte, ohne einen Schlag zu bekommen.

Atata goss sich ein Glas Tee ein und setzte sich an den Tisch vor ein Blatt Papier. Aber kaum hatte er einen Blick auf den weißen Bogen geworfen, sah er wieder das Gesicht von Anna Odinzowa vor sich – und darin diese hellen, himmelblauen Augen! Das konnte man nicht vergessen. Wäre dieses Mädchen seine Frau gewesen, er hätte sie behandelt wie eine Göttin! Warum hatte er bei Frauen kein Glück? Dabei war er bei ihnen fast nie auf Ablehnung gestoßen, sogar nicht bei den Tangitan. Jede flüchtige Freundin war bereit, ihn zu heiraten. Doch irgendetwas hielt ihn vor einer endgültigen Entscheidung zurück. Vielleicht war es das unbewusste Gefühl, diese sei noch nicht sein Schicksal ... Ja, wenn es Anna Odinzowa wäre, die ihn mit den Augen so durchbohrt hatte, dass die Wunde bis heute nicht verheilt war ... Aber sie war die Frau eines anderen. Und doch lohnte es, um sie zu kämpfen. Freilich hätte Atata nie zugegeben, dass sein Wunsch, sich auf die Suche nach Rintos Lager zu begeben, nicht nur von Pflichtbewusstsein diktiert war, sondern auch vom Begehren nach der Einzigen, die ihm vom Schicksal bestimmt schien. Schon stellte er sich vor, wie er zum Ziel kommen könnte: Er verhaftet Rinto und dessen Söhne, die Rentiere übergibt er dem neu geschaffenen Kolchos, und Anna nimmt er mit nach Anadyr. Er wird um eine geräumigere Wohnung bitten müssen. In der Bezirksstadt, neben dem neuen Kesselhaus, wurde ja gerade ein zweistöckiges Mehrfamilienhaus für die örtliche Obrigkeit gebaut. Wenn er seine Mission zu einem glücklichen Ende brächte, wären seine Verdienste groß genug, um auf eine gute Wohnung in der Hauptstadt Anspruch zu haben. Obendrein war er ein angesehener nationaler Kader, und die wurden von der Partei gefördert.

Atatas Gedanken schweiften ab in seine Kindheit, die er an der Küste verbracht hatte – auf der langen, steinigen Landzunge Unasik, die sich weit ins offene Meer erstreckte. Mit ihrem Ende wies sie gleichsam auf die Insel Siwukak, die auf russischen Karten Swjatowo Lawrentija hieß – Sankt-Lorenz-Insel. Lawrenti war übrigens auch der Vorname des allmächtigen Ministers, des Mitglieds des Politbüros, Genosse Berija. Lawrenti Pawlowitsch Berija. Und um diesen Namen nicht zu missbrauchen, benutzte Atata die Eskimo-Bezeichnung für die Insel, die den Vereinigten Staaten von Amerika gehörte. Diese Insel, die man bei klarem Wetter so gut sehen konnte, war nämlich von Atatas Landsleuten besiedelt, und es gab in Unasik fast keine Familie, die nicht Verwandte auf Siwukak hatte. Würde man die familiären Wurzeln des ersten Tschekisten auf Tschukotka etwas genauer untersuchen, dann würde man unschwer einen entfernten Verwandten auch von ihm auf der amerikanischen Insel finden. Und obwohl Atata in dienstlichen Fragebogen jedes Mal schrieb, er habe keine Verwandten im Ausland, war er nicht restlos überzeugt, dass nicht irgendwann einmal ein Onkel dritten Grades auftauchen könnte. Diesen dunklen Fleck in seiner Biografie suchte er durch besonderen Eifer auszubügeln, durch unwandelbare Treue zur Partei und durch Erbarmungslosigkeit gegenüber dem Klassenfeind. Wenn sich nun aber herausstellte, dass Anna Odinzowa eine von den Amerikanern eingeschleuste Agentin war? Neulich hatte Atata in der Zeitschrift »Der Grenzer« einen Dokumentarbericht über einen japanischen Spion gelesen, der sich ins Institut der Völker des Nordens eingeschlichen hatte. Lange vor dem Krieg, Anfang der Dreißigerjahre, habe dieses Institut Studienbewerber zu den üblichen Aufnahmeprüfungen eingeladen. Aus Jakutien, aus der Siedlung Nelemnoje, habe sich der jukagirische Junge Nikolai

Spiridonow auf den weiten Weg gemacht. Unterwegs, vermutlich in Irkutsk, habe eine japanische Agentur den Jungen durch einen Japaner ausgetauscht, der als Jukagire und mit dessen Dokumenten in Leningrad ankam, ins Institut eintrat und es erfolgreich beendete. Der japanische Spiridonow habe das Institut beendet und seine Dissertation verteidigt. Nicht genug damit, sei er auch noch Schriftsteller geworden! Unter dem Pseudonym »Tekki Odulok« habe er die Erzählung »Das Leben von Imtëurgin dem Älteren« veröffentlicht und sogar den großen Maxim Gorki getäuscht, der das Werk des ersten jukagirischen Schriftstellers lobte. Alle diese Talente und Fähigkeiten seien den sowjetischen Tschekisten verdächtig erschienen, und sie hätten schließlich den heimtückischen Spion Spiridonow entlarvt, »Tekki Odulok« habe sich als japanischer Agent erwiesen. Er sei verhaftet und erschossen worden.

Wer aber konnte Anna Odinzowa geschickt haben? Deutschland und Japan waren geschlagen. Geblieben war ein einziger Feind – das imperialistische Amerika, zu Tschukotkas Unglück der nächste Nachbar. Wenn es den Japanern gelungen war, einen Agenten in Gestalt eines Jukagiren einzuschleusen, dann war es für die Amerikaner ein Leichtes, ihren Spion an der tschuktschischen Küste abzusetzen. Den ganzen Sommer über trafen sich die Jäger der Beringstraße, Tschuktschen und Eskimos, auf Walrosspfaden. Und sie kommunizierten trotz eines kategorischen Verbots miteinander. Atata musste mehr als einmal Landsleute verhören und streng verwarnen. Es konnte aber auch so sein: Anna Odinzowa, oder wie sie dort tatsächlich hieß, war auf einem Boot amerikanischer Jäger gekommen. Sowjetische und amerikanische Jäger trafen sich auf einer driftenden Eisscholle, wo sie ein Walross zerteilten. Vielleicht waren das keine Eskimos aus Unasik, sondern aus Naukan. Unter denen gab es besonders viele listige und gerissene, die nach Wodka und allerlei farbigen Kinkerlitzchen gierten – besonders Teplilyk, das war der erste Gauner der Beringstraße. Vielleicht hatten sie für eine Flasche oder sonst was vereinbart, das Mädchen in Uëlen auszusetzen. Dort aber behauptete sie, Anna Odinzowa zu sein, Aspirantin der Leningrader Universität. Diese Version erschien so überzeugend, dass Atata vor Erregung in Schweiß geriet, obwohl es in dem Zimmerchen bei dem Schneesturm trotz aller Heizung mehr als kühl war.

Aber in diesem Fall würde ausgerechnet Anna Odinzowa für Atata zur Hauptbeute, die er den Organen übergeben müsste. So gesehen, würde ihm Anna Odinzowa als Frau entgleiten.

Dass Anna Odinzowa eine amerikanische Spionin war, blieb doch eher unwahrscheinlich, wenn man es recht bedachte. Sie war wohl wirklich aus Leningrad gekommen. Sie kannte die Namen bekannter Studenten aus dem Institut der Völker des Nordens, die auch Atata gut kannte. Aber selbst in diesem Fall würde es nicht leicht sein, sie von den echten Feinden der Kollektivierung zu trennen und sie vor Strafe zu bewahren. Wie schade, dass er damals in Leningrad nicht das Glück gehabt hatte, sie zu treffen. Wer hätte vermutet, dass sie ihm so ans Herz wachsen würde.

Als die ersten Winterstürme zu Ende waren und strenger Frost einsetzte, fror endlich der Anadyrer Liman zu, und es wurde möglich, in das tschuktschische Dorf Konergino aufzubrechen, das berühmt war wegen seiner guten Schlittenhunde und der geschickten Gespannführer. Dort wollte Atata Begleiter für seine große Strafexpedition in die Tundra finden.

9

Immer häufiger überflog ein Flugzeug das Lager. Sein Dröhnen ließ die Ohren ertauben, weckte den Wunsch, sich hinzuwerfen und in den Schnee zu wühlen.

Doch wohin sollten sie jetzt? Den Gebirgsrücken zu überschreiten war gefährlich – dort war eindeutig fremdes, unbekanntes Land. Die einzige Rettung war, sich in engen Tälern zu verstecken, unter gefährlich überhängenden Schneemassen, die bei der geringsten Lufterschütterung zu Tal stürzen und Tiere und Menschen unter sich begraben konnten. Deshalb mieden die Rentierzüchter diese gefährlichen Gegenden und bevorzugten die offenen Räume.

Im Winter zu neuen Weiden aufzubrechen, war üblich, und jeder kannte seine Aufgaben. Während die Männer die Herde trieben, bauten die Frauen die Jarangas ab, luden die Winter-Pologs sorgsam auf die Lastschlitten, banden die rauchgeschwärzten und fettdurchtränkten Gerüststreben zusammen. Beizeiten hatte Rinto für den neugeborenen Enkel einen spielzeugartigen kleinen Schlitten zusammengebaut – mit einer Überdachung aus geschorener Renhaut. Jetzt war Tutril gut gegen den Schnee und eisigen Wind geschützt. Aber auch ohne diesen Schirm bewahrte ihn seine Fellbekleidung zuverlässig vor Kälte. Eine doppelwandige Kombination aus nach innen gewendetem Renkalbfell und nach außen gewendetem Fell eines Kalbjährlings, die hinten eine kleine, fest anliegende und mit trockenem Moos voll gestopfte Klappe besaß, eine mit Faultierpelz besetzte Kapuze und an die Ärmel genähte Handschuhe reichten, damit der Junge frostgeschützt im Schnee herumkriechen konnte.

Für den Umzug brauchten sie keinen ganzen Tag: vom Morgengrauen, das in einen kurzen Tag mit unmittelbar überm Horizont stehender riesiger roter Sonnenscheibe überging, bis zur Abenddämmerung. Die Sonne verschwand schnell hinter dem gezackten Himmelsrand, während sie den Schnee mit rotem Licht überflutete, dass es aussah wie Blut. Die Jarangas stellten sie jetzt nicht offen auf, sondern versteckten sie in einer Schlucht, aber so, dass über ihnen keine Schneewechte hing.

Inzwischen wunderte sich niemand mehr, wenn Anna vor dem Schlafengehen beim Licht der niederbrennenden Feuerstelle schrieb. Diesmal beschrieb sie ausführlich alle Arbeitsgänge, die mit dem Umzug verbunden waren, und zuletzt bis ins Kleinste die Kleidung von Tutril.

Diese Kombination ist eine geniale Erfindung. Im Grunde ist es so etwas wie ein komfortabler eigenständiger Raum, in dem sich das Kind ausgezeichnet fühlt. Man kann es so einige Stunden im Freien lassen, ohne dass es Schaden nimmt. Der Moosballen, mit dem man die hintere Klappe unterfüttert, saugt hervorragend die Feuchtigkeit und andere Ausscheidungen auf. Wenn das Kind durch sein Weinen zu erkennen gibt, dass es sich nicht wohl fühlt, nimmt die Mutter den beschmutzten Moosballen heraus und legt einen neuen hinein. Das ist einfach und hygienisch. Genauso einfach ist zu erklären, wieso die Wohnstätten von Insekten frei sind. Sogar wenn das Lager längere Zeit an einem Ort bleibt, werden die Schlaf-Pologs jeden Morgen abgenommen und ins Freie getragen. Den ganzen Tag liegen sie, mit dem Fell nach außen, in Sonne und Wind. Ab und an werden sie mit einem Stück Rengeweih sorgfältig ausgeklopft. Tritt man abends in den erwärmten Polog, empfangen einen dort Frische und Sauberkeit. Das kann man natürlich nur bei gutem Wetter machen. Aber schon das genügt. So wird auch die ganze Bekleidung behan-

delt. Ein anderes Mittel gibt es nicht, man kann den Fell-Kherker oder die aus Renkalbfell gefertigte Unterzieh-Kuchljanka ja nicht in Wasser waschen.

Genau genommen nomadisieren wir nicht, sondern verstecken uns in tiefen Tälern. Hier sind unberührte Weiden, und die Rentiere finden genügend Futter. Aber die Einförmigkeit des Lebens beeinträchtigt doch allmählich meinen psychischen Zustand. Ich bemerke, dass meine Zärtlichkeit und Anhänglichkeit gegenüber Tanat nachlässt, und was die Eifersucht betrifft, so schlafe ich ungeachtet seiner Liebesspiele mit Katja ruhig ein. Noch vor kurzem wäre das nicht möglich gewesen. Und immer häufiger erinnere ich mich an Leningrad, an den langen Korridor des Hauptgebäudes der Universität mit seinen gelben Bücherschränken längs einer Seite, an die breiten Fenster, an die Porträts großer Gelehrter an den Wänden dazwischen. Einst habe ich mir vorgestellt, da könnte auch ein Porträt von mir hinzukommen. Ich träume auch von unserer Wohnung am Kai des Umleitungskanals, von Vater und Mutter. Ich weiß nicht einmal, wo sie begraben sind. Meine ältere Tante hat erzählt, als sie wieder einmal in unsere Wohnung kam, sei die schon leer gewesen. Die Tür war weit geöffnet, die Fächer aus den Schränken und der Kommode herausgerissen, offenkundig hatte man nach Wertsachen gesucht. Was konnte es aber bei einem Tischler und einer Hausfrau für Wertsachen geben? Die Tante nahm unsere einzige Kostbarkeit mit – eine Singer-Nähmaschine. Immer häufiger gehe ich im Traum durch die heimatliche Stadt, den Kai des Umleitungskanals entlang, über den Newski-Prospekt, am verräucherten und mit Sperrholz zugenagelten Gostiny-Dwor-Kaufhaus vorbei. Manchmal eile ich zu den Vorlesungen, laufe über das Tutschkow-Ufer, an den mit Brennholz beladenen Frachtkähnen vorbei. Dann – durch den langen Universitätskorridor, die Klingel läutet immer lauter …

Dauert meine Expedition nicht schon zu lange? Ob ich mich von der Tundra lösen könnte? Unlängst vertraute mir Rinto seine

Sorgen an: Er weiß nicht, wem er sein Schamanen-Wissen und seine Schamanen-Gabe übertragen könnte. Tanat ist zu jung, und ihm fehlt ein tieferes Verständnis. Roltyt ist dumm, gierig und neidisch. Wie gut Rinto die Menschen charakterisiert! Lächelnd, wie zum Spaß, sagte er, er würde sein Können und all sein Wissen mir übergeben. Auf meinen Einwand, ich sei doch eine Frau, antwortete er, das habe keine Bedeutung. In ihrer Sippe gab es die Schamanin Giwewnëu, die auch sein, Rintos, Schicksal bestimmt habe. Nach seinen Worten hat eine Schamanin gegenüber einem Mann sogar einige Vorzüge. »Eine Frau konzentriert sich stärker, sie wird nicht durch die schwere männliche Arbeit abgelenkt.« Der Wissenschaft zuliebe lohnt es, zu dulden und dieses Leben weiterzuführen. Dafür wird das eine wirkliche wissenschaftliche Sensation von universellem Maßstab, wenn ich mit einem Referat über das eigentliche Wesen des Schamanismus auftrete. Die wissenschaftliche Öffentlichkeit wird die Wahrheit von einem Menschen erfahren, der selbst Schamane gewesen ist! Das einzige, was mich beunruhigt, ist, dass die Sowjetmacht alles zerstören kann, wenn sie unser Lager in den Kolchos treibt. Die Zerstörung der alten Kultur ist in den Siedlungen am Meeresufer schon voll im Gange und an ihrer statt entsteht eine hässliche Hybride.

Rinto liebte es zuzusehen, wie Anna schrieb: Ein handgeschaffenes Wunder, wenn die Gedanken sich buchstäblich auf das weiße Feld des Papiers ergießen und dort gerade, dichte Reihen bilden, um jederzeit erneut zu erstehen und sich in Worte zu verwandeln! Dabei muss sie der Mensch nicht einmal aussprechen, der sie aufgeschrieben hat. Mitunter schien es, die Hand der Schreibenden käme dem Fluss der Worte gar nicht nach, dann wieder stolperte sie, suchte offenbar in den Tiefen des Verstandes nach einem geeigneten Ausdruck. In solchen Augenblicken nahm das Gesicht von Anna einen ungewöhnlich beseelten Ausdruck an, als würde es von innen erleuchtet. Sollte er sie nicht bitten, ihm Schreiben und Lesen beizubringen? Dann könnte er, Rinto, auf Papierblättern alles aufschreiben, was er wusste, von den Vorfahren erfahren und durch eigene Erfahrung gelernt hatte. Offenbar waren Bücher festgehaltene Erfahrung. Wie schade und traurig war es, dass im Leben von Menschen, die nicht schreiben können, alle Erfahrung nur im Gedächtnis erhalten bleibt und verloren geht, wenn er aus dem Leben scheidet. Wie viel haben die Tschuktschen während der langen Jahre ihrer Existenz verloren!

Rinto rauchte, doch dieses Mal bereitete ihm das Rauchen nicht das gewohnte Vergnügen – hatte er doch vor allem wegen des Tabaks die Söhne in die Siedlung geschickt. Eigentlich war er selbst daran schuld, dass ihr Lager entdeckt worden war.

Anna klappte das Heft zu und blickte lächelnd auf den Schwiegervater. »Du siehst mir dauernd zu, wie ich schreibe?«

»Ich schaue und überlege: Wie viel Jahre braucht man, um so schnell schreiben zu lernen?«

»Wie lange hat Tanat gelernt?«

»Der konnte schon nach zwei Jahren recht schnell in der Muttersprache lesen und schreiben. Russisch musste er länger lernen, im Internat. Er hatte einen guten Lehrer, Lew Wassiljewitsch Belikow, der beherrschte unsere Sprache nicht ganz so wie du. Du redest genau wie wir. Wenn ich die Augen schließe, merke ich keinen Unterschied! Bei Belikow war doch die fremdländische Aussprache zu erkennen. Wenn ein Mensch beide Sprachen kann, ist das sehr gut.«

»Kennst du außer dem Tschuktschischen noch eine andere Sprache?«

»Ein wenig Eskimoisch, aber mit Mühe … Giwewnëu, die beherrschte auch den Naukaner Dialekt und konnte sich auch auf Unasikisch verständigen.«

»Wie kam das, sie war doch eine Tschautschu-Frau?«

»Sie hat lange an der Küste gelebt, ist viel gereist und wohnte einige Jahre am Ufer der Beringstraße. So waren unsere Bräuche. Früher haben wir viele Feindseligkeiten mit den Aiwanalin, den Eskimos, ausgetragen. Worauf diese Feindschaft zurückging, weiß niemand. Fast jedes Jahr haben wir einige große Kriegs-Fellboote ausgerüstet, uns mit Speer und Bogen nebst einem Vorrat an Pfeilen bewaffnet und sind zum amerikanischen Ufer und nach Siwukak aufgebrochen. Haben mit ihnen gekämpft, Männer getötet, Frauen und Kinder gefangen genommen und sie als Sklaven gehalten. So sind die Tschuktschen gewesen. Viele Jahre lang. Schließlich fanden sich kluge Leute, die feststellten: genug Blut vergossen! Der Ozean ist groß, die Beringstraße breit, die Tundren sind unermesslich – da ist Platz für alle. Damals haben wir vereinbart, nie wieder die Waffen aufeinander zu richten. In jener Zeit hat ein Wort viel bedeutet. Und damit wir uns künftig besser verstehen, wurde beschlossen, junge Leute nach Kygmin – das ist Alaska –, Siwukak und in verschiedene amerikanische Siedlungen zu schicken sowie junge Leute von dort zu empfangen, damit sie Sprachen und Bräuche der anderen Seite kennen lernen. Nun zog Frieden ein an der Beringstraße und auf der Tschuktschen-Halbinsel. So blieb es bis in die jüngste Zeit, bis uns die Bolschewiki sagten, dass auf der anderen Seite ein fremder Staat sei, eine uns feindliche Ordnung. Was aber interessierte uns ihre Ordnung? Die Tangitan sind auch dort erst vor kurzem hingekommen, genauso wie die hier. Auch dort haben sie angefangen, ihre Bräuche einzuführen. Besonders unerbittlich drängten sie den Leuten ihren Glauben auf. Giwewnëu sagte, Gott sei für alle derselbe. Nur der Weg zu ihm und die Sprache der Verständigung seien bei den Völkern verschieden. Die aber sagen: Nein, bei uns gibt es nur Christus und der Glaube an ihn sei der einzig wahre. Das ist doch dumm. Das ist nur ein Streit um den Platz, den man unter Gott einnimmt. Wahrscheinlich sitzt er im Himmel und lacht laut über die dumme Menschheit.«

»Warum soll er lachen?«, bemerkte Anna. »Sollte er den Menschen nicht lieber Verstand beibringen?«

»Das macht er auch«, antwortete Rinto. »Nur sind wir für Gott wie kleine Kinder. Er lacht ja nicht böse, sondern gutmütig, so wie wir über die unvernünftigen Handlungen und Streiche der Kinder lachen.«

»Aber warum lässt er das Böse zu? Du weißt doch, wie viel Menschen im letzten Krieg umgekommen sind? Millionen! Das sind tausende solcher Völker wie die Tschuktschen!«

»Das macht nicht Gott, sondern der Teufel, böse Geister«, antwortete Rinto. »Wenn doch der Mensch mit seinen guten Taten stets Gott helfen würde, die bösen Geister zu besiegen!«

Die Gespräche mit Anna überzeugten Rinto immer mehr davon, dass er es mit einem wirklich denkenden Menschen zu tun hatte.

Einige Tage waren seit jenem denkwürdigen Gespräch vergangen, und immer noch konnte er es nicht vergessen. Diese Gedanken beschäftigten ihn, wenn er in der Rentierherde die Söhne ablöste, damit sie in die Jaranga gehen, ausruhen und die nasse Kleidung trocknen konnten; sie verfolgten ihn im Schneesturm, wenn er in einer Schneewehe Zuflucht suchen musste, und sie verließen ihn nicht in klaren Sternnächten, wenn das himmlische Leben sich in seinem Glanz zeigte – zwischen den Sternbildern verborgen, als Heimstatt großer und kleiner Götter sowie der unbegreiflichen Kraft jenes Großen und Einzigen, der mit seiner Macht über das Weltall gebietet. Während Rinto auf die Myriaden blinkender Sterne blickte, hatte er mitunter das Gefühl, als strömten ihm Unbekannte Kräfte zu, dann wieder kam er sich als ein Nichts vor und konnte sich davon lange nicht erholen. Rinto beneidete oftmals andere Menschen, die nur in den täglichen Sorgen leben. Für sie ist Freude einfach Freude, und wenn sie traurig sind, suchen sie sich möglichst schnell von den Ursachen des Unglücks zu befreien, sie schnell zu vergessen.

Sollte er nicht doch all seine Erkenntnisse Anna übergeben? Es wäre doch dumm anzunehmen, dass ihre Herkunft sie daran hindern könnte, zu einem Menschen zu werden, der die Weisheit des Umgangs mit den Göttern erworben hat.

Um aber Schamane zu werden, muss man sich unvorstellbaren Prüfungen unterwerfen. Muss sich zwingen, sich selbst zu überwinden …

Anna Odinzowa hatte aufgehört, an ihre Tochter zu denken, war härter geworden, lächelte seltener, sogar der frühere Glanz in ihren Augen leuchtete selten auf. Nur wenn sie sich in ihre Aufzeichnungen vertiefte, verwandelte sie sich, spiegelten sich in ihren Augen tiefe Gedanken, änderte sich ihr Gesichtsausdruck.

Seit Arentos Lager weggezogen war, befiel Rinto wieder häufiger ein Gefühl der Einsamkeit.

Die einzige, die immer glücklich zu sein schien, war Katja. Alle ihre wichtigsten Ziele hatte sie erreicht: Sie war die Frau des geliebten, ihr bestimmten Mannes geworden, hatte ihm einen Sohn geboren. Tanat bevorzugte sie im Bett und verheimlichte das nicht. Also hatte sie die Tangitan-Frau hintangestellt, und dieses Bewusstsein erfüllte ihr kleines Herz mit Freude.

Die Frauen saßen im Tschottagin einander gegenüber und nähten. Hin und wieder wandte Katja sich ab, um den Sohn zu stillen, dann nahm sie die Arbeit wieder auf. Mit den geschliffenen Nadeln, die sie noch in Uëlen bei amerikanischen Besuchern vom anderen Ufer gekauft hatten, fiel es ihnen leicht, die Felle zu durchstechen, und zuverlässig verband eine gerade, dichte Steppnaht die von Welwune zugeschnittenen Teile einer künftigen Kuchljanka. Anna beugte den Kopf tief über ihre Näharbeit, biss mit ihren scharfen weißen Zähnen das Ende des Fadens ab, der aus Rensehnen gefertigt war, und hob manchmal auch den Blick, um zu sehen, wie Tutril gierig an Katjas voller, dunkler Brust saugte. Manchmal lächelte sie unwillkürlich, und in ihrem Herzen regte sich ein gutes Gefühl gegenüber dieser Frau, die nicht mehr ihre Rivalin war.

»Weißt du«, bemerkte Anna, »dass es Maschinen gibt, die nähen können?«

»Ich weiß«, antwortete Katja, »ich habe solche in Uëlen gesehen. Aber die Maschine kann kein Fell und keine Haut nähen, nur Stoffe.«

Anna vergaß oft, dass Katja nicht nur lesen und schreiben konnte, sondern trotz ihrer Jugend erfahren war. Sie konnte alle Arbeiten ausführen, die im Lager anfielen: eine Jaranga aufstellen und abbauen, ebenso den Fell-Polog, sie konnte beliebige Kleidungsstücke nähen, wusste, welche Tundra-Gewächse für die Nahrung geeignet waren, welche man im Herbst als Heilkräuter sammeln musste; sie bereitete das Essen, richtete die Tranlampe her und unterhielt in ihr eine gleichmäßige, nicht rußende Flamme, was Anna nur mit viel Mühe gelang, sie reparierte sorgfältig die Kleidungsstücke, walkte die Felle, gerbte die Häute in Urin und Renkot, färbte sie mit Ocker, den sie im Sommer gesammelt hatte. All diese Fähigkeiten hatte sie von Kind an in sich aufgenommen. Katja merkte selbst, dass ihre Freundin nicht abgeneigt war, gelegentlich eine langweilige Arbeit auf sie abzuwälzen. Mit der

Großmut des Siegers verzieh sie es ihr. Das Einzige, was sie beunruhigte und etwas wie Eifersucht in ihr hervorrief, war die besondere Aufmerksamkeit Rintos für seine ältere Schwiegertochter.

Auch jetzt wieder, kaum dass er von draußen hereingekommen war und die Fellstiefel vom Schnee gesäubert hatte, setzte sich der Hausherr auf den Kopfbalken des kleinen Pologs und begann mit Anna ein Gespräch, indem er sie über den großen Führer Stalin ausfragte. »Ich habe sein Gesicht auf einem Porträt gesehen. Ich finde daran nichts Besonderes. Ein dichter Schnurrbart, schwarze Haare, durchdringend blickende, ein wenig tief liegende Augen. Sein Lehrer Karl Marx ist da viel eindrucksvoller. Um den Mund so viel Haare, dass man sich fragt, wie er gegessen hat. Vermutlich blieb da manches hängen.«

»Er hat sich doch gewaschen«, meinte Anna. »Seiner Herkunft nach war er Deutscher.«

»Wie Hitler?«, fragte Rinto verwundert.

Anna nickte.

»Natürlich, das ist nicht verwunderlich«, sagte Rinto nachdenklich. »Auch bei uns gibt es Halunken, Diebe, Betrüger.«

»Hat es die denn früher nicht gegeben?«, fragte Anna.

»Früher gab es weniger!«, erklärte Rinto überzeugt. »Sobald etwas auftaucht, was man ohne Mühe bekommen kann, taucht auch der Mensch auf, der das ausnutzen will. Früher gab es das nicht. Wie war es denn an der Küste? Nur wer auf die Jagd ging, konnte sich satt essen. Der Faulpelz hungerte. War er hungrig geblieben, ging er selbst wieder auf Jagd. Ich rede nicht von den Kranken, Alten, Hilflosen oder von den kleinen Kindern. In der Tundra war es ebenso. Gleichberechtigung kann es nur beim Essen geben. Aber auch da gibt es Fresssäcke und Wenigesser. Was für einen Sinn hätte es, wenn alle Leute gleich wären? Dann brauchte es auf der ganzen Welt nur einen Menschen zu geben. Nein, das ist Dummheit.«

Als Katja sich entfernte, um den Sohn zu nähren und schlafen zu legen, rückte Rinto näher zu Anna und fragte sie leise: »Bist du zur Prüfung bereit?«

Anna antwortete nicht sofort. Sie spürte plötzlich den eisigen Hauch eines unfassbaren Geheimnisses. Langsam biss sie mit den Schneidezähnen den Sehnenfaden ab, stach die Nadel in die Innenseite des Fells und sagte: »Das musst du selbst entscheiden. Du kennst mich schon über ein Jahr … Stört es dich nicht, dass ich eine Tangitan-Frau bin?«

»Ein wenig schon, wenn ich ehrlich bin«, sagte Rinto. »Deshalb wüsste ich gern: Bekennst du dich zur russischen rechtgläubigen Kirche? Glaubst du an den russischen Gott? Ich frage dich, weil zahlreiche Menschen ihren Glauben nicht öffentlich bekennen. Insgeheim aber glauben sie. Kennst du die Riten?«

Im Nebel kindlicher Erinnerungen tauchte ein Bild in der Kirche auf: der Glanz von Kerzen, starker Geruch von Weihrauch, verschwitzen Menschenleibern und langgedehnter Gesang, aus dem tiefe Schwermut und Flehen sprachen. Sie wusste nicht einmal, mit wem sie in der Kirche gewesen war – vielleicht mit der Mutter, vielleicht mit einer Verwandten. Das Gedächtnis bewahrte auch eine ins Ohr geflüsterte Bitte: niemandem etwas zu sagen. War sie in der Kirche getauft worden? Sehr wahrscheinlich, doch genau erinnerte sie sich nicht daran, und in der Familie war nie davon gesprochen worden. In ihrer Wohnung gab es keine Ikonen, dafür ein Porträt von Marschall Woroschilow, als der noch jung war, mit gepflegtem kleinem Schnurrbart und einem Lächeln in den Augen.

»Weißt du, an den russischen Gott glaube ich nicht, obwohl ich getauft bin«, antwortete Anna. »Nach meiner Erziehung bin ich Atheistin, also Ungläubige. So wurde ich in der Schule und in der Universität gelehrt. Ich habe auch dutzende Bücher gelesen, in denen die Existenz Gottes bestritten wird ... Doch das bedeutet nicht, dass ich die Existenz einer anderen, Höheren Kraft leugnen würde. Im Leben gibt es so viel Unverständliches und Wunderbares, das man anders nicht erklären kann.«

Rinto erinnerte sich an Berichte der Alten, wie die Russen seine Landsleute getauft hatten. Dabei erhielt ein jeder Geschenke – ein Taufhemd und ein metallisches Kreuzchen an einer Schnur, aus dem man leicht einen Angelhaken machen konnte. Da für den angereisten Popen ein Tschuktsche wie der andere aussah, ließen sich für Hemd und Kreuz viele mehrmals taufen.

»Was ich an dich weitergeben will, ist aber ohne Glauben unfassbar.«

»Und du selbst, hast du niemals Zweifel?«

Rinto schwieg. Er blickte auf die Flamme, die über dem gebrochenen Krummholz tanzte. »Nur der zweifelt nicht, der nicht nachdenkt«, erklärte er langsam. »Wenn ich ehrlich sein soll, so ist mein ganzes Leben, sind alle meine Überlegungen von Zweifeln erfüllt. Die letzte Wahrheit kennt nur Er. Bisweilen bin ich überzeugt, mich der Wahrheit zu nähern, doch oft gerate ich in eine so schreckliche Lage, dass ich an nichts mehr glaube ... Ich konnte deine Tochter nicht retten.«

»Die Russen sagen: Gott hat gegeben, Gott hat genommen.«

»Für die Mutter gibt es trotzdem keinen Trost, selbst wenn Er sichtbar erschiene und erklärte: Ich nehme das Leben deines Kindes.«

»Vielleicht ist Er eben darum nicht erschienen, weil Er wusste, dass ich mein Kind nicht hergeben würde.«

»Wer weiß«, sagte Rinto gedehnt, und nach langem Schweigen setzte er hinzu: «Sobald heute der Mond aufgeht, geh hinaus zum Osthang.«

Nachdem sie die Hausarbeiten beendet hatte, warf sich die mit einem Kherker bekleidete Anna Odinzowa die weite Fellkapuze über und trat aus der Jaranga. Der Vollmond hing stumm über der Tundra, überstrahlte die Sterne und erhellte den ganzen verschneiten Raum mit leblos-weißem Licht. Der Schnee knirschte laut unter den Ledersohlen, außer diesem Geräusch schien nichts in der Natur zu existieren.

Rinto stand unbeweglich, und man hätte ihn für einen plötzlich aufgetauchten Brocken der Felswand halten können. Tatsächlich nannten die Bewohner von Rintos Lager die Felsbrocken hier »Steinerne Rotte«. Rinto trat einen Schritt auf sie zu, und Anna sah, dass er den langen wildledernen Kittel trug, in den er sich nur bei wichtigen Opferzeremonien hüllte. Lange Bänder aus weißer Robbenhaut fielen ihm auf die Brust, und auf dem Rücken hing ein Hermelinpelz.

Anna zuckte zusammen, als sie die sonderbar veränderte Stimme ihres Schwiegervaters hörte: »Tritt näher ... Stell dich neben mich.«

Halblaut sang er eine Melodie, die einschläfernd wirkte und doch kein Wiegenlied war. Auch während Rinto sprach, tönte diese Melodie weiter, gelegentlich sogar lauter, als käme sie von außerhalb. Sie zwang zu Unterordnung, unterdrückte den eigenen Willen.

Ein sonderbares Gefühl erfasste Anna. Einerseits war dies der ihr gut bekannte Rinto, andererseits hatte sie ihn so noch nie gesehen. Trotz des hellen Mondlichtes leuchteten seine

Augen heller als das durchsichtige, verstreute Licht, das sich mit dem Glanz des glatt polierten Schnees vermengte. Schwäche und Schwindel ergriffen ihren ganzen Körper, und sie ging langsam auf Rinto zu.

»Große Prüfungen muss derjenige durchmachen, der sich entschließt, in die Bruderschaft der Enenylyn einzutreten, welche fähig sind, im Namen und zum Wohl des Menschen über ihn zu gebieten.« Die Worte waren ungewohnt, feierlich, in der alltäglichen Rede kaum üblich. »Wer Schamane wird, prüft seinen Geist und seinen Körper. Dein Körper ist ausdauernd, Anna. Ist aber dein Geist ebenso stark? Ich frage dich, Anna.«

»Ich weiß nicht«, flüsterte Anna kaum hörbar. Sie spürte, dass sich ein Nebel über ihr Bewusstsein legte, meinte die eigene Stimme von der Seite zu hören, wie ein Echo der ausgesprochenen Worte.

»Wirst du ertragen können, was sich ein gewöhnlicher Mensch nicht einmal vorstellen kann?«

Als Zeichen der Zustimmung nickte Anna. In ihren Ohren dröhnte es, und der Kopf schien leer zu sein, von Mondlicht und sonderbarer Musik erfüllt.

»Leg den Kherker ab!«

Anna ließ gehorsam die Fellkapuze von Kopf und Schultern gleiten, entblößte so den Oberkörper. Sie spürte keine Kälte, obwohl es im Freien frostig war. Rinto näherte sich der Frau, riss an ihrem Kherker, dass er gänzlich neben ihre Füße fiel und Anna splitternackt vor ihm stand.

Rinto legte die Frau vorsichtig auf den über dem Schnee ausgebreiteten Kherker, hob die Schöße seines langen wildledernen Kittels, löste die aus Rensehnen gedrehte Schnur, die seine Hose hielt, ließ diese fallen und drang mit scharfem Stoß, als wäre es mit eines Messers Schneide, in die Frau ein.

Anna schrie vor Überraschung und Schmerz auf. In ihren Augen war Rinto ein alter Mann, nun aber stellte sich heraus, dass seine Manneskraft keineswegs geschwunden war. Das Sonderbarste und Erstaunlichste aber war, dass Anna zugleich mit brennender Scham etwas anderes, Unglaubliches empfand – unaussprechliche Wonne, die ihr ganzes Wesen überflutete. Diese noch nie erfahrene Mischung von Gefühlen, von süßer Qual und den ganzen Leib versengender Lust ließ sie alles vergessen. Möglicherweise verlor sie zuletzt sogar das Bewusstsein, denn sie kam vom Frost zu sich, zitternd am ganzen Körper. Rinto half ihr aufzustehen, den Kherker anzuziehen.

»Was hast du mit mir gemacht?«, stieß Anna zitternd, mit Mühe heraus, während sie von aufkommendem Schluchzen geschüttelt wurde.

»Du hast das überstanden«, sagte Rinto leise. »Also wirst du, wenn es nötig sein sollte, alles überstehen.«

»Hättest du mich lieber getötet!«, schluchzte Anna. »Wie kann ich danach leben, wie soll ich Tanat, den Menschen in die Augen sehen?«

»Du musst danach leben und allen Leuten in die Augen sehen … Einen Menschen zu töten, ist sonderbarerweise nicht schwer. Wer weiß, vielleicht wirst du einst auch dies tun müssen, dann erinnere dich an meine Worte. Ein Enenylyn muss immer bereit sein zu tun, was ein gewöhnlicher Mensch nicht tun kann. Das kann nur einer, den die Höchsten Mächte auserwählt haben … Jetzt gehen wir aber in die Jaranga; sonst wirst du noch ganz steif vom Frost.«

Ungeachtet der erlebten Erschütterung und des Zitterns, das ihren ganzen Körper erfasst hatte, nahm Anna Odinzowa alles bewusst wahr, und sie bemerkte eine Veränderung in Rintos Stimme: Nun sprach er wieder wie gewohnt, wie sonst immer. Und die Melodie, die so sonderbar geklungen hatte, war in der Stille der Mondnacht verhallt.

Ehe sie die Jaranga betraten, sagte Rinto: »Dir steht noch eine Prüfung bevor. Doch die Hauptsache hast du bewältigt. Das Übrige wird leichter sein.«

»Wozu?«, fragte Anna.

»Du selbst warst damit einverstanden.«

Zehn Tage gingen dahin.

Sooft sich Anna an das Geschehene erinnerte, packte sie Wehmut und ein scharfes Verlangen. Mit Macht unterdrückte sie ihre rebellierenden Gefühle, sie versuchte, sich zu beschäftigen – übernahm beliebige Arbeiten, bemutterte Tutril, holte Weidenruten, riss widerspenstige Zweige aus dem abgelagerten Schnee. Sie spürte, dass Rinto sie unauffällig mit scharfem, zupackendem Blick beobachtete, als beurteile er ihr Verhalten. Einige Male griff sie nach ihrem Tagebuch, konnte aber nicht einmal einen Buchstaben zu Papier bringen.

Eines Abends, unmittelbar vor dem Schlafengehen, reichte Rinto Anna einen aus Birkenrinde gefertigten rituellen Behälter, der mit einer Übelkeit erregenden, nach Urin riechenden Flüssigkeit gefüllt war. »Trink das aus«, sagte er leise.

Über die eigene Unterwürfigkeit verwundert, stürzte Anna den Inhalt des Gefäßes hinunter. Wider Erwarten blieb das Getränk im Magen, und sehr bald spürte sie unüberwindliche Schläfrigkeit. In den Ohren erklang wieder jene Melodie, die in der hellen Winternacht verstummt war. Sie tönte leiser und leiser. Anna konnte gerade noch wahrnehmen, dass sie am äußersten Rand des Eltern-Pologs hingelegt wurde.

Nein, das war natürlich kein Traum. Ein Traum ist nicht so farbig, so detailliert, voll Klänge und hellem Licht. Und die Hauptsache, ein Traum verflüchtigt sich gewöhnlich, man erinnert sich später nur noch an Bruchstücke. Vor allem war da ein Gefühl des Fliegens. So wirklichkeitsgetreu, dass die Wolkenränder, als wären es Fetzen aufgehängter nasser Wäsche, schmerzhaft ins Gesicht schlugen und auf der Haut nasse, rote Spuren hinterließen. Doch sehr schnell blieben die Wolken weit unten zurück, und durch die Lücken zwischen ihnen war die grüne Oberfläche der Erde zu sehen. Unerwartet tauchten Vater und Mutter auf, dicht neben ihr. Sie blickten die Tochter ohne Erstaunen an, als müsse alles so sein. Auch Anna Odinzowa zweifelte keinen Augenblick an der Realität des Geschehens. Die Eltern schwebten in einem unbestimmten Raum, und es war klar, dass die Begegnung nicht auf der Erde stattfand, sondern in jener Welt, in die sie gegangen waren, als sie im Winter 1942 in Leningrad vom Hunger hinweggerafft wurden. Die Mutter blickte mit tränenerfüllten Augen auf die Tochter, und plötzlich sagte sie: »Du bist eine richtige Tschautschu-Frau geworden.« Der Vater nickte zustimmend und sagte: »Der Fell-Kherker steht dir sehr gut. Wie geht es dir dort?« – »Gut«, antwortete Anna Odinzowa. »Ich bin dabei, eine Enenylyn zu werden.« – »Ich weiß nicht«, bemerkte der Vater und schüttelte zweifelnd den Kopf. »Du bist doch getauft. Großmutter hat dich, ohne es uns zu sagen, in der Wladimir-Kathedrale taufen lassen.« Dann verschwanden die Eltern, und Anna sah, dass sie in Richtung des Moskauer Bahnhofs den Umleitungskanal entlang schlenderte. Im Bahnhofsbüfett arbeitete Tante Olja, und gelegentlich gab sie der hungrigen Nichte ein paar Brocken und Brotreste. Auch dieses Mal hielt ihr Tante Olja einige Brocken entgegen und sagte: »Nimm, Anetschka, Brot ist keins mehr da.« – »Brot esse ich jetzt nicht«, antwortete Anna fröhlich, »in der Tundra kommen wir ohne das aus. Ich bin doch eine richtige Tschautschu-Frau geworden und werde vielleicht noch eine Enenylyn.« Plötzlich aber stand Anna Odinzowa inmitten wunderlicher Pflanzen mit riesigen Blättern und Kronen. Dicke Wurzeln ragten aus der Erde und griffen nach den Beinen. Anna betrachtete sie und begriff, dass dies nicht Pflanzen waren, sondern gewaltige männliche Glieder mit glänzenden, an metallische Helme erinnernden Köpfen. Mit Mühe drängte sie sich hindurch, stolperte, stürzte, bestrebt, sich zu befreien. Dann verschwanden die sonderbaren Erscheinungen, und sie sah ihre Tochter Tutyne vor sich. Sie ging, indem sie mit bloßen Füßen auf Wolken trat, und von denen blieben weiße Flocken als weicher Flaum zwischen den winzigen Zehen ihrer rosa Füße stecken. Sie ist doch gestorben, ehe sie überhaupt auf den Beinen stehen konnte, dachte Anna, zugleich aber kam ihr ein freudiger Gedanke: Seit Tutyne das Leben verlassen hatte, war genügend Zeit vergangen, sie konnte gehen und sogar sprechen gelernt haben. Das Mädchen streckte die Hände aus und sagte doch wirklich mit dünner Stimme: »Mama, mir geht es hier so gut.« Anna Odinzowa wollte sie auf die Arme nehmen, aber die Arme gingen durch Tutyne hindurch wie durch eine Wolke. Tutyne flog etwas in die Höhe und sagte mit ihrem feinen Stimmchen: »Mama, kehr um! Du darfst dich hier nicht zu lange aufhalten!« Sie löste sich in den Wolken auf, verflüchtigte sich, und nur in Annas Ohren tönte weiterhin ihre dünne, Mückengesumm ähnelnde Stimme. Anna aber beschäftigte bei aller Freude für die Tochter die sonderbare Frage, in welcher Sprache sie gesprochen habe – russisch oder tschuktschisch? Ein Bild löste das andere ab. Wieder verschwanden die Wolken, wieder tauchten gigantische Phalli auf, von deren Spitzen ihr eine klebrige weiße Flüssigkeit unangenehm ins Gesicht tropfte …

Langsam erwachte Anna Odinzowa. Rinto befürchtete schon, sie sei in einen gar zu tiefen Schlaf gefallen. Die Wirkung des Wapak, eines heiligen Pilzes, den man mit einem Aufguss aus männlichem Urin ansetzte, konnte auch tödlich sein. Es kam vor, dass Menschen, die mit seiner Hilfe in die Schattenwelt reisten, für immer dort blieben. Rinto goss kaltes Wasser über Annas bleich gewordenes Gesicht, trocknete die hinter die Ohren laufenden Tropfen. Doch Anna atmete, auch wenn sich ihre Brust ungleichmäßig hob und mitunter sogar erstarb. Dann stockte auch Rintos Atem.

Schließlich öffnete Anna die Augen und fragte: »Wo bin ich?«

»Du bist hier, in dieser Welt«, antwortete Rinto erleichtert. »Du bist zu uns zurückgekehrt.«

»Und wo war ich?«

»Du bist durch die Schattenwelt gereist, in der die Verstorbenen weilen … Hast du sie gesehen?«

»Ja … Sowohl meine Eltern als auch Tutyne … Aber sonderbar … Ist denn so etwas möglich? War das nicht einfach ein Traum?«

»Ja, die Menschen sehen Verstorbene auch im Traum … Aber was du erlebt hast, ist kein Traum. Dank dem heiligen Pilz Wapak bist du zeitweilig dort gewesen. Wenn die Höchsten Mächte dich in dieses Leben zurückgelassen haben, bedeutet das, dass Sie einverstanden sind, dich zu einer Auserwählten zu machen.«

»Ich habe solchen Durst«, sagte Anna schwach.

»Ich habe dir Wasser und eine Renbrühe bereitet.«

Anna trank zunächst durstig einfaches, aus Flusseis geschmolzenes Wasser, dann von der fetten Renbrühe.

»Da, wo du warst, gibt es kein Wasser«, sagte Rinto bedeutungsvoll. »Alle, die von dort zurückkehren, leiden an Durst.« Rinto war zufrieden: Vorerst ging alles vor sich, wie es sollte. Anna war von dort zurückgekehrt, wo sie gewesen sein sollte.

Beweis dafür war auch ein so gewichtiges Zeichen wie ihr unlöschbarer Durst.

Er selbst war oft dort gewesen, auch wenn er mit den Jahren vorsichtig geworden war. Schon die verstorbene Giwewnëu hatte gewarnt, er solle sich nicht zu oft zu solchen Reisen verleiten lassen, weil sie den Menschen zerstören, ihn so hinreißen können, dass er schließlich jenes Leben vorzieht. Manche hätten sich so an den Wapak gewöhnt, dass sie nicht einmal einen Tag ohne ihn verbringen konnten, und das endete damit, dass sie für immer ins Schattenreich dahingingen.

Anna brauchte zwei Tage, ehe sie zum gewohnten Leben im Lager zurückkehrte.

10

Zwei Wochen dauerte es, bis Anna Odinzowa ihre wissenschaftlichen Aufzeichnungen wieder aufnehmen konnte. Das kostete sie große Anstrengung, und sie grübelte lange, bevor sie auf einer weißen Seite die ersten Worte niederschrieb.

Offenbar haben wir Januar neunundvierzig. Schon lange habe ich die Übersicht über Tag und Monat verloren. Aber wenn ich sehe, wie es in letzter Zeit heller geworden ist, bin ich mir sicher, dass nicht mehr Dezember ist. Was ich im letzten Monat erlebt habe, hat mein Leben verändert. Ich fürchte, ich bin nicht mehr die alte. Und mir fehlen die Kraft und die Worte, um alles zu beschreiben, was mit mir geschehen ist. Wozu auch? Wem nützt es? Ich kann doch nicht vom Katheder im großen Konferenzsaal des Museums für Ethnografie in Leningrad erzählen, was Rinto mit mir gemacht hat. Erstens würde es niemand glauben. Und zweitens, warum sollte ich? Wie lächerlich und unwesentlich erscheinen mir jetzt diese so genannten wissenschaftlichen Forschungen! Heute habe ich verstanden: Alles, was ich hier aufgeschrieben habe, was ich zu systematisieren und zu begreifen suchte, all das ist nutzlos! Aber warum schreibe ich jetzt trotzdem? Nur, weil ich mich aussprechen möchte. Mein wichtigster Gesprächspartner Rinto, der einzige, der fähig ist, mich bis zum Schluss anzuhören, selbst der versteht mich nicht immer. Und zwar deshalb, weil meine Erörterungen belastet sind von der alten Erfahrung der Aufklärung, von verlogenen wissenschaftlichen Überlegungen. Ist etwa Margaret Mead auch nur für einen Moment der Gedanke gekommen, sie könnte ihre wissenschaftliche Arbeit nicht an den ehrwürdigen Professor Boas richten, sondern an die Ältesten der Insel im südlichen Samoa? Dass sie ihnen ihre Ergebnisse, ihre Schlussfolgerungen mitteilt? Sie hätten sie für verrückt gehalten. Weshalb hätte sie sie sonst nach völlig Uninteressantem, Alltäglichem ausgefragt, nach Dingen, an die ein normaler Mensch keinen Gedanken verschwendet. Meinen ungeschickten Erklärungen, welchen Sinn meine Schreibereien haben, begegneten sie hier in der Jaranga ja auch mit Nachsicht: Sie ist eben eine Tangitan, hat allerlei unbegreifliche Gewohnheiten. Vielleicht haben sie insgeheim gehofft, diese Dummheit würde sich früher oder später geben und ich würde dann fast so werden wie sie … Vielleicht bin ich es schon geworden?

Die Sonne stand bereits ziemlich hoch am Horizont. Manchmal gab es so stille, klare Sonnentage, dass es schien, der Frühling sei gekommen. Solches Wetter hielt sich lange, schenkte den Hirten eine Ruhepause, ermöglichte ihnen, mehr Zeit im Lager zu verbringen, bei Frau und Kindern. Und ohne die ständige Drohung, entdeckt zu werden, hätte das Leben hier einem Idyll geglichen.

An diesem Abend rieb Rinto die Trommel lange mit Schnee ein, trug sie ans Feuer, schlug sacht, wie zur Probe, darauf, lauschte auf den nach dem langen Winterschlaf entstehenden Ton. Er befahl, einstweilen die Schlaf-Pologs noch nicht aufzuhängen, damit in der Jaranga genug freier Raum blieb.

Ein besonderes Ereignis gab es an diesem Tag nicht zu feiern, aber alle wussten, dass Rinto sich anschickte zu singen und zu tanzen. Aus diesem Anlass wurde ein Rentier geschlachtet und eine reichhaltige Mahlzeit bereitet. Die Hauptsache war natürlich das frische Renfleisch, dann der mit Speck und klein geschnittenem Fleisch gefüllte Magen, eine Art Kochwurst. Und natürlich die abgezogenen Rentierläufe mit dem Knochenmark.

Nachdem sie gespeist und Tee mit Zucker getrunken hatten, setzte sich Rinto auf den Kopfbalken und nahm die Trommel in die Hand. Zunächst schien er sie auszuprobieren, er sang leise vor sich hin und berührte mit einem elastischen schwarzen Stöckchen aus Walbarte die Oberfläche der straff gespannten, speziell bearbeiteten Haut eines Walrossmagens. Die Kinder fielen leise ein, und als der Großvater dann lauter sang und der Trommelklang sich verstärkte, liefen sie in die Mitte des Tschottagins und versuchten ungeschickt zu tanzen. Nur Roltyts älteste Tochter bewegte sich wie eine echte, erwachsene Tänzerin, und man konnte sogar durch den plumpen Fell-Kherker den schlanken, bereits entwickelten Körper eines jungen Mädchens ahnen.

Rinto rief mit einem Zeichen Anna und reichte ihr eine zweite, kleinere Trommel. Anna liebte seit ihrer Kindheit Musik und hatte sogar kurze Zeit im Universitätschor gesungen. Daher fiel es ihr nicht schwer, dem Rhythmus von Rintos Schlägen zu folgen. Schon damals, an der Eismeerküste, am Heiligen Stein von Uëlen, hatte sie den tschuktschischen Gesang kennen gelernt. Mit einem Seitenblick forderte Rinto sie auf, einzufallen. Zu Hilfe kam ihr Welwune. Sie hatte eine gute, aber überraschend hohe Stimme. Anna musste eine Oktave tiefer einsetzen, aber das verlieh dem Gesang nur noch mehr Farbe, und Rinto lächelte beifällig. Alltägliche tschuktschische Lieder glänzen nicht durch viele Worte. Entscheidend sind Rhythmus und Tanz. Dieser war der Begegnung eines wilden Renhirschs mit einer zahmen Renkuh gewidmet.

Eier tragend, aus der wilden Tundra,
bin ich dir begegnet, hab mich an dich geschmiegt.
Bin dir begegnet, hab mich an dich geschmiegt,
Eier tragend, aus der wilden Tundra.

Diese Zeilen wurden viele Male wiederholt, doch die Hauptaufmerksamkeit galt nicht ihrem Sinn, sondern der Art, wie Katja und Tanat diese Begegnung auf der Tundra-Weide darstellten. Sacht den Kopf schüttelnd, als wolle er die riesigen Hörner eines wilden Renhirsches erproben, schlich sich Tanat vorsichtig an die friedlich weidende Kuh heran, die so tat, als bemerke sie sein Nähern nicht, doch ihr ganzes Aussehen zeugte von Sehnsucht und der Erwartung des Liebesabenteuers. Tanat-der-Hirsch war zwar ein mächtiger, furchtloser wilder Bock, doch er blieb auf der Hut. Zahme Rentiere konnten mit der ganzen Herde über ihn herfallen und ihre Kuh verteidigen. Als Rinto sich überzeugt hatte, dass sich Anna Melodie und Worte gut eingeprägt hatte, gab er seine Trommel Roltyt, der eine ziemlich tiefe, schöne Stimme hatte. Welwune und Rinto stellten sich vor das junge Paar, und nun zeigten sie einen Tanz zu viert. Anna Odinzowa geriet in Leidenschaft, sie sang jetzt schon mit echtem Eifer und schlug die Trommel, ermunterte sogar hin und wieder mit Ausrufen die Tanzenden. Dann konnte sie sich nicht länger zurückhalten, gab die Trommel dem vom ungestümen Tanz keuchenden Rinto und trat selbst in den Kreis. Vor ihr stand Roltyt. Wollüstig unsichtbare Hörner wiegend, bewegte sich der »Tyrkyljyn«, der wilde Eiertragende, bald auf die scheue Kuh zu, bald sprang er jäh zurück und wollte sich von hinten heranschleichen, um sie zu decken. Anna hatte mehr als einmal gesehen, wie Rentiere sich paaren. Sie durchschaute Roltyts Absicht und bemühte sich, immer so zu stehen, dass sie sich dem Tyrkyljyn nicht anbot. Doch Roltyt war listiger und gewandter in diesem Tanz. In einem Moment war er hinter und auch schon über ihr. Roltyt roch nach dem scharfen Schweiß eines kräftigen, geilen Mannes. Anna war noch nicht dazu gekommen, sich umzudrehen, da spürte sie schon, wie dessen steinharter Mannesstolz gegen sie stieß, und stand unwillkürlich wie festgeschmiedet da, so wie eine junge Kuh, wenn der Hirsch in sie eindringt und sie darauf wartet, dass sich der Samen ergießt.

Dann tanzten wieder die Kinder abwechselnd mit den Erwachsenen, aber Anna spürte die ganze Zeit Roltyts wollüstigen Blick, der sie erregte.

Am nächsten Morgen wurde das Lager von dem lauten Heulen eines Flugzeugs geweckt. Der metallene Vogel schien mit seinen messerscharfen Flügeln die Kuppen der Jarangas, der Felsen und der Kanten des gezackten Gebirgszugs zu streifen. Rinto, der nur in Fellsocken hinausgelaufen war, beobachtete besorgt, wie das Flugzeug wendete und wieder auf ihn zugeflogen kam. Mit zusammengekniffenen Augen fiel er in den Schnee und zog den Kopf ein. Ihn umfing der warme Hauch der geflügelten Maschine, die mit Geheul durch das Tal raste, wieder an Höhe gewann, zurückkehrte und erneut auf die Jarangas lossteuerte. Zweifellos sahen die, die im Flugzeug saßen, ganz genau die Menschen auf der Erde, sie wussten, dass sie sie erschreckten, und wollten sie noch mehr erschrecken. Rinto kroch zurück in die Jaranga und ging in den Tschottagin – ihm war klar, dass es vor dem metallenen Vogel keine Rettung gab. Das Einzige, was noch hoffen ließ, war, dass das Flugzeug in dem schmalen Raum des Tals nicht landen konnte: Das Tal war eng und kurz, obendrein stieg es steil an. Weiter nach Osten hin war die Tundra von schmalen Schluchten, von halb aus den Schneewehen ragendem Weidengestrüpp, von den gewundenen Ufern zahlreicher Seen durchzogen. Vielleicht suchten sie nach einem Landeplatz, und da sie keinen passenden fanden, wollten sie die Bewohner des Lagers erschrecken.

Endlich, nachdem das Flugzeug noch einmal über die Jarangas hinweggedonnert war und sie mit warmer Luft überflutet hatte, stieg es in die Höhe und nahm Kurs nach Westen, in Richtung Anadyr.

Rinto eilte zur Herde. Die Söhne sammelten die auseinander gelaufenen Rentiere. Die zu Schaden gekommen waren, sich die Beine gebrochen hatten, wurden auf der Stelle abgestochen und gehäutet, solange sich das warme Fell noch leicht abziehen ließ. Der Schnee rötete sich vom vergossenen Blut. Auch die am Horizont sinkende Sonne färbte den Schnee blutrot. Rinto half, die Rentiere zu sammeln, befahl, die Herde näher zum Lager zu treiben, schnitt von einem Rumpf das Schulterblatt heraus und ging in die Jaranga, nachdem er den Söhnen aufgetragen hatte: »Wir ziehen weiter.«

Im Tschottagin legte Rinto das vom Fleisch gesäuberte, hastig abgeschabte Schulterblatt ins Feuer und erstarrte voll Erwartung. Das Schulterblatt begann zu qualmen, wurde dunkel, knisterte. Als es sich in weißen Rauch gehüllt hatte, ergriff Rinto es mit dicken Fellfäustlingen, um nicht die Hände zu verbrennen, sprang hinaus und steckte den rauchenden Knochen in den Schnee. Der begann zu zischen, zu krachen.

Ja, er hatte richtig entschieden: Sie mussten in Richtung der Halbinsel ziehen. Die Leute in dem metallenen Vogel würden denken, er würde versuchen weiter zu fliehen, den Gebirgszug zu überwinden, um dorthin zu ziehen, wohin wahrscheinlich Arento gegangen war. Er aber würde die Herde und das Lager durch schmale Täler führen, wo es keine ebenen, glatten Schneefelder gab, auf denen ein Flugzeug landen könnte. Und wenn sie ihn kriegen wollten, sollten sie mit Hundegespannen kommen, nicht in einem donnernden metallenen Vogel.

Lange vor Morgengrauen bildete das Lager eine Karawane und schlug die vom Schulterblatt gewiesene Richtung ein. Voran ging Rinto, ihm folgte in seinem kleinen Schlitten Tutril, dahinter die anderen Kinder. Den Schluss der Karawane bildeten die Frauen, sie stützten bei Unebenheiten die mit zusammengerollten Fellen und Stangen für die Jarangas schwer beladenen Schlitten. Die Rentierherde war längst vorausgegangen, Tanat und Roltyt trieben die Tiere an, blieben hin und wieder nur kurz stehen, um sie äsen zu lassen. Das Futter war hier kärglich, wenn auch unberührt. Die Rentiere mussten ziemlich tief graben, aber manchmal gerieten sie auch an Stellen, wo das Moos noch nie von Rentieren herausgestampft und gefressen wurde.

Als sich im Osten ein roter Streifen zeigte, gab Rinto der Karawane ein Zeichen, stehen zu bleiben. Aus den Last- und Reiseschlitten bildeten sie einen Ring, nur auf einer Seite ließen sie eine Art Tor auf. Innen entfachten sie drei Lagerfeuer. Sie setzten Wasser für Tee auf. Die morgendliche Hauptmahlzeit bestand aus zerkleinertem gefrorenem Fleisch und gesäuertem Grünzeug, das von Eiskristallen durchsetzt war. Obwohl das Essen kalt war, fühlte sich nach einer großen Tasse starkem Tee, vermischt mit anregenden Tundra-Kräutern, niemand durchfroren. Im Gegenteil, alle waren ungewöhnlich ermuntert. Wahrscheinlich würden sie daraufhin einen guten Tagesmarsch zurücklegen. Rinto gab sich Mühe, nicht zu schnell zu gehen, damit die Frauen und kleinen Kinder nicht ermüdeten und auch die Rentiere nicht überfordert wurden und unterwegs grasen konnten.

Doch die Jarangas stellten sie erst am Ende des dritten Tages auf. Rinto wählte eine tiefe Bodensenke, die sich in einen Berghang schnitt. Sie war flach geneigt, und an ihren Rändern gab es keine gefährlichen Schneewechten, die bei der geringsten Lufterschütterung auf die Jarangas herabstürzen konnten.

Rinto stieß seinen Stock in den Boden, um den Platz für die Haupt-Jaranga zu kennzeichnen, und rief Anna Odinzowa. »Du wirst zu den Göttern beten.«

»Das kann ich doch nicht«, erwiderte Anna erschrocken.

»Für den Anfang wiederhole meine Worte:

O Götter, ihr Gewaltigen Mächte!
Helft uns, uns vor denen zu verbergen,
die uns verfolgen.
Lenkt sie auf eine andere Spur,
die Spur nach Süden.«

Stockend, von der Schlichtheit der Worte überrascht, begann Anna Rintos Gebet nachzusprechen. Und plötzlich spürte sie, wie sich jäh ihr Gesichtsfeld sonderbar veränderte. Es war, als hätte es sich nach innen gewandt, nicht nach außen wie früher. Und diese einfachen Worte erschienen ihr schon nicht mehr gewöhnlich, sie waren bedeutsamer geworden, gewichtiger. Sogar sie auszusprechen, fiel ihr plötzlich schwer. Anna meinte, die Worte des Gebets wegfliegen zu sehen gleich großen weißen Vögeln. Sie selbst aber empfand eine sonderbare Schwerelosigkeit, ihr schien, sie hätte sich selbst ein wenig über die Erde erhoben. Verwundert über diesen Zustand, blickte sie hinunter und sah ihre eigenen hohen Fellstiefel und den an den gebogenen Sohlen klebenden Schnee. Welwune erschien mit der heiligen Opferschale, in der eine Hand voll klein geschnittenes, mit Speck vermischtes Rentierfleisch lag. Anna entnahm daraus ein Quäntchen nach dem anderen, warf es in alle vier Himmelsrichtungen, in die Richtungen aller Hauptwinde, und flüsterte erneut die Worte des Gebets. Dann war sie auf einmal mutterseelenallein. In einiger Entfernung leuchtete auf dem Schnee ein gelber Lichtfleck, der vom offenen Jaranga-Eingang kam, von Zeit zu Zeit klangen Kinderstimmen herüber und die gedämpfte Unterhaltung von Erwachsenen.

Während Anna mit allen Sinnen in die sie umgebende Welt zurückkehrte, zog in ihr Herz ein Gefühl von Friedsamkeit, unbeschreiblicher Ruhe und der Liebe zu allen ein. Mit einem Mal gewann sie die kindliche Wahrnehmung der Welt bis in die kleinsten Details ihrer Vielfalt zurück, die Fähigkeit, selbst die zartesten Schattierungen von Licht und Farbe, die leisesten Töne zu unterscheiden. Alles Übrige rückte in nebelhafte Ferne, und das Bewusstsein einer Erneuerung, einer Neugeburt war so real und stark, dass nur der gesunde Verstand Anna davon abhielt, zu den Jarangas zu springen. Sie wollte lächeln, allen Angenehmes sagen, und gegen Abend, als sie schon im Begriff waren, sich nach dem langen, schweren Tag schlafen zu legen, sang sie zuerst mit halber Stimme, dann aber lauter:

Längst sind verwachsen Wege und Stege,
wo ich des Liebsten Erinnerung pflege,
Pfade – bewachsen mit Gräsern und Moosen –,
die uns, mein Liebster, einst luden zum Kosen …

Vor dem Krieg pflegten sich an Feiertagen, abends, im großen Zimmer der Gemeinschaftswohnung am Umleitungskanal Verwandte und Bekannte aus Papas Fabrik zu versammeln. Hatten sie sich erst mit etlichen Gläsern erwärmt, stimmten sie ein Lied an. Mama begann fast immer mit diesem Lied, an das sich Anna deshalb seit frühester Kindheit erinnerte.

Rinto steckte den Kopf aus seinem Polog. Ihm folgten Welwune und Katja, und sogar Tutril, der zu plärren begonnen hatte, wurde still und lauschte dem ungewohnten, unbekannten Lied. Als Anna die letzte Strophe gesungen hatte und verstummt war, sagte Rinto leise: »So ein schönes Lied… Wovon handelt es?«

»Von der Liebe«, antwortete Anna.

»Ein sehr schönes Lied«, wiederholte Rinto. »Wenn ich richtig verstanden habe, gibt es bei den Russen viele Lieder über die Liebe.«

»Ganz recht«, sagte Anna. Sie versuchte, in ihrem Herzen Reste des zarten Gefühls zu entdecken, das sie früher für Tanat empfunden hatte, fand sie aber nicht. Nicht etwa wegen jenes Ereignisses zwischen ihr und Rinto. Das Gefühl war einfach verschwunden wie eine vom Wind verwehte Wolke, wie getauter Schnee. Und wann immer sich Tanat wie gewohnt an sie drängte, weil Katja unpässlich war, stieß sie ihn zwar nicht zurück, empfing ihn aber einfach so, wie eine Frau den Mann empfangen muss. Auch Tanat fühlte sich offensichtlich nicht mehr so grenzenlos zu ihr hingezogen wie früher, er nahm sie, wenn Katja ihre ehelichen Pflichten gerade nicht erfüllen konnte.

Nachdem sich das Lager einige Tage ausgeruht hatte, zog es weiter, immer weiter nach Nordost. Verschwunden waren die mit hohem Gesträuch bewachsenen Ufer der Flüsse. Wenn sie jetzt Holz für das Lagerfeuer brauchten, mussten sie im Schnee danach graben, bisweilen ziemlich tief. Aber das Flugzeug kam nicht wieder. Nur einmal, an einem schönen Tag, hörten sie Gedröhn, und am Horizont zeigte sich zunächst ein Punkt, der dann zu einem Flugzeug wurde, doch es flog in Richtung der Guwrel-Bucht, wo der arktische Hafen Prowidenija lag.

Rinto hielt es für gefährlich, weiter ins Innere der Halbinsel zu ziehen, und schlug das Lager an einer Wasserscheide auf, wo gegen Westen die Ausläufer des Goldenen Gebirgsrückens begannen – dort konnten sie sich bei Gefahr in den Schutz schmaler Felsspalten zurückziehen.

Die Tage wurden länger, und es gab sogar echte Sonnentage, an denen es bei ruhigem Wetter warm war. Die Gesichter der Menschen überzogen sich mit frischer Sonnenbräune, die zarter und natürlicher war als der Frostbrand, von dem sich die Haut schälte.

Anna Odinzowa sprach ein Bittgebet um ruhiges Wetter, damit die trächtigen Tiere von Schneesturm, Orkan und Frost verschont wurden. Auf die schönen Tage waren nämlich wieder trübe, schneereiche gefolgt, an denen so viel weißer Pulverschnee fiel, dass der Mensch darin fast schwamm.

In den Händen das heilige Holzgefäß, entfernte sich Anna von dem Lager. Sie trug den langen wildledernen Kittel, der laut Rinto schon mehr als einer Generation von Enenylyn gedient hatte. Ruhe und Frieden erfüllten ihr Herz, sie bemühte sich sogar, bedächtig zu gehen, um diese Gefühle nicht zu verlieren. Die Worte des Gebets flogen ihr von selbst zu, sowie sie sich konzentrierte und leicht die Augen schloss. Sie kamen tief aus ihrem Inneren, zugleich aber wie ein Widerhall, das Echo von außerhalb des sterblichen Körpers.

Nun bist du also eine Enenylyn geworden, dachte Anna Odinzowa, während sie zu den Jarangas zurückkehrte. Doch auf ihrem Gesicht lag kein Lächeln.

11

Beim Aussteigen aus dem Flugzeug stolperte Atata über den Rand der Ausstiegsluke und wäre beinahe kopfüber in eine Schneewehe gestürzt. Er war zornig und drauf und dran, seine Wut am Erstbesten auszulassen. Doch dieser Erstbeste war der Vorsitzende des Tschuktschischen Bezirks-Exekutivkomitees, Genosse Otke, der soeben aus Moskau zurückkam.

Nicht weit vom leicht erhöhten Rollfeld stand das Flughafengebäude, ein einstöckiges Holzhaus mit kleinem Kontrollturm. In dem großen Raum verströmte der Ofen Wärme, fehlte es doch nicht an Heizmaterial: Nur wenige Kilometer entfernt befand sich eine Kohlengrube mit hervorragender Steinkohle, die in geringer Tiefe gefördert wurde.

Anlässlich der Ankunft eines hohen Funktionärs war bereits der Tisch gedeckt, neben dem Alkohol stand da der gewohnte regionale Imbiss – »Wampen« genannte Bauchstücke vom Lachs, geräucherter Lachsrücken, Stroganina von Tschir-Moränen und gekochte Renzunge.

Nach dem ersten Glas fragte Otke Atata: »Wie steht es mit deinen Erfolgen an der Kollektivierungsfront? Vergiss nicht, dass ich dem Zentralkomitee und der Sowjetregierung mein Wort gegeben habe, der äußerste Grenzbezirk der großen Sowjetunion würde dieses Jahr ein Bereich durchgängiger Kollektivierung werden.«

»Wir haben zwei Nomadenlager entdeckt«, meldete Atata. »Das eine gehört offenkundig Rinto, der von der Halbinsel ausgerückt ist. Und das zweite Arento aus der Kantschalaner Tundra. Den werden wir bald gestellt haben. Die Hundegespanne sind bereit, und weit kommt der Alte nicht mit den Rentieren. Ich denke, bis zum Sommer werden wir auch Rinto fassen.«

»Ich glaube nicht, dass Rinto ein Klassenfeind ist«, meldete sich der Flieger Dima Tymnet. »Ich kenne ihn auch. Er ist ein hervorragender Sänger und Tänzer, und bei Wettbewerben hat er oft sogar die amerikanischen Eskimos besiegt. Er ist ein alter Mann, der nicht begreift, was die Sowjetmacht darstellt. Vielleicht muss man ihm einfach alles erklären.«

Jetzt ergriff der Parteisekretär Grosin das Wort, der bis dahin geschwiegen hatte. Er war hager, gelb und rauchte am Tisch mehr, als dass er aß und trank. »Wie wollen Sie, Genosse Tymnet, Ihrem Verwandten erklären, dass er seine eigenen Rentiere in die Kollektivwirtschaft einbringen muss? Was wird er Ihnen sagen, wenn Sie ihm erklären, dass er nicht mehr Besitzer ist, sondern genauso ein einfacher Arbeitsmann wie seine als Hirten beschäftigten Knechte?«

»Der hat doch gar keine Knechte«, sagte Otke.

»Aber Kulak ist er, ein Privateigentümer!«, widersprach Grosin. »Mir liegen Auskünfte der tschuktschischen Abteilung des Ministeriums für Staatssicherheit vor.«

»Ja, er ist Privateigentümer«, stimmte ihm Otke zu, von Grosins Bemerkung offensichtlich verunsichert. »Doch wie auch mir bekannt ist, hat er keine Knechte. Zusammen mit ihm hüten die Herde seine zwei Söhne, und die Schwiegertöchter helfen. Niemand hat ihn gefragt, ob er einverstanden wäre, ein einfacher Hirte zu sein.«

»Aber davongelaufen ist er!«, erinnerte Grosin.

»Sehr weit davongelaufen«, präzisierte Atata. »Wir hatten gar nicht vermutet, ihn dort zu entdecken. Wir suchten Arento und sind auf Rinto gestoßen.«

»Kann ich also davon ausgehen, dass es bis zum Abschluss der Entkulakisierung nicht mehr lange dauern wird?«, fragte Grosin.

»In diesen Kreisen, ja«, präzisierte Otke. »Nach dem Tschuktschischen und dem Anadyrer Kreis verbleiben noch die Kreise Markowo, Östliche Tundra und Tschaun.«

»Was für ein riesiges Territorium!«, bemerkte Grosin unzufrieden.

Atata war auch unzufrieden. Während ihres heutigen Erkundungsflugs hatten sie nur das Lager von Arento gesehen. Das zweite Lager nicht: Rinto war in unbekannter Richtung weggezogen.

Atata freute sich, als er erfuhr, dass sein Dmitri Tymnet das Flugzeug fliegen würde – in Uëlen geboren, hatte er hier, in der Anadyrer Fliegerabteilung, seine Ausbildung zum Piloten begonnen. Als Tymnet nach dem Krieg nach Tschukotka zurückgekehrt war, hatte er eine »Annuschka« bekommen, wie sie den anspruchslosen Doppeldecker AN-2 zärtlich nannten, den man auf kleinster Fläche aufsetzen konnte. Im Winter stellten sie ihn auf Skier, im Sommer auf Räder. Die Flüge im Winter waren die sichersten, weil man mit der »Annuschka« auf einer beliebigen ebenen, schneebedeckten Oberfläche landen konnte. Das meinte zumindest Atata. Doch Tymnet lehnte jedes Risiko ab. Atata hielt ihm als Vorbild den berühmten Polarflieger Wodopjanow vor. »Der ist sogar auf dem Nordpol gelandet, und du kannst in der Kantschalaner Tundra nicht aufsetzen!«, kritisierte er ihn, während er mit scharfem Blick die trostlose, schneebedeckte Landschaft betrachtete.

»Am Nordpol ist alles klar, dort liegt unter dem Schnee überall Eis«, erwiderte Tymnet grimmig. »Hier aber kann es Torfhügel oder sonstige Unebenheiten geben. Wir können zu Bruch gehen und haben nicht einmal Bordfunk.«

Atata war insgeheim neidisch auf Tymnet, den in Anadyr alle liebten und verehrten. Auch Atata brachte man gewisse Achtung entgegen, doch er spürte auch Furcht. Die Menschen fürchteten die unheildrohende, geheimnisvolle Institution, in der er diente.

Als er unmittelbar vor dem Krieg aus Leningrad zurückkehrte, ahnte er nicht, dass ihn das Schicksal ins Ministerium für Staatssicherheit verschlagen würde. Schon in den Jahren des Krieges hatte man unter der örtlichen Bevölkerung zielstrebig nach Leuten gesucht, die über Schulbildung und Fähigkeiten verfügten, um Funktionen zu übernehmen, für die es an zugereisten Russen fehlte. Zudem meinte man, ein örtlicher Kader sei der beste Beweis für die Stalinsche Nationalitätenpolitik – erst recht aus derart »rückständigen Stämmen« wie den Eskimos. Atata besuchte ein Jahr lang einen Lehrgang in Petropawlowsk-Kamtschatski, und von dort schickte man ihn zur Weiterbildung in den Korjaken-Bezirk. Weil er Treue und Fleiß bewies, wurde er im Tschuktschischen Kreis eingesetzt. Dort führte er erfolgreich die Entkulakisierung von Totos Wirtschaft durch. Dass es dabei Tote gab, wurde von der Obrigkeit sogar positiv bewertet. Die Arbeit war also mit echter, revolutionärer Unerbittlichkeit durchgeführt worden.

Am Rande des Bezirkszentrums, auf dem linken Ufer des Tundra-Flüsschens Kasatschka, hinter dem bis an die niedrigen Fenster tief ins Erdreich eingesunkenen Gefängnis wohnten in einer alten, schiefen Hütte zwei Atata ergebene Gespannführer. Sie waren vom Kresta-Meerbusen mit Gespannen aus erlesenen, starken Zughunden gekommen. Neben dem Haus hatten sie eine Vorratsgrube angelegt – ähnlich den »Uwerans«, in denen man in Küstenlagern Kopalchen aufbewahrte. Jukola, gedörrten Keta-Lachs, als Hundefutter hatte

Atata sofort abgelehnt. Es war schlechter als Kopalchen, das Fleisch und Fett vom Walross enthielt und nicht nur Hunden, sondern auch Menschen als Nahrung diente. Zwar behaupteten die Tangitan, der Geruch des Kopalchen sei für sie unerträglich, doch Atata ging davon aus, dass nicht Tangitan-Geschmack maßgeblich sei, sondern der eigene, zumal an der Expedition nur Ortsansässige teilnehmen sollten. Er beriet sich darüber sogar mit Grosin, und der gab ihm Recht: »Du hast richtig entschieden. So wird deutlich, dass revolutionäre Stimmungen im Schoß der eingeborenen Bevölkerung aufkommen und nicht von außen hineingetragen werden.«

Die Gespannführer Gatle und Ipek schliefen selig in der ihnen zugewiesenen Hütte. Auf dem Tisch standen eine leere Flasche und aufgetaute Reste Kopalchen. Atata schlug schwerer Dunst entgegen, und er musste eine Weile durchatmen, ehe er die Schlafenden wecken konnte. Die Gespannführer pflegten zwar zu trinken, aber nicht so selbstzerstörerisch wie manche Anadyrer, die sich mitunter auf der Straße wälzten. Gatle und Ipek wussten sich zu zügeln, zudem hatten sie vor Atata Angst, der sie durchaus auch verprügeln konnte.

An einer langen Kette lagen die Hunde in Schneemulden – buschig, schläfrig, vom langen Nichtstun faul geworden. Einige gähnten, die meisten verfolgten mit halbgeschlossenen Augen die Bewegungen der Gespannführer. Atata überprüfte die gesamte Ausrüstung – das Reserve-Zuggeschirr, die Füßlinge, die kleinen Fellstiefeln ähnelten und aus dickem Renwildleder und Robbenhaut gefertigt sowie mit Schnüren versehen waren; er überprüfte das Segeltuchzelt, den Vorrat an Petroleum und Stearinkerzen. Alles Übrige – Tee, Mehl, Zucker, Tabak, Waffen und Sprit – lag bei ihm zu Hause. »Übermorgen geht es los!«, teilte Atata den Gespannführern mit.

Die aus drei Gespannen bestehende Karawane brach im Morgengrauen auf. Die Hunde liefen munter über den unberührten, von Sturmwinden festgepressten Schnee. Die Schlitten waren so angeordnet, dass Atata den mittleren fuhr, Gatle als erfahrenster Gespannführer an der Spitze und Ipek den Schluss bildete. Ipek hatte vierzehn Hunde im Gespann, aber er hatte noch einen Lastschlitten im Schlepp, der mit Kopalchen und einem halben Ren beladen war. Die übrige, schwere Fracht war gleichmäßig auf alle Schlitten verteilt. Sie fuhren in mäßigem Tempo, doch Atata drängte die Gespannführer nicht, denn sie hatten einen weiten Weg vor sich. Die ersten Tage dienten der Erprobung der Zuggeschirre und der Ausrüstung. Vorerst war Atata zufrieden, das feierte er bei der ersten Übernachtung im tschuktschischen Dorf Kantschalan feuchtfröhlich mit dem Vorsitzenden des Dorfsowjets, dem Tschuwanzen Kurkutski.

Kurkutski war mit einem Angehörigen des Ersten Revolutionskomitees von Tschukotka verwandt, der Anfang 1919 von Koltschak-Leuten erschossen worden war. Diese Verwandtschaft war Grund genug, um als ein Mensch zu gelten, der der Sowjetmacht grenzenlos ergeben war, und hohe Leitungsfunktionen einzunehmen. Wäre Kurkutski gebildeter und nicht so versoffen gewesen, thronte er jetzt an einem schönen Schreibtisch in Anadyr. Hier aber, in Kantschalan, saß der Dorfsowjet in einer unvorstellbar dreckigen Hütte mit qualmendem Ofen. An der Wand hing ein bereiftes Porträt des Genossen Stalin in Generalissimus-Uniform. Kurkutski hatte aktiv an der Entkulakisierung im Kreis Anadyr teilgenommen, und den Posten des Vorsitzenden des Dorfsowjets hatte er für die damaligen Verdienste bekommen. Atata interessierte sich dafür, wie es bei dem unlängst organisierten Renzüchter-Kolchos »Neues Leben« aussah.

Kurkutski strich sich den schütteren Bart und klagte: »Schlecht sieht es da aus, aber sie leben ... Die Rentiere haben sie auseinander laufen lassen, die Hälfte ist verloren.«

»Warum?«

»Ein richtiger Leiter fehlt eben«, antwortete Kurkutski treuherzig. »Der neue Kolchosvorsitzende war früher Knecht bei Kymyjet, seit er Chef ist, arbeitet er überhaupt nicht mehr.«

»Was macht er denn?«

»Er säuft.«

»Woher bekommt er eigentlich den Sprit? In die Tundra darf doch keiner geliefert werden.«

»Er macht ihn selber«, antwortete Kurkutski. »Aus Makkaroni, aus Zucker ... Darauf versteht er sich sehr gut! Er macht so ein Gebräu, dass man nur einen Becher zu trinken braucht, und schon haut es einen um, als wäre es ein Schuss von der ›Aurora‹.«

Atata wusste, dass viele der neu organisierten Kolchosen nicht funktionierten: Es gab große Verluste an Rentieren, die Tiere wurden von Wölfen gerissen, kamen im Schneesturm von der Herde ab, beim Kalben fehlte es an der nötigen Sorgfalt. Solche Nachrichten betrübten ihn, doch er ging davon aus, dass die Kolchosen sich mit der Zeit entwickeln würden – so wie bei den russischen Bauern in den zahlreichen Filmen über das Kolchosleben.

Atata lenkte seine Karawane nach Westen und folgte der Spur von Arentos Lager. Mit seiner Hilfe hoffte er Rintos Lager zu finden, das ihm als Hauptziel erschien. Sooft er an Rinto dachte, erinnerte er sich an Anna Odinzowa, an ihr für eine Tangitan-Frau erstaunlich braunes Gesicht und an ihre himmelblauen Augen. Sogar den Klang ihrer Stimme hatte er im Gedächtnis behalten und wie sie seine Fragen beantwortet hatte – grob und abgehackt. Sie hatte behauptet, dass sie mit Studenten des Leningrader Instituts der Nordvölker schon vor dem Krieg Kontakt gehabt habe. Doch warum war er ihr dort nicht begegnet? Als Atata nach Leningrad kam, war er zunächst vor der Riesenhaftigkeit der Stadt erschrocken, vor der Bevölkerungszahl, vor dem Lärm und dem unbekannten Geruch, der ihn überallhin verfolgte. Unasik liegt auf einer langen, steinigen Landzunge, die weit ins Meer hinausreicht. Da spürt man in jedem Wind den frischen, reinen Atem des Meeres. In Leningrad aber roch es abstoßend nach allem Möglichen – nach heißem Metall, nach dem Benzin der Autos, nach menschlichem Schweiß, nach Kot und Urin, obwohl die Leute dort wenigstens einmal in der Woche badeten und ihre Notdurft in speziellen Räumen verrichteten. Auf irgendeine Weise drang der unangenehme Geruch doch nach draußen und erfüllte die großen Säle, die Straßen und Straßenbahnwagen. Schon am ersten Tag seines Aufenthalts in Leningrad hatte Atata zu husten begonnen. Atemnot quälte ihn, bis er endlich wieder ins heimatliche Unasik zurückkehrte. Viele Studenten, die vom Norden Russlands kamen, fuhren nach dem ersten Studienjahr lungenkrank nach Hause. Als der Arzt festgestellt hatte, dass Atata zurückkehren müsse, beneideten ihn viele.

Vielleicht war Anna Odinzowa ins Institut der Nordvölker gekommen, als er schon abgereist war? Es musste wohl so gewesen sein. Sonst hätte er sie nicht vergessen …

Die erste Nacht in der Tundra verbrachten sie am Fuß des Goldenen Rückens. Auf dem Steilufer eines unter Schnee begrabenen Flüsschens hatten sie eine Nische gefunden. Sie stellten das Zelt auf, entzündeten drinnen den Petroleumkocher und stellten den mit zertrümmertem Flusseis gefüllten Teekessel darauf. Von der rauschenden Flamme wurde es im

Zelt sofort wärmer, und Atata zog die Oberteile seiner Reisebekleidung aus. Nachdem sie die Hunde reichlich gefüttert hatten, aßen sie selbst und krochen in ihre Schlafsäcke. Atata hatte diese Schlafsäcke eigens bestellt. Aus Erfahrung wusste er, dass dazu nur Renfelle taugten. Sie verfärbten sich zwar, wurden aber niemals feucht, hielten gut warm, und in ihnen konnte man sogar dann vorzüglich schlafen, wenn das Zelt so auskühlte, dass am Morgen der Teekessel gefroren war und sich an der Innenseite der Zeltplanen vom Atem dreier gesunder Männer eine fingerdicke Eisschicht gebildet hatte. Die Hunde verbrachten die Nacht im Freien, wo sie sich zur Hälfte im Schnee eingruben. Ein leichter Schneefall hatte sie zugedeckt, und einige Hunde entdeckten sie nur an den Löchern, die der warme Atem in den Schneehaufen über ihnen erzeugt hatte.

Während kurzer Pausen zum Teetrinken drehten sie die Schlitten mit den Kufen nach oben und strichen mit einem Stück nassen Bärenfells über die Gleitflächen. Das erzeugte eine dünne Eisschicht, die dann leicht über den Schnee glitt.

Am sechsten Tag des Wegs entdeckte Atata schwarze Kügelchen von Rentierkot im Schnee. Obwohl sie schon fest geworden waren, schmutzten sie doch, während sie auf der Hand tauten – ein Zeichen, dass sie noch nicht sehr alt waren.

Atata verspürte ein Jagdfieber, das ihm noch aus der Kindheit gut bekannt war, als er mit dem Vater im Meer gejagt oder in den Tälern und Klüften des steil ins Beringmeer abfallenden Bergmassivs von Kiwak Pelztiere verfolgt hatte.

Jetzt war es nicht mehr schwierig, der Rentierherde zu folgen, die sich natürlich viel langsamer vorwärts bewegte als die Hundegespanne. Die Rentiere mussten anhalten, um zu fressen. Doch ehe Atata die Verfolgung aufnahm, bestieg er den nächstliegenden Gipfel. Er brauchte dafür fast einen halben Tag und betrachtete den Horizont lange mithilfe eines Fernglases. In Gedanken versetzte er sich in die Überlegungen der Flüchtenden, wählte die eine Marschroute, verwarf eine andere. Auf der nächtlichen Rast beriet er sich beim Licht einer Stearinkerze anhand einer ausgebreiteten Karte von Tschukotka mit den beiden Gespannführern. »Was meint ihr, würden sie diesen Weg wählen?« Atata zeigte mit dem Finger auf das Tal eines kleinen Flüsschens.

»Nein«, sagte Gatle. »Ich wäre an ihrer Stelle eher dorthin gegangen.«

Atata überlegte und fand das logisch. Das zweite Tal war breiter und stieg sanfter an.

»In jenem kleinen Tal ist es für die Rentiere zu eng«, begründete Gatle seine Annahme. »Deshalb werden sie bergauf den breiteren Durchgang wählen.«

Atata hörte seinen Begleitern aufmerksam zu. Er bemühte sich, alles so zu machen, dass sie sich als vollwertige Teilnehmer dieses wichtigen Unternehmens fühlten. »Wir sind Abgesandte der Partei der Bolschewiki«, hatte er ihnen schon am Beginn des Weges gesagt.

»Ich bin aber parteilos«, hatte Gatle widersprochen

»Macht nichts«, beruhigte ihn Atata. »Stalin lehrt uns, dass sich der Klassenkampf zuspitzt, während wir uns dem Sieg des Kommunismus nähern. Unsere Feinde werden grimmiger und heimtückischer.«

»Dann ist Arento also sehr ergrimmt«, bemerkte der andere Gespannführer. »Es wird schwierig sein, mit ihm fertig zu werden.«

Atata hatte eine erbeutete deutsche Walther-Pistole nebst einem halben Hundert Patronen sowie zwei japanische Arisaka Karabiner mitgenommen. Beide Gespannführer waren Meeresjäger, im Umgang mit Feuerwaffen erfahren und hatten sich schon in Anadyr im Schießen geübt. Dennoch behielt Atata alle Waffen bei sich, auf seinem Schlitten.

Am nächsten Morgen erblickten sie von einem kleineren Berg das Lager. Zwei Jarangas standen im Schatten einer großen Felswand und waren, wie Atata begriff, von einem Flugzeug nicht zu sehen.

Er teilte seine Formation und befahl, von drei Seiten auf das Lager zuzugehen. Während er weiterfuhr, zeigte ihm das gespannte Verhalten der Hunde, dass die Rentierherde nicht weit war. Die Hunde wollten losrennen, doch Atata schrie sie an und bremste mit dem Ostol, einem Stock mit Metallspitze, den er in den Schnee bohrte. Da er bergab fuhr, konnte er alles, was im Lager vor sich ging, gut überblicken. Zwischen den Jarangas schwirrten menschliche Figuren hin und her. Astata griff nach einem Karabiner und lud ihn. Sein Körper spannte sich, er erwartete einen Schuss aus Richtung der Jarangas, doch vorerst blieb alles still. Schon konnte er aufgeregte menschliche Stimmen hören. Alles waren weibliche Stimmen.

Und tatsächlich trafen sie im Lager nur Frauen an. Diese empfingen die Gäste zurückhaltend. Etwas später fuhren die beiden anderen Gespanne heran.

»Wo sind denn die Männer?«, fragte Atata streng, ohne den Karabiner aus der Hand zu lassen.

»Bei der Herde«, antwortete die älteste der Frauen.

»Und Arento?«

»Er ist auch dort.«

»Na schön«, entschied Atata, »dann warten wir hier.« Er ordnete an, die Hunde anzuketten und zu füttern, selbst aber trat er, ohne den Karabiner loszulassen, tief gebückt in den rauchigen Tschottagin. Sooft Atata eine Jaranga betrat, befiel ihn sonderbare Erregung, als kehrte er auf wunderbare Weise in seine Kindheit auf der langen steinigen Landzunge von Unasik zurück. In seiner jetzigen Lebensweise wollte er in allem einem russischen Offizier von heute gleichen, aber die Erinnerungen an die Kindheit erregten ihn, es erfasste ihn Bedauern, weil dies nie mehr wiederkehren, mit der Zeit ganz verschwinden würde und auch seine Kinder, falls er welche haben sollte, nie mehr eine Jaranga sehen, den Geruch von abgestandenem Tran, von warmem Fell, von verbranntem Robbenfett in der Tranlampe riechen würden, all das, was ihm trotz allem teuer war.

Die Hausfrau bot ohne Zögern noch warmes gekochtes Fleisch und Tee an. Atata nippte an der Tasse und merkte, dass es echter Tee war, wenn auch mit einer Beimengung von Tundra-Gräsern, wie das üblich war.

»Wo habt ihr den Tee her?«, fragte er streng.

»Die Nachbarn haben uns abgegeben«, antwortete die Hausfrau.

»Was für Nachbarn?«

Die Frau biss sich auf die Zunge und begriff, dass sie das nicht hätte sagen sollen. »Im Herbst waren wir nicht weit von der Flusssiedlung«, sagte sie unsicher, und zu ihrem Glück betrat Arento die Jaranga.

Sein Blick traf sich mit dem Blick Atatas. So schaut ein Ren drein, das verstanden hat, dass in wenigen Augenblicken ein scharfes Messer in sein Herz dringen wird und es für immer aus dem Leben scheiden muss. Der Alte ließ sich langsam auf den Kopfbalken nieder und griff schweigend nach einer Teetasse.

»Wie habt ihr den Weg hierher bewältigt?«, fragte Atata höflich. Obwohl das eine übliche, beinahe rituelle Frage war, sprach aus ihr unheilvolle Bedeutung.

»Gut«, antwortete Arento.

»Ich hoffe, du hast jetzt begriffen, dass du uns nicht entkommst?« Atata hob die Stimme nicht. Er bemühte sich, leise zu sprechen, weil er sehr wohl verstand, dass seine Worte umso schwerer wogen, je leiser seine Stimme war.

Der arme Arento nickte nur von Zeit zu Zeit und schluckte krampfhaft Tee.

»Wir Bolschewiki siegen immer«, fuhr Atata fort. »Und merk dir unsere Losung: Wenn der Feind sich nicht ergibt, wird er vernichtet.«

»Ich habe mich doch ergeben!«, erklärte Arento eilig, doch zugleich fiel ihm die halb volle Tasse aus der Hand. Sie prallte auf den gefrorenen Boden, zersprang, und ihre Splitter vermengten sich mit den Schneeklumpen, die an den Schuhen hereingebracht worden waren.

»Nein!« Atata hob die Stimme. »Du hast dich nicht ergeben! Ich habe dich gefangen! Eingeholt und gefangen wie einen Vielfraß, der versucht hat, dem Jäger zu entkommen. Jetzt steckst du bei mir in der Schlinge. Und versuch ja nicht, dich herauszuwinden!«

Arentos Söhne traten hilflos am Eingang herum. »Fort mit euch aus dem Licht!«, befahl Atata. »Schlachtet Rentiere als Futter für meine Hunde und zum Essen! Schnell!«

Die Männer sprangen aus der Jaranga. Arento wollte mit ihnen gehen, aber Atata schrie ihn an: »Wo willst du hin? Bleib hier sitzen! Ich habe mein Gespräch mit dir noch nicht beendet.«

Gehorsam ließ sich Arento auf den Kopfbalken nieder. Atata verspürte angesichts seiner Macht über diese erschrockenen Menschen berauschende Erregung. Wenn er wollte, könnte er diesen alten Tschautschu einfach erschießen, für ihn selbst hätte das keine Folgen. Im Gegenteil, der Erste Sekretär Grosin würde ihn für seine revolutionäre Unbarmherzigkeit loben. Doch was hätte Atata vom toten Arento? Er musste vor allem herausfinden, wohin Rinto mit seiner Schwiegertochter gezogen war, die Atata sogar im Traum erschien, wenn er unterwegs in seinen Schlafsack schlüpfte.

»Kennst du einen gewissen Rinto?«

»Wer kennt ihn nicht«, antwortete Arento, bemüht, möglichst ruhig zu bleiben. »Das ist ein bekannter Name.«

»Weißt du, wo er jetzt ist?«

»Das kann ich nicht sagen.«

»War er hier?«

»Ja, aber er ist weggezogen. Wir haben verschiedene Wege.«

»Warum?«

»Er stammt aus Uëlen. Die halten mehr zu den Aiwanalin, den Eskimos.«

»Ich bin Aiwanalin. Das heißt also, Rinto hält mehr zu mir?«

Arento schwieg. Er wusste nicht, wie er darauf antworten sollte. Er ließ die Augen nicht von dem Karabiner, den Atata ständig in der Hand hielt. Aus Berichten erfahrener Leute wusste Arento, dass bei der Entkulakisierung oft geschossen und getötet wird. Und dass niemand dafür zur Rechenschaft gezogen würde. So angespannt, wie Atata wirkte, war er nahe daran zu schießen. Ja, es war dumm, vor der Sowjetmacht zu fliehen. Wohin auch? Man macht es nur für sich selbst schlimmer. Mit Hunden und mit Flugzeugen – sie holen einen bestimmt ein.

»Merk dir, Arento: Weder du noch Rinto könnt mir nahe stehen. Weil ihr mir klassenmäßig fremd seid. Ihr seid Ausbeuter, Räuber gegenüber dem werktätigen Volk. Ist es denn gerecht, wenn dir allein tausende Rentiere gehören und einem anderen kein einziges? Oder höchstens ein paar Dutzend. Was schweigst du? Ich frage dich, ob das gerecht ist?«

Arento wusste, dass die Bolschewiki darauf aus waren, solchen wie ihm den Besitz abzunehmen und ihn unter den Armen zu verteilen. Im tiefsten Herzen war er der Meinung, dass dies ungerecht sei. Um eine solche Herde zusammenzubekommen, hatten Arentos Vorfahren Jahrzehnte lang jedes einzelne Ren beschützt, gehütet, gepflegt. Und die Herde ernährte jetzt nicht nur seine eigene Familie. Arento half auch denen, die wenige Rentiere besaßen, gab ihnen in Notzeiten Fleisch, versorgte sie mit Fellen, falls ihre Herde sich bedrohlich verkleinern würde, wenn sie selbst ein junges Ren schlachteten. Alle Rentierzüchter der Gegend, die reichen wie die armen, verehrten Arento und hätten über ihn kein schlechtes Wort sagen können. Was war er für ein Räuber? Dennoch hatte er begriffen, dass es nicht nur gefährlich, sondern auch sinnlos war, mit einem Bolschewiken, einem Tangitan, zu streiten. Jetzt wurde ihm klar, dass ein Landsmann, der ein Tangitan-Amt übernommen hat, noch schlimmer war.

»Du willst mir also nicht sagen, wo Rinto hingezogen ist?«, fragte Atata.

»Ich weiß es nicht.« Atata breitete die Arme aus. »Ich bin vor ihm aufgebrochen. Er blieb damals im Ioniwëem-Tal zurück.«

»Na schön. Aber hat er nicht seine Absichten genannt, als du mit ihm gesprochen hast?«

Eben danach hatte sich Arento bei Rinto nicht erkundigt, und der beabsichtigte nicht, vor ihm seine Pläne auszubreiten. Sie waren zwar Landsleute, gehörten einer Sippe an, aber ein letzter Rest vom Eis des Misstrauens hielt sich zwischen ihnen bis zur Trennung. »Glaub mir, darüber haben wir uns nicht unterhalten.« Arento bemühte sich, möglichst offenherzig zu sprechen. »Vermutlich hat er mir nicht sehr vertraut.«

»Es kann nicht sein, dass zwei Konterrevolutionäre, zwei Deserteure vor der Sowjetmacht, zwei Kulaken und Ausbeuter sich nicht über ihre Pläne ausgetauscht haben.«

»Und doch ist es so. Ob du es glaubst oder nicht.«

»Na schön.« Atata änderte den Ton. »Du musst aber wissen, wohin Rinto ziehen konnte. Wieso können wir ihn vom Flugzeug aus nicht sehen? Wo könnte er sich vor uns versteckt haben?«

»Koo«, brachte Arento hilflos heraus und blickte ängstlich auf den Karabiner, den Atata immer noch auf den Knien liegen hatte. Früher hatte er gemeint, eine solche Waffe könne man nur bei der Raubtierjagd benutzen. Oder im Krieg gegen die Faschisten, aber der tobte unvorstellbar fern von Tschukotka.

Atata sah dem Gesicht von Arento an, dass der nicht schwindelte, sondern schreckliche Angst hatte. Wenn er sagte, er wisse etwas nicht, dann war es wirklich so, und etwas auszudenken, fehlten ihm Schlauheit und Gewitztheit.

»Gut«, sagte Atata. »Wir wollen von diesem schwierigen Gespräch etwas ausruhen. Ich hoffe, du hast begriffen: Du wirst mitsamt deinen Rentieren in die Kantschalaner Tundra zurückziehen, und dort wirst du mit dem Kolchos ›Neues Leben‹ vereinigt.«

»Ja«, antwortete Arento bereitwillig, wurde zuversichtlich, dass Atata im Augenblick nicht schießen würde. »Ich ziehe dahin, wohin du sagst.«

»Aber am Abend reden wir weiter darüber, wohin Rinto gezogen sein kann«, sagte Atata drohend.

Die Gespannführer richteten sich im Zelt ein, das sie im Tschottagin von Arentos Jaranga aufgeschlagen hatten. Die Hausfrau kochte einen großen Kessel frisches Renfleisch und setzte es den Gästen in einer großen Holzschüssel vor. Sie holte auch Prerem, eine Renfleisch-Wurst, die gewöhnlich für den nächsten Feiertag aufbewahrt wurde, und würzte Grünzeug mit ausgelassenem Fett.

Atata verdünnte Sprit mit Tauwasser, trank selbst, gab den Gespannführern zu trinken und reichte dann die Tasse Arento.

»Das ist für mich?«, fragte Arento mit zitternder Stimme – er traute den Augen nicht.

»Für dich«, erwiderte Atata mit entspannter Stimme. Nachdem Arento mit zusammengekniffenen Augen den Inhalt der Tasse bis zum Grund geleert und eine Weile unbeweglich gesessen hatte, damit die feurige Flüssigkeit bis in den Magen drang, ergänzte Atata: »Vielleicht ist es das letzte Mal in deinem Leben, dass du von dem bösen fröhlich stimmenden Wasser kostest.«

Arentos Rausch verflüchtigte sich augenblicklich. »Was soll denn mit mir geschehen?«, fragte er erschrocken.

»Das, was mit Volksfeinden geschieht.«

Arento hatte gehört, dass Feinde des Volkes entweder erschossen oder in Gegenden fern der Heimat verbracht wurden.

Als alle sich beruhigt und schlafen gelegt hatten, schlüpfte Arento leise aus dem Polog und trat ins Freie. Es herrschte Vorfrühlingsstille. Am Vollmond vorüber schwamm ein Wölkchen, so zart und fein, dass es das silbrige Licht nicht verdunkelte und auch die klaren Sterne hindurchschimmerten. Jetzt würde dies alles ohne ihn leuchten und strahlen, dachte Arento, während er die Leibschnur aus der Hose zog.

Er ging hinter die Jaranga, trat an die auf den Berghang gerichtete Wand und löste das Ende des Seehundfell-Riemens, mit dem die Überdachung umflochten ist, damit der Wind sie nicht davonträgt. Aus der Schnur seiner Fellhose machte er eine Schlinge, verknüpfte sie mit dem Riemen und schob einen gegen die Jaranga gelehnten Reiseschlitten an die

Wand. Er beeilte sich nicht, die Schlinge über den Hals zu ziehen: Bis zum Morgen war es noch weit, und er wollte noch einmal die Schönheit der Frühlings-Tundranacht genießen. Wie viele solcher Nächte hatte es doch gegeben, und er, den die Sorgen um die Rentiere und die Menschen des Lagers erfüllten, hatte nicht die Zeit gefunden, einzuhalten und sich am Sternenhimmel zu erfreuen, am Mond, der sich in die leichte Wolke hüllte, und auf die gewaltige, weiße Stille des Schnees zu lauschen! Wie schade, dass er sich erst am Ende des Lebens darauf besann, in den wenigen Minuten, da er jetzt zum Abschied die Welt betrachtete!

Wenn nur die Kraft reicht, die Schlinge nicht im letzten Augenblick herunterzureißen! Arento legte die geflochtene Schnur um den Hals, schob sie tief unter den Fellkragen, blickte noch einmal auf den Sternenhimmel und ließ sich, während sich die Schlinge zuzog, langsam auf den Schlitten herab. Die Schnur schnitt sich tief in die Haut, und das schmerzte am stärksten. Nachdem Arento das eine Weile ertragen hatte, spürte er, wie sich sein Bewusstsein trübte, und auf den Schlitten sank er, als schon Dunkelheit die Augen verhüllte.

Atata wurde vom Gespannführer Gatle geweckt. »Arento hat sich erhängt.«

»Was heißt erhängt?« Atata, noch vom Rausch umfangen, begriff nicht sofort.

»An der Schnur seiner eigenen Fellhose«, präzisierte Gatle.

»Was für ein plachoi tschelowek![1]« Atata sprach das schlimmste tschuktschische Schimpfwort aus. »Er hat mich reingelegt!«

[1] Russisch: »Was für ein schlechter Mensch!« – Der Autor, befragt, was denn das vermeintlich von ihm verschwiegene schreckliche tschuktschische Schimpfwort sei, erklärt, das sei eben diese russische Bezeichnung. (Die Übers.)

Atata fühlte sich wie ein Jäger, dem man die Beute vor der Nase weggeschnappt hat.

So war es auch: Als seinen bedeutendsten Erfolg sah er nicht einmal die Vergrößerung der Rentierherde des Kolchos »Neues Leben« um einige tausend Köpfe an, sondern die Übergabe des Volksfeindes an die Obrigkeit. Vor allem dafür, so meinte Atata, verliehen sie die höchsten Auszeichnungen, und er hatte schon davon geträumt, seine neue Uniform mit einem Orden zu verzieren. Wem nützte jetzt diese Leiche?

Dennoch lehnte er kategorisch die Bitte der Verwandten ab, Arento beisetzen zu dürfen. Nun musste er ihn eben tot der Obrigkeit abliefern.

Die Rückfahrt dauerte endlos. Langsam bewegte sich die Rentierherde, langsam fuhren die Schlitten, vor allem jener, auf dem in ein weißes Renfell gewickelt der Körper eines Mannes lag, der noch vor kurzem zu den Herren der Anadyrer Tundra gehört hatte.

Atata fuhr inmitten der Karawane im eigenen Schlitten und war verdrossen in Gedanken versunken. Der Sieg über Arentos Lager war ihm zu leicht gefallen, als dass er auf ihn stolz sein konnte. Obendrein führte er statt eines lebenden Volksfeindes, den man vor allem Volk hätte richten und sogar zum Tod oder zu langer Lagerhaft verurteilen können, eine stumme Leiche mit.

In Kantschalan mussten sie sich einige Tage aufhalten, um die beschlagnahmte Herde dem Kolchos »Neues Leben« zu übergeben. Arentos Leiche legten sie in ein kaltes Kohlenlager, seine Söhne sperrten sie in ein ungenutztes Badhaus, vor dem der Gespannführer Gatle Wache halten musste. Atata wusste nicht, was er mit den Frauen machen sollte. Nach Beratung mit Kurkutski beschloss er, sie beim Kolchos zu lassen.

»So viele Rentiere kann der Kolchos nicht betreuen«, beklagte sich Kurkutski. »Die Kolchoshirten sind faul, kennen die Tundra schlecht. Vielleicht lässt du uns doch Arentos Söhne?«

»Sie gehören zur Familie eines Volksfeindes«, erklärte Atata streng. »Deshalb kann ich sie nicht freilassen. Sollen die Verantwortlichen im Bezirkszentrum entscheiden, was mit ihnen geschieht.«

Atata kannte die Zustände in den neuen Renzucht-Kolchosen. Die Kollektivbesitzer büßten Rentiere ein, schlachteten wahllos Zuchtböcke und Muttertiere, schützten sie schlecht vor den Wölfen. Jemand aus der Führungsmannschaft des Bezirks hatte die Idee, einen Teil der vergesellschafteten Rentiere auf Privatbesitzer zu verteilen. Das sollte die neuen Herren dazu bringen, auch mit den vergesellschafteten Rentieren besser umzugehen. Aber das brachte noch schlechtere Ergebnisse. Die Kolchosrentiere wurden häufiger von Wölfen überfallen, vereinzelten sich und gingen in der Tundra verloren, erkrankten. Ihre Zahl nahm sichtlich ab. Natürlich kam auch der Gedanke auf, alle Rentiere in Privatbesitz zurückzugeben. Aber aussprechen konnte so etwas nur ein Verrückter oder ein Selbstmörder, ein Feind der Stalinschen Pläne für die durchgängige Kollektivierung der Sowjetunion.

Solche Gedanken setzten Atata zu, während er von Kap Kantschalan auf die zwei hohen Antennenmasten des Bezirkszentrums Anadyr zufuhr, die schon von ferne vor dem Hintergrund einer einförmigen, verschneiten, hügeligen Landschaft auftauchten.

In dem hinter ihm fahrenden Schlitten saß Gatle auf dem steif gewordenen Leichnam des Volksfeindes Arento und trieb laut die müden Hunde an.

12

»Solange der Himmel noch dunkel ist, musst du die Stellung der Sterne und ihre Bewegung studieren. Sterne können viel erzählen und zu denken geben. Sieht man sie an, kommt es einem manchmal so vor, als blicke man in die eigene Seele. Sowohl die Sterne als auch das Leben um sie herum, alles ist Wagyrgyt – die Wirklichkeit ...«

Anna Odinzowa wusste in Astronomie recht gut Bescheid, jedenfalls im Rahmen des Lehrstoffs in der Schule. Aber nie hätte sie vermutet, dass sich Rinto so gut im Sternenhimmel auskannte.

»Zuerst könnte es unmöglich scheinen, sich inmitten der zahlreichen Himmelskörper zu orientieren und ihre Bewegungen zu verstehen«, fuhr Rinto fort. »Dabei ist nichts einfacher. Schau nur auf den Zenit. Du siehst einen nicht sehr großen, aber deutlich erkennbaren Stern. Das ist der Hauptstern unseres Himmels und heißt Unpener – für die Tangitan der Polarstern. Und wirklich kennzeichnet dieser Stern den ›Unpyn‹, den Unbeweglichen Platz. Um ihn herum bewegen sich all die übrigen Sterne. Stell dir vor, wir hätten auf der ebenen, weiten verschneiten Tundra einen langen Pfahl in den Boden gestoßen und daran das Leitrentier gebunden. Alle übrigen Rensterne und Himmelsbewohner würden sich in ihren Bewegungen nach ihm ausrichten. Andere wichtige Sterne sind die Lewytti, also die Köpfe.«

Anna Odinzowa erkannte in ihnen Arktur und Wega – tschuktschisch Erster und Zweiter Kopf genannt. Die Plejaden hießen Gruppe der Wartenden Mädchen. Es waren sechs, und sie warteten auf ihre künftigen Männer. Seinerzeit hatte

Rultennin der Bucklige, den ein Teil des Sternbilds Orion darstellt, um sie gefreit, war aber angeblich wegen seines zu großen Gliedes abgewiesen worden. Unweit davon bildete ein Sternbild den Kupfernen Speer von Rultennin. Etwas weiter trieb ein Schlittenlenker zwei vor sein Gefährt gespannte Rentiere an. Zwei Elche – Kastor und Pollux – flohen vor den Jägern, und eine Robbe mit herausgerecktem Kopf und zwei Flossen schwamm zum Sandigen Fluss – der Milchstraße. Inmitten des Sandigen Flusses, im Sternbild Kassiopeia, standen Fünf Renböcke.

Während Anna Odinzowa auf den Sternenhimmel blickte, spürte sie jäh, wie sich das über ihrem Kopf leuchtende Bild – von bekannten Szenen des alltäglichen Tundra-Lebens besiedelt – veränderte.

Die Welt erschien so schlicht und verständlich – Leben erfüllte den ganzen sichtbaren und sogar den nur der Fantasie zugänglichen Raum. Am Himmel fand sich auch Platz für die, die das irdische Leben verlassen hatten. In der räumlichen Vorstellung der Tschuktschen lag die Welt der Dämonen unter der Erdoberfläche, gewissermaßen in einem unterirdischen Gewölbe. Doch das war, wie Rinto erläuterte, nicht ein normaler Raum unter dem irdischen Festland, sondern eine andere, finstere Welt – ohne Sonnenlicht und sogar ohne Mondschein. Das ist die Welt des Bösen, des Unheils und aller möglicher Plagen, und der Mensch muss ständig auf der Hut sein – muss möglichen Handlungen der Dämonen vorbeugen oder wissen, wie man sie besänftigt, den unheilvollen Wirkungen ihres Tuns begegnet, indem man ihnen die geeigneten Opfer bringt oder sie mit einem Heiligen Wort umstimmt.

Die erste Lektion in tschuktschischer Astronomie dauerte einige Stunden, und obwohl beide entsprechend gekleidet waren, spürte Anna Odinzowa als Erste, wie ihr die Zehen abstarben. Rinto bemerkte es, lächelte und bekannte: »Ich bin auch durchfroren. Setzen wir unsere Bekanntschaft mit der Himmelswelt in der morgigen Nacht fort.«

Bevor sie in die Jaranga gingen, zeigte Anna auf die strahlende Venus und fragte: »Hat sie einen Namen?«

»Sie heißt die Schmucke«, antwortete Rinto. »Sie wechselt oft die Farbe, schillert geradezu, es sieht aus, als wechsele sie ihre leuchtenden Gewänder, daher der Name.«

Das Leben der Sterne unterschied sich nicht wesentlich vom Leben auf der Erde. Hier benahmen sich die Lemmingmäuse, die Polarfüchse und Bären, die Haldenhühner und Vielfraße, das Meeresgetier von den Robben bis zu den Walen in ihrem Alltag wie Menschen. Sogar ihre Wohnstätten glichen in ihrem Bau und der Bestimmung der Räume nahezu den menschlichen Jarangas. Daher nannte man Mäuse und Bären auch ehrerbietig »Volk«. In Zaubermärchen und Legenden, die gewissermaßen mündliche Chroniken des vergangenen Lebens darstellten, wurden die Mäuse, Bären, Wale und Walrosse leicht zu Menschen, sie sprachen wie Menschen, und ihre Taten, ihre Handlungen trugen durchaus menschliche Züge. Für einen tschuktschischen Zuhörer war die Wendung »Die Maus setzte die Fellmütze auf und ergriff den Stock« genauso selbstverständlich wie dass die Fellstiefel eines Vogels zerrissen waren.

Die unter dichtem Schnee liegenden Flüsse und Seen blieben den Neuankömmlingen fremd, und Rinto war niedergeschlagen. »Unbekanntes Land birgt viele Überraschungen und Gefahren. Wenn ich nur die Namen ihrer Herren wüsste …«

»Gehören sie denn jemandem?«, fragte Anna verwundert.

»Jeder bemerkenswerte Ort hat seinen Herrn, seinen Kely«, erklärte Rinto. »Das ganze Umland ist unter ihnen aufgeteilt. Doch wenn ich dem unsichtbaren Herrn der hiesigen Moosweiden ein Opfer bringe, bin ich nicht sicher, ob ich mich an die richtige Adresse wende. Vielleicht verletze ich mit meinem Appell die Würde eines anderen Kely. Dort in der Tundra von Uëlen kannte ich sie und sprach mit ihnen wie mit guten alten Freunden. Natürlich gab es unter ihnen auch launische und unangenehme, aber zurechtkommen konnte man mit ihnen.«

»Wie sehen sie denn aus?«, fragte Anna vorsichtig.

»Dieses Volk kann jedes beliebige Aussehen annehmen. Meistens gleichen sie äußerlich einem an diesen Orten alltäglichen Tier. Weißt du, dort bei Uëlen habe ich sofort erkannt, ob da ein gewöhnlicher Polarfuchs lief oder der Herr des Flusses Tejuwëem. Oder da ist der Elelyly-See. Der dortige Herr nimmt gern die Gestalt eines Raben an. Aber ich erkenne ihn leicht inmitten anderer Raben, die am Ufer dieses Flusses nisten.«

Rinto hatte offensichtlich Sehnsucht nach den heimatlichen Stätten. Doch ihm war klar, dass dem Lager gerade dort die größte Gefahr drohte. Die Entfernung von der Eismeerküste zum Stillen Ozean war nicht so groß, aber in der Koljutschinskaja-Bucht eine beliebige Rentierherde aufzuspüren, würde keine Mühe machen.

Anna Odinzowa hatte bemerkt, dass Rinto sich beeilte, ihr sein Wissen zu vermitteln. Vieles war früher ihrer Aufmerksamkeit entgangen. Wie sich herausstellte, gebot der Herr des Lagers über eine bedeutende Zahl von Hilfs-Kely, die in verschiedenen Erscheinungsformen existierten. Diejenigen, die im täglichen Leben gebraucht wurden, hingen an der Rückseite des Fell-Pologs, waren dem menschlichen Auge unzugänglich, aber nach dem zu urteilen, wie ihre ledernen, hölzernen oder knöchernen Antlitze vor Speck und getrocknetem Blut glänzten, war zu sehen, dass Rinto sich meistens an sie wandte.

»Warum sehen sie so unbestimmt, so unklar aus?«, fragte Anna.

»Sie sind so«, entgegnete Rinto. »Ihre Erscheinungsformen sind verschwommen, ungefähr. Das erlaubt es ihnen, ihr Äußeres leicht zu verändern. Sie sind wie menschliche Gehilfen. Wenn sie mir richtig helfen, bin ich zu ihnen gut und freigebig. Wenn nicht, erhalten sie die entsprechende Strafe.«

»Was für eine?«

»Ich gebe ihnen nichts mehr zu essen. Kann sie auch schlagen«, sagte Rinto einfach.

Dieses Bekenntnis verwirrte Anna. Würde sie, wenn sie einmal eine anerkannte Enenylyn sein würde, auch derart auf ihre Kely-Gehilfen einwirken müssen? »Vielleicht gibt es Unterschiede zwischen den Handlungen von weiblichen Enenylyn und männlichen?«, erkundigte sie sich behutsam.

»Gar keine«, antwortete Rinto, dachte eine Weile nach und bekannte dann: »Großmutter Giwewnëu hat zu mir nie darüber gesprochen, aber ich denke, Unterschiede gibt es schon. Doch das hängt von der Frau selbst ab. Denn wenn ein Mensch ein Enenylyn geworden ist, ist er nur von seinen Beziehungen zur Äußeren Welt abhängig. Dann kann niemand ihm Ratschläge erteilen oder ihn zu irgendwelchen Handlungen zwingen.«

Wenn sie allein war, versuchte Anna Odinzowa in sich Zeichen eines neuen Erfassens der Wirklichkeit zu entdecken, Spuren magischen Denkens, über das europäische Autoritäten der Ethnografie oft anschaulich geschrieben haben. Sie versuchte, wenn auch nur für den Anfang, kraft ihrer Einbildungskraft die Natur um sie herum mit den »Herren«, den »Kely«, zu besiedeln, ihre dem Ohr eines gewöhnlichen Menschen unzugänglichen Stimmen zu vernehmen. Manchmal kam es ihr so vor, als ob sie tatsächlich etwas höre, spüre.

Das geschah besonders in stillen, sternenklaren Mondnächten, wenn nichts die gewaltige weiße Stille störte, die die Jarangas, die schneebedeckten Berge und Hügel ebenso umfing wie die Ufer der Bäche und Flüsse, die Talhänge, den von Rentierhufen aufgewühlten Schnee auf der Weide, die aus den Schneewehen ragenden Weidensträucher und die an die Wand der Wohnstatt gelehnten Schlitten.

Anna Odinzowa stand in einiger Entfernung und war bemüht, sich in dieser grenzenlosen Ruhe aufzulösen, ihre Gedanken dem Zenit zuzuwenden, wo auf verschiedenen Ebenen verschiedener Himmel die Allmächtigen wohnen. Lange kam sie nicht in die richtige Stimmung. Immer öfter musste sie an die gewaltige Entfernung denken, die sie von Leningrad trennte, von ihrem Vaterhaus. Eine nicht nur physische Entfernung, auch eine zeitliche. Denn die Lebensweise, die sie heute mit ihren neuen Verwandten teilte, hatte sich fast unverändert seit dem Neolit, seit etlichen Jahrtausenden, erhalten. So hatten die Menschen im Niltal lange vor der Herrschaft der Pharaonen-Dynastien gelebt … Sie hatte gewissermaßen aus eigenem Entschluss den Lauf der Zeit umgekehrt und fast das ersehnte Ziel der Menschheit erreicht – die Erfindung der Zeitmaschine.

Über den Himmelsrand huschte ein fallender Stern, und Anna kam es so vor, als vernehme sie ein Knirschen, ein Knarren. War es der Laut des fallenden Sterns?

Das Knarren wurde deutlicher, und bald erblickte Anna Odinzowa einen auf sie zukommenden Menschen. Schon von fern erkannte sie Roltyt. Offenbar hatte er wie schon so oft die Herde der Obhut des jüngeren Bruders überlassen und kehrte selbst zur Jaranga zurück.

»Du schläfst nicht?«, fragte Roltyt.

»Ich schlafe nicht, ich höre die Stille«, antwortete Anna.

»Kann man denn Stille hören?«, fragte Roltyt spöttisch. »Man kann das Rauschen von bewegtem, fließenden Wasser hören, den Wind, eine Stimme, Wolfsgeheul und das Schnaufen eines Rentiers, das Weinen eines Kindes und sogar den Atem eines Menschen. Aber die Stille ... Nein, das gibt es nicht.«

»Wenn du die Stille hörst, vernimmst du die eigenen, nicht ausgesprochenen Gedanken.«

Roltyt war auf der Hut. »Und fremde?«

»Manchmal auch fremde.«

Roltyt sah Anna zaghaft an. Außer fleischlicher Begierde, die er jedes Mal bei einer Begegnung mit der Tangitan-Frau empfand, spürte er eine sonderbare innere Unruhe, eine geheimnisvolle Gefahr, die von ihr, die ihm immer noch rätselhaft erschien, ausging.

»Meine auch?«

»Sind sie denn bei dir so unzugänglich?«

Inzwischen war es für keinen im Lager mehr ein Geheimnis, dass Rinto in ihr eine Nachfolgerin heranzog. Alle machte diese Auswahl betroffen, aber niemand sprach es aus, wenn man von spitzen Bemerkungen absieht, mit denen Roltyt seinen jüngeren Bruder bei der Rentierherde überschüttete. Doch Tanat schwieg sich aus, und das brachte Roltyt nur noch mehr auf. Er selbst hatte es auf den Posten eines Schamanen nicht abgesehen, zumal er sich gut vorstellen konnte, welche Schwierigkeiten und welche Verantwortung da auf ihn zukommen würden. Aber eine Tangitan auswählen, einen Menschen aus fremdem Stamm! So etwas war Roltyt selbst in den ältesten Überlieferungen nicht zu Ohren gekommen. Vielleicht gehörte das »Hören der Stille« zu den Lehrstunden des Schamanismus? Wer weiß? Wenn nun Anna wirklich die Macht im Lager und also auch über Roltyt und dessen Familie gewänne? Ein schrecklicher Gedanke! Wie schön war es doch gewesen, als es sie noch nicht gab! Sie lebten in Ruhe und Frieden. Die Zukunft war klar: Tanat würde nach Anadyr fahren, zum Lernen, der Zweite im Lager würde Roltyt sein. Vielleicht hätte er unter diesen Umständen selbst irgendwelche Rituale erlernen können. Schließlich wusste er, was man beim Schlachten eines zahmen oder wilden Rens tun muss, welche Opfergaben zu den Hauptjahreszeiten zu bringen sind, auch im Sternenhimmel kannte er sich seit seiner Kindheit aus. Nur hatte er nie Gelegenheit gehabt, sich mithilfe des Zauberpilzes Wapak auf die weite Reise in andere Welten zu begeben. Diese Ehre wurde nur besonders Ausersehenen zuteil und denen, die die Höheren Mächte erleuchteten. Warum mussten sie überhaupt in ferne Lande fliehen? Schließlich lebten andere Rentierzüchter auch in Kolchosen. Sie gaben die eigenen Tiere in die gemeinschaftliche Herde, unterschrieben sogar irgendwelche Papiere, doch in Wirklichkeit waren wie früher sie die Herren, und allen in ihrer Umgebung war das klar.

Wenn nur diese Tangitan-Frau nicht wäre ... Ob sie schon die körperliche Unverwundbarkeit erworben hatte, die echte Enenylyn besitzen? So einen Menschen kann man nicht töten, weder mit dem Messer noch dem Speer erstechen, nicht einmal eine Kugel kann ihm etwas anhaben.

»Hörst du, was ich denke?«, fragte Roltyt mit stockendem Herzen.

»Aber natürlich«, entgegnete Anna.

»Aber eins ist es, etwas zu denken, und etwas ganz anderes, es auch zu tun.«

»Der Gedanke geht immer der Handlung voraus.«

»Aber das, woran ich gedacht habe, werde ich nie tun«, sagte Roltyt plötzlich flehend. »So einer bin ich nicht. Du musst nicht schlecht von mir denken.«

»Ich denke ja nicht schlecht von dir«, sagte Anna langsam.

Es tat ihr plötzlich wohl zu erkennen, dass sie diesen Menschen praktisch in der Hand hatte. War die Kraft, von der Rinto gesprochen hatte, schon in sie übergegangen, sodass sie über Menschen gebieten, ihre Taten lenken, in ihr Inneres blicken konnte? Zwar spürte sie nichts Besonderes in ihrer Seele, aber hier war der Beweis – Roltyts Kriecherei vor ihr. Irgendetwas musste sich verändert haben!

Roltyt war in einen Zustand völliger Erschlaffung verfallen – als sei in einem Augenblick alle Kraft aus seinem Körper gewichen, alles heiße Blut herausgeströmt und als hätten sich die straffen, trainierten Muskeln in weiches Gewebe verwandelt. Er sank auf die Knie, und sein Körper wurde von Schluchzen geschüttelt.

»Steh auf, Roltyt!«, befahl Anna. »Was du gedacht hast, soll aus deinem Kopf verschwinden und nie wiederkehren.«

»Aber mir fehlt die Kraft!«, jammerte Roltyt. »Gib mir meine Kraft zurück!«

Für sich selbst überraschend, richtete sich Anna jäh auf und sprach laut und feierlich: »Ich gebe dir die Kraft zurück! Steh auf!«

Anna Odinzowa wusste aus der ethnografischen Literatur, dass Schamanen Methoden der hypnothischen Suggestion nutzen, aber an sich hatte sie solche Fähigkeiten noch nie wahrgenommen. Vielleicht waren sie in dieser Zeit entstanden, oder Rinto hatte sie ihr nach und nach, ohne dass sie es merkte, übergeben?

Doch zu ihrer Verwunderung erhob sich Roltyt langsam von den Knien und machte einige Schritte. »Danke, Anna!«, sagte er gefühlvoll und kriecherisch. »Ich werde dir immer dienen. Alle deine Befehle befolgen!« Er machte kehrt und ging zur Jaranga, zuerst langsam, dann immer schneller, bis er schließlich rannte.

Sie blickte ihm verwundert nach.

Als sie einmal ihre Sachen durchsah und dabei das letzte Heft ihres wissenschaftlichen Tagebuchs in die Hand nahm, hielt sie es eine Weile, als wolle sie abwägen. Und legte es wieder zurück: In ihrer jetzigen Lage konnte sie sich einfach nicht vorstellen, leidenschaftslos, gewissermaßen unbeteiligt zu beschreiben, was mit ihr geschehen war. Das war jetzt wirklich unnütz. Es hätte sie nur gehindert, das neue Wissen zu begreifen, die neuen Vorstellungen von der sie umgebenden Welt in sich aufzunehmen.

Manchmal kam es ihr so vor, als wäre sie in den paar Monaten um Jahrzehnte gealtert, und bisweilen blickte sie drein wie ein Mensch, der vieles erlebt hat und durch Erfahrung weise geworden ist.

Und noch etwas bemerkte sie: Nun betrachtete sie Tanat eher wie eine Mutter als wie die Ehefrau. In den seltenen Stunden körperlicher Nähe liebkoste sie ihn wie ein Kind, und manchmal gab sie ihm sogar unwillkürlich einen Kosenamen.

Tanat aber las aus dieser Veränderung in ihrem Charakter und ihrem Verhalten, dass sie in ihrem neuen Leben aufgegangen war, dass Anna Odinzowa sich in eine echte Tschautschu-Frau verwandelt hatte.

Die Rentierkühe waren, ohne dass man es schon sah, trächtig geworden, und im Lager verlief alles nach althergebrachtem Brauch. Am Himmel zeigten sich keine dröhnenden Flugzeuge mehr. Doch Rinto wusste, das war nur eine kurze Ruhepause. Bei Anbruch der langen, hellen Tage würden die

Flüge wieder beginnen, und sie würden erneut vor den Verfolgern fliehen müssen.

Er saß vor dem Jaranga-Eingang und besserte Lastschlitten aus. Da sie ohne einen einzigen Nagel gefertigt waren, musste man sie von Zeit zu Zeit durchsehen. Die Riemen dehnten sich durch die Feuchtigkeit, wurden schlaff und mussten straffgezogen werden. Auf den reparierten Schlitten saß Anna und hörte zu.

»Welten gibt es im All viele«, erzählte Rinto. »Und Himmel existieren auch mehr, als wir mit unseren Augen sehen. Über ihnen liegen andere, in etlichen Schichten, ebenso wie es in der Unterwelt verschiedene Ebenen gibt. Und alle sind bewohnt. Nicht nur von den Verstorbenen, auch von anderen Wesen, von Kely in verschiedenen Erscheinungsformen. Sogar eine gewöhnliche Tundra-Maus hat vielerlei Gestalt, ganz zu schweigen von anderen Wildtieren und Vögeln. Sie können bis auf unsichtbare Ausmaße schrumpfen, können sich aber auch so vergrößern, dass wir ihnen winzig wie Fliegen vorkommen. In einer Überlieferung wird berichtet, wie ein Kely namens Pitschwutschin von einem Sturm auf See überraschte Meeresjäger rettete. Er ging einfach in das tobende Meer, das ihm bis ans Knie reichte, ergriff behutsam das Fellboot mitsamt den in Not Geratenen und steckte es in seinen Fäustling. Er trug das Boot ans Ufer und legte sich selbst zum Schlafen nieder, nachdem er den Gipfel eines benachbarten Berges abgebrochen und sich als Kopfkissen zurechtgelegt hatte. Als er am nächsten Morgen erwachte und das Meer sich beruhigt hatte, stellte er das Boot wieder ins Wasser, pustete und straffte mit seinem Atem das Segel wie ein Wind.«

Anna Odinzowa hörte aufmerksam zu und hätte gern wie Rinto an alle diese Wunder geglaubt, an die Struktur des Weltalls, an die zahlreichen Erscheinungsformen der Lebewesen, an die Existenz der »Herren« von Flüssen, Bergen, Steinen, Tälern und Sträuchern. Doch sie begriff: Wenn sie endgültig die neue Verkörperung annahm, musste sie alles verwerfen, was sie in der Schule, in der Universität gelernt hatte – die zweifelhaft-wissenschaftliche Erklärung der Wirklichkeit, die materialistische Weltanschauung, mit der ihr Kopf bis vor kurzem noch voll gestopft war. Aber zu seltsam und unwahrscheinlich war die Welt, die sich hinter ihrer Alltagsgestalt verbarg! Zugleich aber bewies sie jeden Augenblick ihre Gegenwart durch Erscheinungen, die Rinto ungeachtet aller Rätselhaftigkeit und Unglaubhaftigkeit leicht und einfach erklärte. Er fühlte sich sicher in dieser Welt, denn er war fest überzeugt von dem, was er glaubte, von seinen aus eigenen und überlieferten Erfahrungen geschöpften Vorstellungen über die ihn umgebende Wirklichkeit. Anna Odinzowa begriff, ohne Glauben hat der Enenylyn keine Kraft. Daher suchte sie immer öfter die Einsamkeit, um sich in Überlegungen zu vertiefen.

»Ich kann die Erinnerungen an meine Vergangenheit, an die Kindheit, das Leben in Leningrad nicht loswerden«, beklagte sich Anna Odinzowa. »Sowie ich mich darauf einstelle, mich auf deinen Rat hin gleichsam in der Natur aufzulösen, kommen diese Erinnerungen. Und ich kann nichts dagegen tun.«

Rinto wusste, dass es Mittel gab, um bei einem Menschen die Erinnerung an Vergangenes völlig auszulöschen. Man musste ihn an den äußersten Rand des Abgrunds führen, ihm zeigen, wie tief er stürzen kann. Was er mit ihr getan hatte, als er in sie eindrang und die Grenze der ehelichen Treue zerstörte, war unzureichend. Die Erschütterung, die diese Frau damals empfand, hatte ihr Bewusstsein nicht verändert, sie hatte ziemlich bald ihr gewöhnliches Gleichgewicht wieder erreicht. Auch die Reise in die Welt der Schatten mithilfe des heiligen Wapak-Pilzes hatte nicht geholfen. Es gab Fälle, da verlor ein solcher Reisender, selbst wenn er ins irdische Leben zurückkehrte, für immer den Verstand. Nach diesen Überlegungen gelangte Rinto zu dem Schluss, dass nur die Zeit diese Tangitan-Frau ändern konnte.

»Es gibt noch die Prüfung mit der Waffe«, erinnerte ihn Anna Odinzowa.

Man versucht, den zu Prüfenden mit dem Speer zu durchbohren, mit dem Messer zu erstechen und sogar zu erschießen. Bleibt er unversehrt, heißt es, er wurde tatsächlich ein echter Enenylyn und kann – anders als ein gewöhnlicher Sterblicher – allen Unbilden des Lebens widerstehen.

»Und wenn diese Prüfung die letzte ist?«, fragte Rinto.

»Dann ist es mein Schicksal«, antwortete Anna Odinzowa ergeben.

»Lass uns noch ein wenig warten«, schlug Rinto vor. »Noch haben wir keine Eile. Du bist jung, vor dir liegen viele Jahre Leben und der große Wunsch, ein echter Enenylyn zu werden.«

»Und was mache ich mit den Erinnerungen an die Vergangenheit?«, fragte sie.

»Verjage sie nicht«, riet Rinto. »Sieh sie dir genau an, höre aufmerksam hin, suche Zeichen von Handlungen und Einwirkungen Höherer Mächte.«

Anna Odinzowa folgte dem Rat. Sie blickte in ihre Kindheit zurück, horchte in sie hinein, in die Jugend, die schweren Leiden der Kriegsjahre, den unwiderruflichen Verlust der Eltern. In den nach ihrem Empfinden wärmsten Platz auf Erden – das große Zimmer in der Gemeinschaftswohnung am Umleitungskanal in Leningrad, mit den vom Vater eigenhändig hergestellten Möbelstücken, unter denen das riesige, über die ganze Wand reichende Büfett aus dunkler, polierter Eiche hervorragte, die Singer-Nähmaschine, mit der sie damals so gern selbst genäht hätte, die breite Fensterbank, auf der man so gut liegen und das Leben auf der Uferstraße beobachten konnte. Die Erinnerungen waren lebendig, peinlich genau, als wäre alles erst gestern gewesen und nicht aus ihrer Erinnerung entschwunden oder getilgt. Andererseits tauchte jedes Mal der Gedanke auf, all das liege schon unwiederbringlich fern und jene Sphären eines anderen Lebens, von denen Rinto erzählte, oder die Welt der Schatten, die sie aufgesucht hatte, seien ihr viel näher. Und noch etwas bemerkte Anna an sich: Sie sprach nun bereits im Traum nur noch tschuktschisch. Ihre letzte Verbindung zur Muttersprache, die Aufzeichnungen im Tagebuch, hatte für sie schon Bedeutung und Anziehungskraft verloren.

Die Renkühe wurden trächtig, es kam die Zeit, die Herde zu teilen.

Anna Odinzowa wandte sich an den Zenit:

Hört, Ihr, die Ihr in den Oberen Welten lebt,
die Ihr durch leichte Wolken auf uns herniederblickt:
Mögen Jene, die Wind und Schneesturm senden,
meine Worte erhören und uns gnädig sein …

Sie warf Krümel von Opfergaben in alle vier Himmelsrichtungen, in alle Hauptwinde, die in der Natur herrschen, und spürte, dass sie in diesen Augenblicken mit Leib und Seele bei ihren Handlungen war, spürte Anspannung im ganzen Körper.

Als sie das Gebet beendet hatte, begab sie sich bedächtig in die Jaranga, wo Katja bereits auf der Südseite mithilfe des uralten Holzbogens das heilige Feuer entfacht hatte. Neben ihr im Schnee saß in seiner doppelwandigen Fellkombination Tutril und spielte mit einem kleinen Ball. Der Ball stellte die Sonne dar, war aus weißem Seehundfell genäht, das man selten in der Tundra sah, und auf den vier Seiten trug er ein aufgesticktes Bild der Himmelsleuchte mit Strahlen aus langen weißen Haaren, die sie einem Renhirsch abgeschnitten hatten. Als der Junge die Tante sah, lächelte er und strebte ihr entgegen.

Innerlich lächelnd, dachte Anna Odinzowa an die feindlichen Gefühle, die sie noch vor kurzem Katja als ihrer Rivalin entgegengebracht hatte. Wie dumm war sie doch gewesen! Das Leben ist viel komplizierter und reicher als weibliche Rivalität. Wie sich herausstellte, spielt sich das wichtigste menschliche Leben im Inneren ab, in der Seele, im Aufeinanderprall von Gefühlen und Überlegungen, in der Erkenntnis von äußeren und inneren Kräften, die das Verhalten des Menschen leiten. Und unter diesen Gefühlen stehen Eifersucht und Neid am Rand der Hauptgemütsbewegungen. Sie sind alltäglichen Dingen verwandt, die immer bei der Hand sind und bei Bedarf als erste ins Auge fallen.

Während Anna Odinzowa auf den spielenden Jungen blickte, stellte sie sich für einen Augenblick seine Zukunft vor. Sie würde hier, inmitten von Schnee und steinigen, mit Rentiermoos und Büscheln von hartem Gras karg bewachsenen Tundra-Hängen verlaufen – auch inmitten kristallklarer Ströme und stehender gelber Gewässer, zumeist aber doch inmitten von Schnee und großer weißer Stille. Vielleicht wird gerade er die Kenntnisse erwerben, die sich heute in ihrem Kopf speichern, die Bräuche und Vorhersagen, die den Aufenthalt des Menschen auf dieser Welt erleichtern.

Wie schön, die Zukunft auch nur eines Menschen zu sehen!

13

Der Flieger Tymnet stand abseits und beobachtete spöttisch, wie die Gespannführer die sich sträubenden Hunde ins metallische Innere des Flugzeugs zu stoßen suchten. Die Hunde heulten, fletschten die Zähne, und die Gespannführer stießen russische Mutterflüche aus.

Atata hatte diesmal beschlossen, von der Kytryn-Bucht aus nach dem geflohenen Nomadenlager zu suchen. Er vermutete, dass Rinto in die Nähe der traditionellen Weiden seiner Sippe gezogen war. Er ging bei seinen Überlegungen davon aus, wie er selbst an Rintos Stelle vorgegangen wäre.

»Wenn die Hunde das Flugzeug verdrecken«, warnte Tymnet, »wirst du das beseitigen müssen.«

Doch sie hatten die Hunde vor diesem ungewöhnlichen Transport vorsorglich nicht gefüttert, und Atata war sicher, dass er mit solchen Problemen nicht zu rechnen hatte. Für alle Fälle nahm er dennoch eine große Schaufel mit. Alles Mögliche hatte der Polarflieger Dmitri Tymnet schon transportieren müssen, doch Hundegespanne noch nie. Er fühlte sich etwas verletzt, sogar beleidigt, dass sein Flugzeug dazu benutzt wurde. Als er, zum professionellen Polarflieger ausgebildet, in die Heimat zurückkehrte, hatte er erwartet, Passagiere zu befördern, in Not Geratene zu retten, Kranke, Geologen und Grenzer zu fliegen, durch Eisaufklärung Schiffen den Weg zu weisen, eilige und wichtige Staatsdokumente zuzustellen. Geflohene Rentierzüchter zu suchen, sie zu verfolgen, das Aufschrecken von Rentieren hielt er für eine unwürdige Beschäftigung, doch er konnte sich dem nicht verweigern. Seine Unzufriedenheit brachte er nur durch seine Miene zum Ausdruck.

Atata nahm den gewohnten Platz des rechten Flugzeugführers ein – wie immer, wenn der nicht zur Mannschaft gehörte. Als ehemaliger Militärflieger durfte Tymnet ohne Gehilfen fliegen.

Der Motor heulte auf, das Flugzeug rollte über die Startbahn und zog, wie von Gegenwind erfasst, steil in die Höhe. Die spürbare Elastizität der Luft vermittelte den Eindruck, als würde die Maschine von einer großen weichen Handfläche getragen.

Der Anadyrer Liman mit dem dunklen Punkt in der Mitte, der unbewohnten einsamen Insel Aljumka, blieb hinter ihnen zurück. Nach einer halben Stunde tauchte der Kresta-Meerbusen auf. Das Flugzeug, das genau nach Westen flog, passierte ihn diagonal. Zum Auftanken machten sie eine halbstündige Zwischenlandung in der Prowidenija-Bucht, auf dem Stützpunkt der Polarflieger. Hier empfing man Tymnet wie einen Bruder, bewirtete ihn mit einem sättigenden Mittagessen und überging auch seine Begleiter nicht.

Nach dem Auftanken und dem Essen ging es weiter nach Kytryn, etwa eine Flugstunde weit. Aufmerksam betrachtete Atata von oben die ihm von Kind an bekannten Gegenden: das Kap Kiwak, wo sich die alte, längst verlassene Eskimo-Siedlung von Meeresjägern, seinen Sippengenossen, befand; rechter Hand zeigte sich die lange steinige Landzunge von Unasik mit Jarangas und Häusern auf dem äußersten Zipfel. Hier war er geboren und aufgewachsen, hatte er die ganze Landzunge erkundet. In östlicher Richtung erhob sich aus dem aufgetürmten Eis die zu Amerika gehörende Sankt-Lorenz-Insel, wo im Dorf Siwukak auch die Verwandten von Atata lebten – der dunkle Punkt in seinem Tschekisten-Fragebogen. Noch kurz vor seiner Abreise zum Studium nach Leningrad war er mit den Eltern auf der Insel zu Besuch gewesen, hatte mit den dortigen Jungen Fische gefangen und Vögel gejagt. Die Sprache von Atatas amerikanischen Verwandten unterschied sich nicht vom unasikschen Eskimo-Dialekt, nur sprachen die Schüler und jungen Leute dort statt Russisch Englisch. Jetzt war es fremdes Land, Ausland.

Atata blickte auf die unerreichbar gewordene Insel, dachte an seine Verwandten, ihr Leben, das sich im Grunde in nichts vom Leben ihrer sowjetischen Verwandten unterschied. Auf der Sankt-Lorenz-Insel gab es keinen einzigen Kapitalisten, wenn man vom Ladenbesitzer Kunnukai absah. Die amerikanischen Lehrer unterschieden sich nicht wesentlich von den russischen Lehrern. Aber natürlich wäre Atata auf der amerikanischen Seite ganz gewiss nicht Captain des CIA geworden, wie man die dem sowjetischen Ministerium für Staatssicherheit entsprechende Institution nannte.

In Kytryn wurden sie vom Vorsitzenden des Exekutivkomitees Tukkai, vom Sekretär des Kreiskomitees Muchin und von Atata unbekannten Mitarbeitern der Kreisverwaltung begrüßt. Tukkai umarmte Tymnet, seinen Uëlener Landsmann und Verwandten, herzlich.

»Wir haben keine Nachrichten über Rinto«, teilte Tukkai sofort mit. »Sogar gut informierte Leute können nicht einmal annähernd einschätzen, wo das Lager zu suchen wäre.«

»Wissen sie es nicht, oder wollen sie es nicht sagen?«, unterbrach ihn Atata.

»Ich denke eher, sie wissen es nicht«, antwortete Tukkai. »Und wenn es doch jemand weiß, will er es nicht sagen.«

»Wir müssen sie verhören!«, erklärte Atata entschieden. »Vorladen und verhören!«

»Ich weiß aber nicht einmal, wen wir hierher beordern könnten«, wandte Tukkai verlegen ein.

»Genier dich nicht!« Atata holte ein schwarzes Notizbuch und einen Bleistift hervor. »Sag schon die Namen!«

»Namen kann ich dir nicht nennen!«, antwortete Tukkai zornig. »Außerdem sind die doch alle in Uëlen, in Kytryn gibt es keine.«

»Wenn wir morgen das Lager nicht finden, fliegen wir nach Uëlen und verhören sie dort!« Atata sprach schroff, da er spürte, dass Tukkai ihn fürchtete. »Tymnet, bereite das Flugzeug vor. Morgen früh fliegen wir!«

Die Hunde und die Gespannführer ließen sie vorerst in Kytryn zurück. Der Vorsitzende des Kreis-Sowjets wollte nicht mitkommen, schob dringende Aufgaben vor, als er aber von Atata hörte, es gäbe »zur Zeit nichts Aktuelleres und Dringenderes auf Tschukotka als die Vollendung der Kollektivierung«, stimmte er widerstrebend zu.

Das Flugzeug nahm Kurs auf Nordwest. Nach einer Stunde über leeren, schneebedeckten Bergen und Seen wendeten sie nach Süden, überflogen die Ufer des Ioniwëem-Sees, konnten aber von oben nichts Bemerkenswertes entdecken – auf dem jungfräulichen Schnee gab es keinerlei Spuren, weder vom Ren noch von anderen Tieren. Als habe sich alles Lebendige verborgen, habe sich der Verfolgung durch den metallenen Vogel entzogen.

Atata wandte sich an Tukkai, der hinter ihm saß: »Siehst du was?«

Tukkai schüttelte den Kopf.

»Und du?«, wandte sich Atata an den Flieger.

Tymnet blickte durch eine eng anliegende Sonnenbrille zur Erde. Zuerst tat er, als hätte er die Frage nicht gehört, doch Atata ließ ihn nicht in Ruhe, brüllte ihm ins Ohr.

»Ich sehe nichts Bemerkenswertes«, brüllte er zurück.

Plötzlich stieß Tukkai Atata mit der Faust in den Rücken.

Der Tschekist drehte sich um. Tukkai wies mit dem Finger nach unten.

Das Flugzeug ging hinunter. Der sonst unberührte Schnee war von tausenden Renhufen aufgewühlt. Die breite Spur zog sich nach Nordwest und verschwand in einem engen Tal.

Atata veranlasste Tymnet, dieser Spur zu folgen. Dazu aber musste das Flugzeug wieder steigen, und der Streifen aufgewühlten Schnees war kaum noch zu erkennen. Doch jetzt war Atata klar, dass er auf die Spur von Rintos Lager gestoßen war. Nur er konnte hier entlangziehen. Der Alte hatte eine gute Stelle gewählt. Er verbarg sich in den engen Tälern von Ausläufern eines Gebirgskamms, weil er davon ausging, hier von einem Flugzeug aus schwerer auffindbar zu sein.

Atata gab Tymnet ein Zeichen, nach Kytryn zurückzukehren, und sagte: »Jetzt wissen wir, wo er steckt. Weit kann er nicht mehr ziehen, die neugeborenen Kälber sind noch schwach. Er denkt, in der Schlucht gut gedeckt zu sein. Vielleicht vom Flugzeug aus, aber meinen Hundegespannen entkommt er nicht!«

Einige Tage dauerten die endgültigen Vorbereitungen auf die weite Reise. Aus der benachbarten, am anderen Ufer der Lawrentija-Bucht gelegenen Siedlung Nunjamo holten sie zwei Rollen Kopalchen, im örtlichen Laden kauften sie Mehl, Butter, Kondensmilch, Tee und Zucker, in der Bäckerei bestellten sie frisches Brot.

Atata ging aufs Eis hinaus und erprobte in einiger Entfernung vom Ufer seine Waffe. Sie war in Ordnung. Er fettete sie mit einem speziellen, im Frost nicht erstarrenden Fett ein.

Sie brachen am frühen Morgen auf und nahmen über die verschneite Bucht Kurs auf Südwest. Die Sonne schien, der Schnee funkelte, und die fernen blauen Berge schienen überm Horizont zu schwimmen. Atata saß auf dem knirschenden, schwer beladenen Schlitten und stellte sich vor, wie er in das friedliche Lager von Rinto einbrechen und der alte Rentierzüchter ihn um Gnade anflehen würde. Doch auf Gnade konnte der schwerlich rechnen. Ebensowenig wie sein jüngerer Sohn, der sich ungeachtet seiner Komsomol-Mitgliedschaft als echter Kulakenspross erwiesen hatte. Der Bursche hatte sieben Jahre eine sowjetische Schule besucht, hatte die Geschichte des Sowjetlandes gelernt. Er hatte der Partei Treue geschworen, als er in die Pionier-Organisation und dann in den Komsomol eintrat. Vielleicht ist es gut, dass er nicht ins Anadyrer Institut für Lehrerbildung eingetreten war. Weiß der Teufel, was er den Kindern beigebracht hätte! Was Roltyt betraf – den konnte man im Lager lassen. Aber als einfachen Hirten! Ohne das Recht, Rentiere zu besitzen. Mochte er nur an der eigenen Haut erfahren, was es bedeutete, arm und besitzlos zu sein.

Aber Anna Odinzowa … Wie sollte man mit ihr verfahren? Einerseits betrieb sie eine ausgesprochen feindliche Politik: Statt wie eine normale Komsomolzin zu agitieren und den Kulaken zu entlarven, wurde sie seine Schwiegertochter! Sie hatte behauptet, das sei aus Liebe zu diesem Tanat geschehen, obwohl der gerade erst die Schule beendet hatte! Ob sie andere Ziele verfolgt hatte? Aus diesen Tangitan schlau zu werden, war schwierig. Wer weiß, was sie tatsächlich im Sinn führen. Warum in einer Tundra-Jaranga leben, nur weil sie Tanat liebt? Das hätte sie auch in Uëlen haben können oder in Anadyr, sie hätte ihren Mann sogar nach Leningrad mitnehmen können. Inzwischen hatte sie gewiss vom Leben in der Tundra die Nase voll. Höchstwahrscheinlich träumte sie schon davon, sich im heißen Badhaus zu waschen, schneeweiße, saubere Wäsche anzuziehen, mit einem dichten Kamm die Läuse aus den Haaren zu kämmen. Als er sich ihren weißen, sauber gewaschenen Leib vorstellte, packte Atata Erregung. Er würde ihr den Hof machen, so wie das in Büchern oder im Kino geschieht. Auf Tschukotka waren freilich die längste Zeit des Jahres Blumen nicht zu haben, aber das konnte er ja im Sommer machen. Tangitan-Frauen lieben auch Parfüm. Parfümeriewaren wurden nach Tschukotka reichlich eingeführt. Nur waren alle Sorten und das Eau de Cologne immer sofort vergriffen, weil sie Alkohol enthalten. Vor längerer Zeit hatte Atata einen Lehrer der Schule von Janrakynnot besucht, mit dem er seit langem befreundet war. Der bewohnte ein kleines Haus am Rand der Siedlung, eingeschneit bis zum Dach. Zum Eingang hatte er einen Tunnel gegraben, aus dessen Schneewänden Müll ragte, überwiegend Flaschen. Ganz unten lagen gewöhnliche Wodkaflaschen, sie stammten aus der Zeit, als es noch genug Wodka im Laden gab. Darauf folgten dunkle Portweinflaschen, noch weiter oben Sektflaschen, dann verschiedenartige Fläschchen von Parfüm und Eau de Cologne. Ganz oben aber, unter dem Neuschnee, befanden sich Geschenkpackungen für die Kindertoilette, aus denen nur das Eau de Cologne entnommen war, während Zahnpaste und Seife unberührt geblieben waren.

Wahrscheinlich war Anna Odinzowa selbst unschuldig. Aber er konnte sie der Zusammenarbeit mit dem Klassenfeind bezichtigen. Er hatte die Fäden in der Hand. Er musste ihr nur zu verstehen geben, dass sie von ihm abhing, dann würde sie sofort anders reden.

Mit solchen Überlegungen und Träumereien verflog die Zeit schnell. Der Weg war ausgezeichnet, die Kufen glitten leicht dahin, der Tag aber nahm kein Ende, nur die Sonne rückte immer mehr nach Westen, neigte sich über den gezackten Gebirgskamm, wohin die Hundekarawane zog.

Zur Übernachtung hielten sie am Ufer eines noch unter einer dicken Schicht Schnee und Eis schlummernden Flüsschens. Die erfahrenen Gespannführer errichteten schnell ein Zelt und holten unter dem Schnee Krummholzzweige hervor. Über einem Lagerfeuer summte bald der Teekessel. Sie fütterten die Hunde und aßen selbst vom Kopalchen. Was immer die Russen über den schlechten Geruch von eingesäuertem Walrossfleisch sagten, es gibt nichts Angenehmeres, als die von einer Speckschicht und grünlich gewordenem Fleisch durchzogene, leicht gefrorene Walrosshaut dünn aufzuschneiden. Auf der Zunge spürt man ein leichtes Prickeln, das Fleisch taut und füllt allmählich den Magen mit dem Gefühl schwerer, viele Stunden anhaltender Sättigung. Hat man dann starken, kräftigen Tee getrunken, denkt man mit Bedauern und Mitgefühl an jene, die die Seligkeit eines gemächlichen Mahls nach langer Reise und unter freiem Himmel in den Weiten der Tundra noch nie erfahren haben. Mit gutem Gewissen kann man sich zuletzt im Fellschlafsack zur Ruhe legen. Damit es ihm wärmer war, schlief Atata zwischen den treuen Gespannführern. Er besaß zwar einen größeren Vorrat an Sprit, aber nie erlaubte er sich selbst oder den Gespannführern, bei einer Übernachtung in der offenen Tundra auch nur einen Schluck zu trinken. Etwas anderes war es in der Jaranga. Wenn alles gut ging, würden sie nach Atatas Berechnungen gegen Ende des vierten Tages die Herde und das Lager von Rinto erreicht haben.

Wie Atata erwartet hatte, wurden gegen Ende des vierten Tages die Hunde lebhafter, und schon bald fuhren die Schlitten über Schnee, der von Hufen aufgewühlt und mit den schwarzen Nüssen von Rentierkot vermischt war.

Er spürte, wie in ihm Jagdleidenschaft erwachte. In seiner Jugend hatte er im Eis unweit vom Kap Kiwak Eisbären gejagt. Als er im Eis zum ersten Mal ein gelbliches Tier entdeckte, spürte er, wie in ihm ein neues Gefühl aufkam, das Fieber der Verfolgung, das jeden echten arktischen Jäger beherrscht. Auch jetzt, während er mit dem Schlitten der Spur folgte, trieb er die Hunde ungeduldig an, schrie auf sie ein.

Die Jarangas des Lagers standen am Eingang eines engen Tals, nur wenig von gefährlich überhängenden Schneewechten entfernt. Die tief stehende Sonne beleuchtete grell die Behausungen, die an die Wand gelehnten Schlitten, die schweigend davor stehenden Menschen. Von weitem war schwer auszumachen, ob es Männer oder Frauen waren. Atata verteilte Waffen an die Gespannführer, befahl aber streng, nur auf Kommando zu schießen.

Er setzte sich an die Spitze seiner Karawane und näherte sich, während er die Hunde zurückhielt, als erster den Jarangas. Das Lager lag so, dass man beim Heranfahren zwangsläufig einen hohen und steilen schneebedeckten Felsen passieren musste. Würde sich der riesige Schneehang zufällig losreißen, wäre ein Unglück nicht zu vermeiden: Man würde so zugeschüttet, dass dieser Ort für immer zum Grab werden könnte.

Schon konnten sie zwei Frauen und einen Mann unterscheiden. Welche mochte wohl Anna Odinzowa sein? Oder war sie nicht unter den Wartenden? Doch, da war sie. Größer noch als Rinto, der Herr des Lagers. Von einer richtigen Tschautschu-Frau war sie kaum noch zu unterscheiden.

»Amyn ettyk!«, grüßte Rinto schon von fern den sich nähernden Gast.

»Ii«, antwortete Atata, bemüht, sein triumphierendes Lächeln zu unterdrücken. »Da habe ich dich also eingeholt.«

»Dein Glück«, bemerkte Rinto.

Atata führte sein Gespann bis dicht an die Jaranga heran und rammte den Ostol tief in den dichten Schnee, damit die Hunde den Schlitten nicht losreißen konnten. Jetzt erkannte er Anna Odinzowa. Er zog seine verschwitzte, heiße Hand aus dem Renfell-Fäustling und streckte sie ihr entgegen, um sie auf Tangitan-Art zu begrüßen. »Guten Tag, Anna«, sagte er, leicht verlegen, »leider weiß ich nicht Ihren Vatersnamen.«

»Nikolajewna«, half sie ihm, reichte ihm aber nicht die Hand, sondern sagte auf Tschuktschisch: »Amyn ettyk!«

Rinto begrüßte die übrigen Ankömmlinge und zeigte ihnen, wo sie die Hunde anleinen konnten. Er verhielt sich so, wie es einem Hausherrn ziemt, der Gäste empfängt und dem Reisenden jegliche Hilfe zukommen lässt. Er erkundigte sich, ob sie genügend Futter hätten. Atata erwiderte, Futter hätten sie genug, aber schlafen würde er im Zelt zusammen mit seinen Gespannführern. »Ich fürchte dich nicht«, sagte er zu Rinto, »aber so wird es für mich und auch für dich besser sein.«

»Du weißt, dass dir jede Jaranga zur Verfügung steht«, antwortete Rinto würdevoll. »Wenn du aber im Zelt wohnen willst, ist das deine Sache. Trotzdem denke ich, dass du ein Abendessen in meiner Behausung nicht ausschlagen wirst.«

Die Unterhaltung zwischen dem Gast und dem Gastgeber verriet Gespanntheit, doch beide bemühten sich um Selbstbeherrschung, und es sah ganz so aus, als stünde nichts zwischen ihnen – als sei ein Gast wie jeder andere ins Lager gekommen.

Anna Odinzowa bereitete die Speisen vor. Ihr halfen Welwune und Katja.

Höflich erkundigte sich Atata: »Haben Sie sich an die Jaranga gewöhnt?«

»Ich musste mich nicht gewöhnen«, erwiderte Anna Odinzowa. »Ich wollte es.«

Atata wurde nachdenklich. In dieser Situation wollte er nichts weniger als einen Streit beginnen. Ihr Verhalten, ihre Reden ließen erkennen, dass sie eine kluge Frau war.

»Denkst du, mir macht es Spaß, mich mit dieser Arbeit, mit der Entkulakisierung zu befassen?«

Anna Odinzowa lachte auf. »Mir scheint, dir gefällt das. Es gefällt dir, ein großer Chef zu sein, vor allem hilflosen, in die Ecke getriebenen Leuten gegenüber.«

Ja, Anna Odinzowa war scharfsinnig! Mit ihr musste er vorsichtig umgehen, er durfte nicht vertraulich um Mitgefühl werben.

Inzwischen kehrte Rinto von der Herde zurück, brachte auf den Schultern ein gehäutetes Ren. »Warum kommst du allein?«, fragte Atata streng.

»Die Söhne können die Herde nicht verlassen. Die Renkühe haben kürzlich gekalbt.«

Atata ließ die Gespannführer eigene Lebensmittel, Tee und Zucker holen, ging aber selbst zu seinem Schlitten, um aus dem Spritkanister eine Flasche abzufüllen. Er verlangte Wasser, verdünnte das Getränk und bot davon zuerst dem Hausherrn an. Rinto nahm den Becher entgegen und trank einen Schluck. Alle, die sich in der Jaranga befanden, sogar Katja, tranken einen Schluck, nur Anna Odinzowa lehnte ab.

»Ich weiß ja«, sagte Atata lächelnd, »die Tangitan-Frauen lieben süßen Rotwein. Vielleicht hast du bald Gelegenheit, welchen zu trinken.«

Das Gespräch kam mühsam in Gang, und zeitweilig versank der Tschottagin in Schweigen, dann waren nur das Krachen trockener Äste im rauchenden Lagerfeuer und das Schmatzen Atatas zu hören, der mit Vergnügen das frische Renfleisch verschlang. Für den Küstenbewohner war Renfleisch immer ein Leckerbissen, nicht grundlos war es die beste Opfergabe, wenn es darum ging, die Götter zu besänftigen.

»Nun ist Schluss mit deinem Wirtschaften in der Tundra«, sagte der sichtlich berauschte Atata zu Rinto. »Bald wirst du dich von deinen Rentieren trennen müssen.«

Obwohl Rinto einen kräftigen Schluck aus dem Becher genommen hatte, war sein Kopf klar geblieben, nur das Herz klopfte schneller, sprengte fast die Brust. »Was geschieht denn mit ihnen?«, fragte er, mühsam die Worte herausquetschend.

»Deine Rentiere werden Kolchosbesitz, Bestandteil der großen vergesellschafteten Herde des Uëlener Kolchos ›Morgenrot‹«.

»Zum Uëlener Kolchos gehören aber ausschließlich Jäger«, erinnerte Rinto.

»Jetzt werden wir gemischte Wirtschaften schaffen«, erklärte Atata. »Im Winter sind die Jäger wenig beschäftigt, da werden sie die Rentiere hüten.«

»Das haben sie nie getan, sie können es auch nicht.«

»Sie werden es lernen! Ich habe doch auch nichts gekonnt, war ein unwissender, ungebildeter Eskimo. Und was ist aus mir geworden! Ein Hauptmann des Ministeriums für Staatssicherheit! Bald werde ich Major! Hast du je gehört, dass es einen Major aus dem Volk der Tschuktschen oder Eskimos gegeben hätte!« Das sagte Atata eher für Anna Odinzowa als für Rinto.

Anna Odinzowa, die bis dahin geschwiegen hatte, erkundigte sich: »Kannst du großer Chef erklären, wozu es gut sein soll, sich an Leuten zu vergreifen, die niemandem Schlechtes getan haben?«

»Wieso haben sie nichts getan?«, wunderte sich Atata aufrichtig. »Sie sind doch vor der Sowjetmacht davongelaufen!«

»Sie wollten ihr Leben retten, ihre Rentiere, sie wollten so leben, wie sie früher gelebt haben.«

»Wenn Rinto mit seiner Herde nicht mit dem Sowjetvolk

geht, dann ist er gegen uns! Deshalb behandeln wir ihn wie einen Volksfeind!«

»Verhaftet ihr ihn?«

»Er ist faktisch schon verhaftet.«

»Und wenn er sich nicht fügt?«

»Ich bin befugt, die Waffe einzusetzen.«

»Kannst du wirklich so mir nichts, dir nichts einen Menschen töten?«

»Wenn der Feind sich nicht ergibt, wird er vernichtet! Ich führe einen Auftrag der Partei, der Sowjetregierung und des Genossen Stalin persönlich aus.«

»Ihr verhaftet ihn, und was geschieht dann mit ihm?«

»Ihm wird der Prozess gemacht! Manchmal wird einer zur Erschießung verurteilt, manchmal zum Lager.« Er wollte noch von Arento erzählen, unterließ es aber: Dessen Tod war eher seine Niederlage als sein Sieg.

»Ich kann euch alle nicht verstehen. Warum sperrt ihr euch gegen das neue Leben? Auch die Tschuktschen und Eskimos sollen so leben wie die anderen Völker unseres Landes. Sie sollen gebildet und kultiviert sein. Dein Sohn Tanat hat die Schule besucht. Ich weiß sogar, dass er seine Ausbildung fortsetzen wollte. In deinem Nomadenlager hat der Lehrer Lew Wassiljewitsch Belikow gearbeitet. Man konnte denken, du wärst ein fortschrittlicher Mensch. Es gab sogar Überlegungen, dich zum Vorsitzenden eines Tundra-Kolchos zu machen. Viele sind für dich eingetreten. Aber bei der erstbesten Gelegenheit bist du vor der Sowjetmacht davongelaufen, so weit wie möglich. Wünschst du deinem Volk wirklich nicht Gutes? Willst du wirklich, dass deine Kinder und Enkel weiterhin in dunklen, schmutzigen Jarangas wohnen, dass sie den betrügerischen Schamanen glauben, sich nicht im Bad waschen, nicht lesen und schreiben können? Die Sowjetmacht gibt unserem Volk nicht wenig. Ich zum Beispiel bin Hauptmann geworden, mein Freund Tymnet ist Flieger, andere Uëlener – Otke und Tukkai – sind große Chefs. Otke sitzt im Obersten Sowjet, jedes Jahr sieht er den großen Stalin!«

Rinto hörte sich schweigend Atatas Reden an, die immer lauter wurden. Mit ihm zu streiten war sinnlos. Rinto verstand, dass die Abkehr vom alten Leben und von den eigenen Rentieren bedeutet hätte, sich selbst, seinem Leben den Rücken zuzukehren. Aber nur Selbstmörder verlassen freiwillig das Leben. Rinto wollte keiner sein. Er liebte das Leben, diese Erde, seine Verwandten und Freunde. Von dieser Erde konnte man ihn nur mit Gewalt losreißen.

»Wer uns in die Vergangenheit zurückzieht, muss verschwinden«, setzte Atata seine Rede fort. »Das ist unsere Aufgabe, die Aufgabe des Ministeriums für Staatssicherheit, das vom treuen Mitstreiter und Landsmann des großen Stalin, Lawrenti Pawlowitsch Berija, geleitet wird. Im ganzen Land findet diese Arbeit statt. Der Krieg gegen den Faschismus hat die Vollendung dieser großen Aufgabe verhindert. Im ganzen Land sind spezielle Lager für die Volksfeinde errichtet worden. Dort verbüßen nicht nur die Kulaken aus Tschukotka, sondern aus dem ganzen Land ihre Strafe – aus der Ukraine, aus Belorussland, aus Kasachstan, Kirgisien, Georgien, Estland, Lettland, aus allen Unionsrepubliken.«

Die eigene Rede schläferte Atata ein. Er schloss die Augen, fiel mitunter sogar zur Seite. Bald verstummte er völlig und begann zu schnarchen. Seine treuen Helfer, die Gespannführer, hoben ihren Chef auf und trugen ihn behutsam in das Zelt, das sie neben der Jaranga errichtet hatten.

Rinto verließ die Jaranga und machte Anna Odinzowa ein Zeichen, mit herauszukommen. »Was hast du beschlossen?«, fragte Anna.

»Ich habe einen Plan.« Rinto entfernte sich langsam, und Anna folgte ihm mit den Augen. Dann kehrte sie in die Jaranga zurück. Aus dem Zelt scholl das laute Schnarchen des betrunkenen Atata und seiner Gespannführer.

In der Jaranga legte sich niemand schlafen. Aus der Nachbar-Jaranga kamen die Frauen und die Kinder. Schweigend saßen sie um das Feuer. Als erste unterbrach Katja das Schweigen. »Was geschieht mit uns? Wird man uns wirklich in den Kolchos treiben?«

»Wenn wir fügsam sind wie Kälber, werden wir dort enden«, sagte hart Anna.

»Sie sind doch bewaffnet«, hielt ihr Katja entgegen.

»Sie sind nur zu dritt«, sagte Anna, »wie viele sind dagegen wir!«

»Männer gibt es bei uns auch nur drei«, meldete sich Welwune.

»Je nachdem, wie man zählt«, bemerkte Anna. »Erstens sind bei uns mehr Männer, wenn wir Turtil mitzählen. Und zweitens sind wir, die Frauen, nicht schwächer als manche Männer.«

Rinto erreichte die Herde und teilte den Söhnen seinen Entschluss mit. »Wir werden die Rentiere nicht hergeben«, sagte er entschieden. »Treibt die Herde jetzt auf die Hochebene. Wenn es sein muss, sollen sie mich gefangen nehmen.«

»Wenn sie dich gefangen nehmen, wer wird dann der Älteste im Lager sein?«, fragte Roltyt.

»Älteste im Lager wird Anna sein«, erklärte Rinto mit fester Stimme. »Ich weiß, das wird nicht jedem gefallen, aber so muss es sein. Sie weiß jetzt viel über unser Leben, kann alle Rituale vollziehen, was aber das Weiden der Rentiere betrifft, die Auswahl der Weideplätze, damit kennt sich Roltyt gut aus.«

»Vielleicht gelingt es uns aber noch, uns freizukämpfen?«, schlug Roltyt zaghaft vor. In einem kleinen Zelt verwahrten die Hirten zwei Schusswaffen – eine alte amerikanische Winchester und eine Schrotflinte Kaliber 16, um Wölfe zu verjagen.

»Freikämpfen könnten wir uns schon«, erwiderte Rinto nachdenklich. »Aber die Tschuktschen schießen schon lange nicht mehr auf Menschen. Wir wollen kein Menschenblut vergießen. Außerdem – so und so wird man uns dafür zur Rechenschaft ziehen. Die Rache der Obrigkeit wird grausam sein, nicht umsonst haben sie vier Jahre Krieg geführt.«

Rinto trat nacheinander an jeden der Söhne heran und rieb seine Wange an der ihren.

Beide Söhne blieben unbeweglich stehen, bis die Gestalt des Vaters hinter einem Felsvorsprung verschwunden war.

Längst war Mitternacht vorüber. Bald musste die Frühlingssonne aufgehen. Doch der Schnee bewahrte noch seine nächtliche Kruste und splitterte krachend unter den Füßen. Die Gäste schliefen noch. Rinto musste daran denken, dass ein schlafender Mensch gegen Morgen zu schnarchen aufhört – offenbar bereitet er sich darauf vor zu erwachen. In der Jaranga knisterte schon das offene Feuer, und der Qualm stieg zur Öffnung für den Rauchabzug auf.

In der Stille des Frühlingsmorgens, unter einer blau überhängenden Schneewechte, fasste Rinto Anna Odinzowa am Ärmel ihres Kherkers und sagte langsam: »Die große Stunde der Prüfung ist für uns angebrochen. Vor allem möchte ich mich bei dir entschuldigen, dass es mir nicht gelungen ist, dir in der Tundra ein ruhiges und friedliches Leben zu ermöglichen. Offenbar wird es für unser Volk solche Tage nicht mehr geben. Meinen Söhnen habe ich schon mitgeteilt, dass ich beschlossen habe, mich zu opfern. Sollen sie mich wegbringen, verurteilen, erschießen, aber euch in Ruhe lassen. Ich hoffe, dass ich mich mit Atata einigen kann. Schließlich ist er unser Landsmann, wenn auch aus einem anderen Stamm. Meinen Söhnen habe ich auch gesagt, dass du an meiner statt die Älteste im Lager sein wirst. Sie werden verständig genug sein, um dir zu gehorchen, du aber bist stark und klug, wirst mit ihnen zurechtkommen.«

»Ich bin nicht überzeugt, dass ich es schaffe«, antwortete Anna Odinzowa betroffen. »Ich bin eine Frau.«

»Großmutter Giwewnëu war auch eine Frau. Dennoch hat sie uns großgezogen und das Lager, unsere Herde bewahrt.«

Die Zeltplane bewegte sich, und aus dem Zelt kroch Gatle, der sich mit der Rückseite des Renfell-Fäustlings die Augen rieb. Dann kam der Gespannführer Ipek heraus, und nach ihnen erschien Atata selbst. Alle drei stellten sich nebeneinander hinter dem Zelt auf und berieselten hörbar den Schnee, wobei sie laut ihre Darmwinde fahren ließen.

Atata verknotete die Schnur an seiner Fellhose und beorderte mit einer Kopfbewegung Rinto herbei: »Wir trinken jetzt Tee und besprechen das Nötige. Der Umzug nach Uëlen geht los.«

Äußerlich wirkte Rinto keineswegs bedrückt. Nachdem er die endgültige Entscheidung getroffen hatte, fühlte er sich beruhigt, er wusste nun, was zu tun war und was ihn erwartete.

Beim morgendlichen Teetrinken, das mit dem vielen Fleisch, Leckerbissen wie der Prerem-Wurst und dem Knochenmark von Rentierläufen, gesäuerten Kräutern und sogar zerkleinerten Zuckerstücken einem Festmahl glich, verhielt sich Rinto wie ein freundlicher Hausherr, der einen teuren Gast empfängt. Atata aber blickte finster und mürrisch drein, obgleich er sich mit hartem körnigem Schnee gewaschen hatte. Er fühlte sich von der Trinkerei am Vorabend benommen und schwer. Gegen diesen Zustand hätte ein wenig Alkohol geholfen, das wusste er von den Russen. Doch Atata empfand an diesem Morgen einen solchen Widerwillen gegen Alkohol, dass er lieber duldete und litt, als das üble fröhlich stimmende Wasser auch nur zu riechen.

Er nahm einen großen Schluck starken Tee und fragte Rinto: »Wie viel Zeit brauchst du, damit wir aufbrechen können?«

»Ich bin sofort bereit.«

»Und deine Leute, die Rentierherde?«

»Ich habe beschlossen, allein mit dir aufzubrechen. Die Leute sollen dableiben. Mit mir könnt ihr machen, was ihr wollt, meine Angehörigen aber lasst bitte in Ruhe.«

Atata betrachtete einige Zeit schweigend und prüfend Rintos undurchdringliches Gesicht, versuchte das soeben Gehörte zu verarbeiten. »Du hast es so beschlossen?« Atatas Stimme klang Unheil verheißend.

»Ja, dies ist meine Entscheidung«, antwortete Rinto ruhig.

»Hast du lange darüber nachgedacht?«

»Ich habe die ganze Nacht nicht geschlafen.«

»Das war unnütz. Du hättest ruhig schlafen können. Du hast nämlich kein Recht, irgendwelche Entscheidungen zu treffen. Das haben längst unser großer Führer Jossif Wissarionowitsch Stalin, das Zentralkomitee der Partei der Bolschewiki und die Sowjetregierung gemacht!« Je länger Atata sprach, desto lauter, gellender wurde seine Stimme, zuletzt schrie er schon.

Tutril wachte auf und fing an zu weinen.

»Schrei nicht!«, ließ sich plötzlich Anna Odinzowa hören. »Warum hebst du die Stimme in einer fremden Wohnstatt?

Und warum berufst du dich auf Stalin? Hat er dich etwa persönlich gebeten, so mit den Menschen umzugehen?«

Das hatte Atata nicht erwartet, er verstummte. Rinto nutzte die Pause. »Ich stelle mich freiwillig und bewusst als Geisel. Bringt mich, wohin ihr wollt. Wozu braucht ihr meine Söhne, die Frauen und kleine Kinder?«

Doch Atata hatte sich wieder gefangen. »Es geschieht so, wie ich gesagt habe. Wer nicht gehorcht, wird auf der Stelle erschossen! Wir brechen alle nach Uëlen auf.«

»Ich komme nicht mit!«, erklärte plötzlich Anna Odinzowa. »Ich habe einen Forschungsauftrag.«

»Was dich betrifft«, sagte langsam Atata, »da gibt es einen Geheimbefehl der Organe.«

»Zeig her«, verlangte Anna Odinzowa.

»Das ist ein mündlicher Geheimbefehl.« Er hatte nicht erwartet, dass Anna Odinzowa so widerspenstig sein könnte.

»Du bist ein Mensch aus unserem Land, aus einem uns nahe stehenden Volk«, setzte Rinto langsam und ruhig zu einer Rede an. »Niemand von den hohen Chefs kennt unser Leben so gut. Und du musst verstehen: Welchen Sinn macht es für dich, alle nach Uëlen zu schleppen? Sollen sie doch hier bleiben. Sobald die Kälber zu Kräften gekommen sind, werden sie zur Küste ziehen, auf Uëlen zu, wie das immer Brauch war.«

»Du hast uns schon einmal betrogen«, sagte Atata spöttisch. »Wenn es nur um mich persönlich ginge, gut und schön. Aber wie sollte ich als Bolschewik zulassen, dass du die Partei ein zweites Mal reinlegst? Wenn du nicht willst, dass es unnützes Blutvergießen gibt und jemand früher als nötig das Leben verliert, geh zur Herde und jage sie gemeinsam mit den Söhnen hierher, die anderen aber sollen sich inzwischen auf den Umzug nach Uëlen vorbereiten.«

Rinto blickte auf Anna Odinzowa. So schaut ein Rentier, das dazu verurteilt ist, abgestochen zu werden, und versteht, dass es das Sonnenlicht die längste Zeit gesehen hat. Er wartete offensichtlich darauf, was sie sagen würde.

»Gut«, sagte Anna Odinzowa, für alle unerwartet, versöhnlich. »Ziehen wir nach Uëlen. Ich hoffe, mich dort mit richtigen, großen Chefs treffen zu können und sie davon zu überzeugen, dass du, Rinto, ganz und gar kein Kulak bist.«

»Sag noch, dass er auch kein Schamane ist!«, spottete Atata mit einer Grimasse.

»Da steht dir kein Urteil zu!«, erklärte sie streng.

Sie brauchten keinen ganzen Tag, um die Jarangas abzubauen, alles Hab und Gut auf die Lastschlitten zu laden und die Zugtiere einzuspannen.

Die Gespannführer und Atata beobachteten schweigend die Vorbereitungen. Vor dem Abmarsch band Atata Rinto und Tanat die Hände zusammen und setzte sie getrennt auf die Schlitten von Gatle und Ipek. Er trat auch an Anna Odinzowa mit einem Riemen heran, zögerte aber und sagte heiser: »Na schön. Dir werde ich die Hände nicht fesseln, aber du kommst auf meinen Schlitten. Wir fahren so: an der Spitze wir, dahinter Gatle mit Rinto, dann Ipek mit Tanat und zuletzt die übrige Karawane. Den Schlitten folgt die Rentierherde. Bleib nicht zurück, Roltyt. Wenn du zurückbleibst, wirst du als Kulaken-Handlanger zur Rechenschaft gezogen und verbringst den Rest des Lebens in einem finsteren Haus.«

Erschrocken nickte Roltyt.

Die Hunde witterten die Rentiere, heulten und versuchten, sich aus den Strangriemen loszureißen. Es kostete viel Mühe, sie zurückzuhalten. Gatle riet, sich vom Rest der Karawane etwas weiter zu entfernen. Schließlich ertönten die letzten Anordnungen, und sie setzten sich in Bewegung.

Schon passierte der erste Schlitten mit Atata und Anna Odinzowa die überhängende Schneewechte, dann der zweite Gespannführer mit Tanat. Anna in ihrem Fell-Kherker saß mit dem Rücken in Fahrtrichtung und beobachtete die Frauen des Lagers, die die Zugtiere der schwer mit Hausrat und Kindern beladenen Schlitten führten.

Ihr schien, jemand habe einen Schuss abgefeuert. Vielleicht hatte auch der Gespannführer Gatle laut mit der Peitsche geknallt.

Zunächst spürte Anna Odinzowa einen leichten Windhauch, der sich aber augenblicklich in einen mächtigen Windstoß verwandelte.

»Eine Lawine!«, rief Rinto.

Doch sein Schrei wurde von zunehmendem Tosen verschlungen, und alles ringsum verschwand in einem weißen Schleier, als habe sich unerwartet ein Schneesturm erhoben. Die dichte Schneewolke verdunkelte sogar das Sonnenlicht. Das Getöse und der Wind, die von der herabgestürzten Lawine ausgelöst worden waren, erstickten die menschlichen Schreie, das Bellen und Winseln der Hunde.

Katja ging vor dem beladenen Schlitten, auf dem Tutril saß. Die Luftwoge warf sie zu Boden, doch die Schneelawine rollte im Abstand einer Armlänge vorbei. Sie stand auf und versuchte, in dem weißen Wirbel etwas zu erkennen, aber es dauerte noch lange, ehe sich der Schneeschleier wieder legte.

Zunächst trat Stille ein. Die Frauen und Kinder schauten wie erstarrt drein: Statt der Hundegespanne, die vor ihnen gefahren waren, hatten sich dort Schneeberge gebildet, aus denen kein Laut drang.

Erst als sich der aufgewirbelte Schnee, der die Lastschlitten, die vorgespannten Rentiere, die Kinder, das Gepäck, die neben den Schlitten gehenden Frauen bestäubte, völlig gelegt hatte, schrie Katja auf und stürzte, bis zur Brust in lockerem Schnee versinkend, nach vorn. Fieberhaft suchte sie mit Füßen und bloßen Händen den Schnee wegzuschieben, die von der Lawine Verschütteten auszugraben, doch es gelang ihr nicht, die Schneemasse war zu groß, der nasse Schnee zu schwer. Zusammen mit Katja hatten sich auch die anderen Frauen nach vorn gestürzt. Mitunter unterbrachen sie plötzlich die Arbeit, horchten in die unheilvolle, weiße Stille hinein und begannen wieder im Schnee zu wühlen. Sie achteten nicht darauf, dass sie die Finger blutig kratzten.

Aus dem Hausrat zogen sie auf Stiele gesetzte Walschulterblätter und begannen damit den Schnee zu räumen. Katja hatte schon eine Höhle gegraben, die ihr über den Kopf reichte. Welwune trat hinzu und sagte leise: »Sie sind im Schnee erstickt.«

»Trotzdem müssen wir sie ausgraben.«

Plötzlich hörten sie ein menschliches Stöhnen. Es kam vom anderen Ende der Lawine. Beide Frauen liefen dorthin. Aus dem Schnee ragte ein schneebestäubter grauer Kopf – schrecklich anzusehen, mit verkrustetem Blut an beiden Seiten des weit aufgerissenen Mundes. Es war Anna Odinzowa. Sie gruben sie aus und legten sie vorsichtig in den Schnee. Die Frau war bewusstlos, stöhnte aber laut.

»Da, noch ein Kopf!«, rief Katja.

Das war Atata. Er schnappte gierig nach Luft, aus den heraustretenden Augen rannen große trübe Tränen. Sie gruben auch ihn aus, legten ihn neben Anna Odinzowa und gruben mit neuer Hoffnung weiter im Schnee.

Viel Zeit verging, ehe es ihnen gelungen war, den schon reglosen Tanat und seinen Gespannführer Ipek auszugraben.

Als sie Rinto und Gatle fanden, verschwand die Sonne bereits hinter dem Horizont.

Anna Odinzowa erhob sich und trat an den liegenden Atata heran. Sie berührte sein schneeüberstäubtes graues Gesicht mit der Stiefelspitze und sagte: »Ich könnte dich erschießen und in den Schneehaufen zurückschieben. Aber ich hoffe, du begreifst, dass dies eine Warnung von Oben ist.«

»Mir scheint, ich habe mir ein Bein gebrochen«, stöhnte Atata. Sein Bein war tatsächlich unnatürlich zur Seite gedreht.

»Du lebst aber«, sagte sie mit leidenschaftsloser Stimme.

Roltyt kam hinzu. Sein Gesicht war vor Zorn und Schmerz verzerrt. Anna merkte nicht sofort, dass er die Winchester in der Hand hielt. Im letzten Augenblick gelang es ihr, sich so herumzudrehen, dass sie den Gewehrlauf packen konnte, und schon spürte sie eine heiße Berührung, als habe jemand ihre rechte Hüfte mit einem glühenden Draht gestreift. Zunächst fühlte sie nicht einmal Schmerz, aber sie merkte, wie das Fell nass wurde, und auf den weißen Schnee tropfte Blut, wo es einen tiefen dunklen Trichter bildete. Roltyt rannte davon, stieß Verwünschungen aus und heulte wie ein hungriger Wolf, den man von der Herde wegjagt.

Atata blickte auf Anna Odinzowa, und sie hörte seine heisere Stimme: »Danke. Du hast mir das Leben gerettet.« Vor Schmerz das Gesicht verziehend, knöpfte er die Pistolentasche samt Pistole vom Gürtel und reichte sie Anna Odinzowa.

Zwei Tage brauchten sie, um die übrigen Verschütteten auszugraben und zu beerdigen. Anna Odinzowas Wunde war nicht gefährlich: ein tief ins Fleisch gegangener Streifschuss. Sie hinkte ein wenig, vollzog aber alle erforderlichen Rituale, brachte Opfergaben dar und sagte zu Roltyt: »Geh zur Herde, und treibe die Rentiere zusammen.«

14

Atatas Bein verheilte nicht ordentlich. Er hinkte beim Gehen und musste sich auf einen Stock stützen. Einmal fragte er Anna Odinzowa: »Was wirst du mit mir machen?«

»Du musst weggehen«, antwortete sie. »Aber erst musst du versprechen, dass du unser Lager nie wieder verfolgen wirst.«

»Das kann ich nicht versprechen.«

»Warum?«

»Ich habe der Partei und der sowjetischen Regierung einen Schwur geleistet, und über sie dem großen Stalin. Ein echter Bolschewik stirbt lieber, als dass er seine Partei verrät.«

»Dann musst du eben sterben«, sagte Anna Odinzowa ruhig.

Atata zuckte zusammen. »Sterben?«

»Ja.«

»Aber wer wird mich töten?«

»Du wirst dich selber töten. Und wenn du die Kraft nicht aufbringst, werden wir dir helfen, wie du meinem Mann und Schwiegervater geholfen hast, aus dem Leben zu gehen.«

»Ich bin aber nicht schuldig!«, rief Atata.

»Und wenn es nur Übermut war – von deinem Schuss hat sich die Schneelawine gelöst. Du stammst von hier und musst wissen, dass dies geschehen kann. Solche gefährlichen Stellen muss man in völliger Stille passieren.«

Atata kannte von seinen langen Reisen durch die Tundra die Tücke von Schneelawinen. Aber er selbst war noch nie unter eine geraten, und so hatte er ihnen keine besondere Aufmerksamkeit geschenkt. Wer konnte ahnen, dass sich von dem schwachen Schuss eines Nagant eine so gewaltige

Schneemasse losreißen und so viele Menschen und Hunde unter sich begraben würde? Wären sie in der Mitte der Karawane gefahren, wie er es früher getan hatte, wäre er jetzt nicht mehr am Leben.

Atata hatten sie einstweilen allein untergebracht, im zweiten Polog der Haupt-Jaranga, und wenn er nachts wach wurde, versuchte er den Atem von Anna Odinzowa zu hören und stellte sich vor, sie läge neben ihm. Er hatte es nicht eilig, das Lager zu verlassen, das sich langsam auf die Küste des Eismeers zu bewegte, zu den alten Sommerweiden – dorthin, wohin sich auch Atata begeben musste.

Der Schnee war fast überall getaut. Die unheilvolle Felsschlucht lag weit hinter ihnen, und bisweilen mussten sie einige Tage warten, bis ein vom Frühlingshochwasser angeschwollenes Flüsschen wieder in seinen Lauf zurückkehrte und die Rentiere die Furt überqueren konnten. Etliche Male überflog ein Flugzeug das Lager, bisweilen so tief, dass es fast die Spitzen der Wohnstätten streifte. Atata wedelte mit seinem alten, zerrissenen Hemd und schrie: »Tymnet! Hier bin ich!«

Da er nach der Unterhaltung mit Anna Odinzowa um sein Leben bangte, verlangte er seinen Nagant zurück, stieß aber auf Ablehnung. »Ohne Waffe wirst du in unserem Lager niemanden bedrohen.«

»Du bist also die Herrin des Lagers geworden«, sagte Atata spöttisch. »Die Besitzerin der größten Rentierherde auf der Tschuktschen-Halbinsel. Auf diese Weise wirst du für das sowjetische Volk automatisch zur Klassenfremden.«

»Ich bin nicht von selbst zum Haupt des Lagers geworden«, antwortete Anna Odinzowa ruhig. »Die Umstände haben es so ergeben, und es war Rintos Wille.«

»Wann hat er die Zeit gefunden, dir das zu sagen? Er ist doch unerwartet ums Leben gekommen.«

»Er wusste, dass er nicht zurückkommt. Noch nie ist ein von der sowjetischen Obrigkeit aufgegriffener Rentierzüchter zurückgekehrt. Er hat aber an Barmherzigkeit, an das Verständnis seines Landsmanns geglaubt und gehofft, du würdest dich mit seiner Verhaftung begnügen. Das wissen alle im Lager. Vor allem aber, Rinto hat mir seine Kenntnisse weitergegeben.«

Atata lachte laut auf. »Du bist auch noch eine Schamanin geworden! Das heißt, du bist ein doppelter Klassenfeind. Wenn der Feind sich nicht ergibt, wird er vernichtet.«

»Solltest du das auch nur versuchen, muss ich dich töten«, sagte Anna Odinzowa ruhig, und Atata fühlte, das waren keine leeren Worte. Für ihn ging von dieser Frau Todeskälte aus. Die tierische Angst aber, das Entsetzen vor dem nahen Tod, das er unlängst unter der Schneelawine empfunden hatte, vermischte sich eigenartig mit wachsender fleischlicher Begierde. Er beeilte sich, das für ihn gefährliche Gespräch zu beenden.

Tagelang beobachtete er das Leben im Lager. Manchmal ging er, um sich zu beschäftigen, am Ufer von Flüssen und Seen Weidenzweige für das Feuer sammeln, auch versuchte er, zusammen mit Anna Odinzowa, die von Zeit zu Zeit Roltyt ablöste, die Herde zu hüten.

Der Sommer veränderte die Tundra immer mehr, beseitigte die letzten Schneereste. Schon konnte man sich nur schwer vorstellen, dass all diese grünen, mit Sträuchern bewachsenen Ufer, die farbenfrohen Berghänge, die Graswiesen in den Niederungen noch vor kurzem unter einer dicken Schicht von tiefgefrorenem, von der Kälte ausgetrocknetem Schnee gelegen hatten. An den Ufern der Gewässer und im Polarbirken-Gestrüpp brodelte das Leben: Riesige Vogelschwärme machten auf Futtersuche Halt, viele blieben, um Nester zu bauen, erschreckten bisweilen den einsamen Reisenden, wenn sie zu seinen Füßen aufflogen.

Auch im heimatlichen Unasik pflegten riesige Entenschwärme, die vom Festland auf die Polarinseln flogen, die Landzunge zu überqueren. Der Vogellärm überm Meer verstummte dann nicht mehr, manchmal verdunkelten die vielen Vögel sogar die Sonne. Vom Meer her drang das Grunzen der Walrosse, das dem der Rentiere glich, das Kreischen der Möwen und der gleichmäßige Atem der Brandung.

In Atatas Kopf überschlugen sich die Gedanken und Träumereien. Im Nomadenlager bleiben … Anna Odinzowa zur Frau nehmen, ein reicher Tschautschu werden … Er musste über sich selbst lächeln, denn ihm war sehr wohl bewusst, dass die Sowjetmacht ihn auch hier erreichen und zur Rechenschaft ziehen würde. Aber diese Vorstellung tat ihm wohl, ließ ihn die Wirklichkeit vergessen. Er sah sich selbst als Lagerältesten, als Ehemann der Hauptschamanin Anna Odinzowa. Nach altem Brauch würde er auch Katja mit Tutril zur Frau nehmen müssen, doch sie könnte auch Roltyt, dem älteren Bruder des Verunglückten, zufallen. Der hätte wohl nichts gegen eine zweite junge Frau einzuwenden. Atata und Anna Odinzowa könnten eigene Kinder bekommen. Schöne, kräftige, wie sie gewöhnlich aus der Vereinigung von Ortsansässigen mit Tangitan hervorgehen. Gewöhnlich war es allerdings so, dass Tangitan-Männer, die auf großen Schiffen kamen, nur befristete Verbindungen mit ortsansässigen Frauen eingingen. Sehr selten kam es vor, dass ein Tangitan eine Hiesige heiratete und hier blieb. Solche Familien gab es auf der Tschuktschen-Halbinsel nur zwei: die eines armlosen Norwegers mit Spitznamen Wolla und eine zweite des kürzlich verstorbenen Inguschen Dobrijew, eines erfolglosen Goldsuchers aus Alaska, der an dieses Ufer der Beringstraße übergewechselt war. Er hatte die schöne Tschulchena geheiratet, ein Eskimo-Mädchen aus Naukan, und ihr eine zahlreiche Nachkommenschaft von kräftigen und gesunden Jungen und Mädchen hinterlassen. Mit Anna Odinzowa würden die Kinder nicht schlechter geraten, davon war Atata überzeugt.

Gewöhnlich nahm er Frauen, auf die er ein Auge geworfen hatte, leicht – selbst wenn er sich für kurze Zeit in irgendeinem Nomadenlager oder einer Küstensiedlung aufhielt. Er spürte, dass er ihnen gefiel. Aber Anna Odinzowa schien in ihm überhaupt nicht den Mann zu sehen, und wenn ihre Augen sich trafen, erblickte er in den ihren nur Hass und Verachtung.

»Die Waffe kriegst du nicht zurück!«, erklärte sie fest und endgültig. »Die habe ich in den See geworfen.«

»Die Waffe gehört aber dem Staat, ich werde Ärger bekommen.«

»Das ist dein Problem.«

Insgeheim beobachtete er, wie sie ging und redete, wie sie ein geschlachtetes Rentier abzog, ein Fell bearbeitete, zuschnitt und nähte. Und in der Stille der hellen Nacht, wenn das ganze Lager für kurze Zeit verstummt war, klang in seinen Ohren ihre Stimme, ließ ihn keinen Schlaf finden. Atata spürte, dass er immer tiefer von diesem überraschend entstandenen Gefühl abhängig wurde.

Eines Tages fasste er sich ein Herz und sagte: »Du gefällst mir sehr.«

Anna Odinzowa schwieg.

»Ehrlich gesagt, du bist die Frau, von der ich mein Leben lang geträumt habe.«

Anna Odinzowa lachte spöttisch und sagte trocken: »Denk lieber daran, wie du unser Lager verlässt. Für uns ist ein so untätiger Mensch hier nur eine Last.« Natürlich war Atata wegen seines Hinkens keine Hilfe. »Nach altem Brauch könnte man einen derart nutzlosen Menschen erwürgen, und niemand würde deshalb etwas sagen.«

In der Tat: Diese Frau war wohl fähig, einen einfach zu erwürgen. Dieser Brauch war Atata bekannt. Vor etlichen Jahren hatten sie sogar einen Rentierzüchter verurteilt, weil er seine sieche alte Mutter mit einem Riemen erdrosselt hatte, angeblich auf ihre Bitte hin.

Aber Atata ließ sich nicht abweisen. »Manchmal träume ich, ich würde hier im Lager bleiben, würde meine Tschekisten-Karriere sausen lassen, wir würden heiraten und in Ruhe und Frieden leben. Würden Kinder aufziehen …«

»Und dein Kolchos?«

»Kein Problem«, sagte er. »Auch in der Tundra wären wir beide sowjetische Rentierzüchter, wir würden ein neues Leben aufbauen, die Politik der Partei in die Tat umsetzen … Denn alles würde beim Alten bleiben!«

»Du bist doch ein Bolschewik!«, sagte Anna Odinzowa spöttisch. »Ein eingefleischter Bolschewik. Wie willst du deinen Parteigenossen erklären, dass deine Frau eine Schamanin ist?«

»Du sagst dich los«, meinte Atata unsicher.

»Du weißt sehr wohl, wenn ein Mensch Schamane geworden ist, stirbt er auch als Schamane.«

»Du bist doch aber keine richtige. Man hat dich dazu gezwungen.«

»Nein, ich bin freiwillig Schamanin geworden«, sagte Anna Odinzowa laut. »Eine so echte, dass ich dich sogar ohne Waffe töten kann!« Anna Odinzowa hatte selbst nicht erwartet, dass sie solche Worte aussprechen könnte. Aber sie waren nun mal gesagt.

Nach dieser Unterhaltung begann Atata ihr aus dem Weg zu gehen. Obwohl er hinkte, entfernte er sich oft weit vom Lager.

»Katja muss nach unserem Brauch in meine Jaranga umziehen«, sagte Roltyt zu Anna.

»Wenn sie einverstanden ist, soll sie doch.«

Nach dem altem Brauch des Levirats hätte auch Anna in Roltyts, des ältesten im Lager verbliebenen Mannes, Wohnstatt wechseln müssen. Doch davon sprach er einstweilen noch nicht. Offenbar hatte er insgeheim beschlossen, nach und nach der einzige Mann für die drei Frauen zu werden. Außerdem war sich Roltyt nicht sicher, ob er eine Schamanin zu seiner Frau machen könne und ob sie sich diesem Gesetz unterwerfen würde.

Auf Annas Frage antwortete die junge Frau ergeben: »Was soll ich tun? Ich habe keine Wahl. Tutril aber braucht einen Vater, und ich selbst brauche noch einen Mann.«

Seltsam einfach lösten sich diese Probleme in der Tundra!

Je mehr sich die Herde Uëlen näherte, desto spürbarer blies der Wind vom Ozean, und die Mücken setzten Menschen und Tieren nicht mehr so viel zu.

Eines schönen Tages brach Atata auf – versorgt mit einem kleinen Proviantvorrat, humpelte er am Ufer der breiten Uëlener Lagune entlang. Höchstens zwei Tage würde er brauchen, um die Siedlung zu erreichen. Zu dieser Zeit herrschte klares und helles Wetter, die Sonne verbarg sich nur für einige Minuten hinterm Horizont und stieg dann erneut über der großen, hügeligen Tundra auf, um ihren langen Weg über den wolkenlosen sommerlichen Polarhimmel zurückzulegen. Zum Abschied sagte Atata zu Anna Odinzowa: »Ich kann nichts versprechen, will nur eins sagen – du hast für immer mein Herz erobert. Auch wenn du mein Gefühl nicht erwiderst, allein der Gedanke, dass es dich gibt, leuchtet wie eine kleine Sonne in meinem Herzen und wärmt es. Und sollte es mir nicht gelingen, dich zu erobern, werde ich eine Tangitan-Frau finden, die dir gleicht.«

Anna Odinzowa hörte schweigend Atatas Geständnis an, und obwohl sie davon überzeugt war, dass er zurückkommen würde, sowie der Schneeweg wieder befahrbar war, konnte sie nichts tun. Ihn als Gefangenen im Lager zu behalten bedeutete, noch größere Strafen seitens der Obrigkeit herauszufordern, die ohnehin die verschwundene Expedition suchen würde. Ihn zu töten, brachte sie nicht über sich, obwohl der verstorbene Rinto ihr wiederholt versichert hatte, dass das für sie jetzt keine so große Prüfung mehr sein würde. Atatas Bekenntnis verwirrte sie aber auch, und sie erwachte nachts von schwerem, süßem Verlangen – da hatte sie von Atata geträumt. Der Hass mischte sich mit einem wollüstig-sehnsuchtsvollen Gefühl, wie sie es ähnlich empfunden hatte, als Rinto, um sie zu prüfen, in sie eindrang.

Anna Odinzowa hatte Atata ein Jagdmesser gegeben für den Fall, dass er einem großen Raubtier begegnete. Doch um diese Zeit waren weder die Wölfe noch die in dieser Gegend seltenen Braunbären besonders aggressiv.

Für den Sommer bezog das Lager für einige Monate seinen alten ständigen Platz, wo auf dem Boden immer noch die großen runden Steine lagen, an denen sie die Spannriemen der Jaranga befestigten. Von hier aus konnte man die Siedlung in einem Tag erreichen, falls man den Weg abkürzte und die Uëlener Lagune auf einem Fellboot überquerte. Und die Uëlener wussten schon, dass Rintos Lager zum alten Standquartier zurückgekehrt war und sich für den Sommer auf dem bekannten Platz niedergelassen hatte.

Besucher ließen nicht lange auf sich warten. Wamtsche kam und berichtete die letzten Neuigkeiten. Das Leben in Uëlen verlief ruhig. In die Schule waren neue Lehrer gekommen, für sie hatte man unweit von Wamtsches Jaranga ein neues Wohnhaus gebaut. »Man erzählt, alle Tschuktschen und unsere Eskimo-Nachbarn würden bald in Holzhäusern wohnen. Die Jarangas sollen abgerissen werden.«

Anna Odinzowa interessierte sich dafür, wie die Obrigkeit auf das Erscheinen des hinkenden Atata reagiert hatte.

»Angeblich wollten sie aus der Kytryn-Bucht eine Untersuchungsgruppe schicken, aber Atata hat versichert, das lohne sich nicht, ohnehin sei alles klar: Ein Unfall habe sich ereignet, eine Naturkatastrophe, an der niemand schuld sei.«

»Und er selbst wollte nicht wieder in unser Lager zurückkehren?«, erkundigte sich Anna Odinzowa.

»Davon war nicht die Rede«, entgegnete Wamtsche.

»Vielleicht werden sie uns in Frieden lassen?«, überlegte sie.

»Im Tschaun-Kreis haben sie einige Rentierzüchter nicht angerührt«, sagte Wamtsche. »Sie haben sie zu Kolchosangehörigen erklärt, haben ihnen nur vorgeschrieben, jedes Jahr zur Zeit des Schlachtens einen bestimmten Anteil von Fellen und Fleisch abzuliefern, im Übrigen leben sie wie früher.«

Anna Odinzowa hörte sich diesen Teil des Berichtes besonders aufmerksam an, bat sogar etliche Male, ihn zu wiederholen. Ihr wurde leichter ums Herz. Vielleicht hatte es sich die Obrigkeit wirklich anders überlegt und beschlossen, die Rentierzucht auf Tschukotka nicht völlig auzurotten.

Wamtsche hatte einige Lebensmittel mitgebracht, vor allem Zucker, Tee und Mehl, Delikatessen, nach denen sich nicht nur die Kinder im Lager, sondern auch die Erwachsenen sehnten.

Katja hatte Fladen gebacken und Tee gekocht. An diesem Abend ruhte Roltyt im Lager. Wamtsche hatte ihm eine Flasche mitgebracht, und Roltyt war ungewöhnlich gesprächig und kühn. »Ich habe ja früher schon gesagt, es war dumm, vor der Sowjetmacht davonzulaufen. Hättet ihr auf mich gehört, wären alle noch am Leben …«

»Dann wäre ich in der Jaranga meines Mannes geblieben«, sagte Katja leise und verträumt, »und Tutril wäre bei seinem Vater.«

»Jetzt bin ich dein Mann, und Tutril ist mein Sohn«, unterbrach sie Roltyt böse. »Bald wird auch Anna meine Frau. So will es der alte Brauch.«

»Und wenn sie nicht will?«, fragte Katja.

»Na und?«, spielte Roltyt sich auf. »Du warst ja auch nicht sehr darauf aus, in meine Jaranga zu ziehen. Und doch lebst du mit mir. So wird es auch bei Anna sein.«

Die Überzeugung, dass Anna Odinzowa seine Frau würde, festigte sich nach und nach in Roltyts Bewusstsein. Ein wenig verunsicherte ihn ihr Schamanentum. Aber insgeheim hoffte er, dass das nicht endgültig war, gewissermaßen noch unvollendet. Er war Zeuge gewesen, wie eine Kugel die Hüfte der neuen Schamanin gestreift hatte, die Wunde hatte geblutet. Echte Schamanen fürchten keine Waffe, nicht mal eine Feuerwaffe der Tangitan. Sie kann man nur mit einem besonders geweihten Speer töten. Also war Anna Odinzowa eine gewöhnliche Sterbliche geblieben.

Im Spätherbst mussten sie auf die Winterweiden ziehen. Dort, fern von Uëlen, in Tälern mit überhängenden, Tod bringenden Schneewechten, würde er ernsthaft mit dieser Frau reden können, ihr die Macht über das Lager rauben und sie richtig zu seiner Frau machen. Leider war es ihm nicht gelungen, den jüngeren Bruder nach den körperlichen Besonderheiten einer Tangitan-Frau auszufragen. Roltyt fürchtete sich ein wenig davor.

Als die Mutter gerade nicht zu Hause war, ging er in den Tschottagin der väterlichen Jaranga, die jetzt Welwune und

Anna bewohnten. Er nahm den Sperrholzkoffer und öffnete ihn voller Ungeduld. Darin lagen Bücher und dicke, in kleiner Handschrift mit Bleistift voll geschriebene Hefte. Auf vielen Seiten waren Jarangas gezeichnet, verschiedene Gebrauchsgegenstände und sogar der nächtliche Himmel mit den wichtigsten Sternen. Die dicken Bücher hatten feste Einbände, dazu Umschläge aus speziellem, haltbarem Material, und darunter gab es sowohl russischsprachige als auch englische. Der Lehrer Lew Wassiljewitsch Belikow hatte den Schülern seinerzeit einen pflegsamen Umgang mit dem gedruckten Wort beigebracht. Daher pochte Roltyts Herz bis in die Kehle, und es verschlug ihm wiederholt den Atem. Was für ein Wissen musste man haben, um in zwei verschiedenen Sprachen Geschriebenes lesen zu können! Anna hatte einmal gesagt, dass sie zuerst zehn Jahre in einer gewöhnlichen Mittelschule gelernt hatte, dann fünf Jahre auf der Universität und dann noch einmal drei Jahre in einer speziellen wissenschaftlichen Einrichtung, deren Bezeichnung Roltyt sich gut gemerkt hatte – Aspirantur. Und all das hatte sich im fernen Leningrad zugetragen, wo einstmals der russische Zar regierte und wo die Revolution unter der Führung zweier Menschen, Lenin und Stalin, begonnen hatte. Der erste war längst gestorben, schon vor Roltyts Geburt, der zweite aber lebte noch. Stalin war nicht nur der Erbe des großen Lenin, der jetzt vor der Kremlwand in Moskau lag – indem er das Werk seines Lehrers fortsetzte, übertraf er ihn sogar. Stalin hatte die deutschen Faschisten besiegt, war nicht nur General und Marschall geworden, sondern Generalissimus, und die Völker der ganzen Welt blicken voller Ehrfurcht und Hoffnung auf ihn. Er wollte, dass Roltyt Kolchosmitglied würde und zu Gunsten der Kolchoswirtschaft auf seine Rentiere verzichtete. Im tiefsten Herzen war Roltyt bereit, die Rentiere des Vaters abzugeben, um nicht mehr Tag und Nacht bei Kälte, Regen und Schneesturm die Herde bewachen zu müssen. Im Kolchos sind viele Menschen, und ein jeder arbeitet nach seinen Kräften und Möglichkeiten.

Roltyt schloss den Sperrholzkoffer, schleifte ihn ins Freie und lud ihn auf einen Schlitten. Die hölzernen Kufen glitten schlecht über das Gras, und er musste sich nicht wenig plagen, um sich genügend weit vom Lager zu entfernen.

Auf einem steinigen Hügel sammelte er trockenes Krummholz und Moos für ein großes, heißes Feuer. Es brannte sofort, obwohl es zuerst vor dem Hintergrund des hellen Sonnenlichts schwach und blass wirkte. Doch bald schon spürte Roltyt Hitze im Gesicht, und langsam legte er das erste Heft ins Feuer. Er tat es mit einiger Bangigkeit, obwohl er sicher war, dass nichts Besonderes passieren würde. Das Papier brannte eigenartig – zuerst schwärzten sich die Ränder, wurden dunkler, rollten sich auf und loderten erst dann in einer rötlichen, rauchigen Flamme. Es roch bitter, Roltyt atmete das unwillkürlich ein und konnte lange den Husten nicht loswerden. Doch in der Masse brannte das Papier schlecht, und als Roltyt das klar wurde, zerriss er die nächsten Hefte in einzelne Blätter. Ebenso machte er es mit den Büchern. Die Druckbuchstaben bewegten sich in der Hitze, als krümmten sie sich unter Verbrennungen. Manchmal schien es so, als käme vom Feuer ein seltsamer Laut, als stöhnten in Buchstaben gefasste Stimmen, verständigten sich miteinander, beklagten ihr Unglück, und Roltyt spürte zunehmende Furcht, beeilte sich, warf nicht auseinander gerissene Seiten ins Feuer, die er dann doch lange mit dem Ende eines angebrannten Stockes aufrühren musste. Besonders schlecht brannten die englischen Bücher, und am längsten musste er sich mit den Umschlägen plagen, indem er immer wieder trockene Zweige nachlegte. Als er ein Buch in tschuktschischer Sprache in die Hand nahm, schwankte er. Schließlich waren in diesem Band Legenden und Sagen des Rentiervolkes gedruckt. Er kannte sogar den Illustrator, den Uëlener Wykwow, der noch vor dem Krieg zum Studium nach Leningrad gefahren war. Sehr gut hatte er Rentiere, Vögel, Raubtiere der Tundra gezeichnet. Sie sahen aus wie lebendig, und im Feuer schien es, als wollten sie von den brennenden Seiten springen.

Zum Schluss zerriss Roltyt den Sperrholzkoffer in kleine Stücke und verbrannte auch ihn. Er wartete, bis die Asche erkaltet war, und verstreute sie zusammen mit den angekohlten Steinen, damit keine Spur mehr zu sehen war.

Doch statt Freude und Befriedigung blieb in seinem Herzen heimliche Furcht. Wer konnte voraussagen, was die Tangitan-Frau in der Tundra machen würde? Das Einzige, wozu sich Roltyt nach langen Überlegungen und Zweifeln entschloss: Er würde nicht zurückweichen, würde weiter dem gewählten Weg folgen. Reichlich spät war ihm das eingefallen, aber genau so zu handeln, hatte der Vater ihn gelehrt. Hast du ein Ziel gewählt, geh den Weg zu Ende. Dennoch hemmte Furcht seine Schritte, und er spürte sogar Schwäche. Vielleicht sollte er heute lieber im Lager bleiben und Katja zur Herde schicken? Mochte sie Anna ablösen.

Als Roltyt am nächsten Morgen Anna begegnete, wollte er ihr ausweichen, aber sie ging auf ihn zu. »Ich habe mir überlegt, ob du nicht nach Uëlen gehen und einiges kaufen solltest? Der Sommer geht vorbei, aber zu uns scheint niemand zu kommen.«

»Dort können sie mich verhaften«, sagte Roltyt, der nun sicher war, dass Anna den Verlust noch nicht entdeckt hatte. »Ich habe doch auf Atata geschossen.«

Anna überlegte: Vielleicht hatte Roltyt Recht. Das würde Atata nie verzeihen. »Es wäre nicht gut, im Winter ohne einen Vorrat an Tee, Tabak, Streichhölzern, Mehl und Zucker zu bleiben«, sagte sie nachdenklich. »Unsere Winterweiden werden von der Küste zu weit entfernt sein.«

»Und warum willst du nicht selber in die Siedlung gehen?«, fragte Roltyt.

»Ich habe auch schon daran gedacht. Aber mich würden sie noch eher als dich festnehmen. Ich kann mir vorstellen, was Atata der Obrigkeit von mir erzählt hat.«

»Warten wir noch eine Weile«, schlug Roltyt vor. »Wamtsche hat versprochen, noch einmal zu kommen.«

Seltsamerweise zeigte sich das Flugzeug nicht mehr, und während sie auf Gäste warteten, zerbrachen sie sich den Kopf, was sie wohl dort über das Lager beschlossen hatten. Ob man sie wirklich in Ruhe ließ?

Immer öfter dachte Anna Odinzowa über ihre Zukunft nach. Was sollte sie tun? Vor der Verfolgung davonzulaufen, hatte keinen Sinn. Wenn sie sich dazu entschlossen hatten, würden sie sie ohnehin erwischen. Aber vielleicht hatte sich etwas in der Politik verändert? Dergleichen war immerhin kurz vor dem Krieg geschehen, als die Entkulakisierung der russischen Bauern auf Befehl Stalins plötzlich gestoppt wurde. Vielleicht wiederholte sich das bei den tschuktschischen Rentierzüchtern? Historisch hatte es sich so ergeben, dass die beiden Hälften des arktischen Volkes nicht ohne einander existieren konnten. Die Rentierzüchter brauchten Bartrobben- und Walrossfelle, Riemen, Seehundfett, Tee, Zucker, Mehl, Tabak und andere Waren, die jetzt im Überfluss in die tschuktschischen Küstendörfer gebracht wurden. Die Tschuktschen von der Küste wiederum benötigten dringend Rentierfelle, ohne die sie keine Winterkleidung nähen konnten, zudem spielte

Renfleisch eine wesentliche Rolle bei der Ernährung der Küsten-Tschuktschen, fast noch mehr aber für die zugereisten Russen, auch wenn die einstweilen über Walross- und Seehundfleisch die Nase rümpften und behaupteten, es röche nach Fisch, obwohl Walrosse gar keine Fische fressen.

Sollte sie nicht eine Art Eingabe verfassen, sie in die Bezirksstadt bringen oder gar ins Gebietszentrum? Um sie zu überzeugen, dass es keinen Sinn hat, die erfahrensten, klügsten, mit der Tundra so vertrauten Rentierzücher zu vernichten, sondern lieber Wege gesucht werden sollten, sie für die Zusammenarbeit zu gewinnen. Was aber den Schamanismus anbelangt – lässt man die Mystik und die von Generationen überlieferten ungelösten Rätsel beiseite, dann ist sein wesentlicher Bestandteil, wie sie sich durch eigene Erfahrung überzeugt hat, eine reiche Quelle positiver, ja geradezu materialistischer Kenntnisse, die den Tundra-Menschen helfen zu überleben. Alte Erfahrungen zu leugnen, ist unvernünftig …

Solche Gedanken machte sich Anna Odinzowa, während sie von Zeit zu Zeit zerbrochene Krummholzzweige ins Feuer warf, über dem ein verräucherter Teekessel hing.

Das Fell, das den Eingang verschloss, war weit zurückgeschlagen, der Rauch zog nicht nur durch die obere Öffnung ab, sondern auch unten, daher war es im Tschottagin hell und angenehm. Der Rauch schreckte die Mücken ab, Strahlen der tief stehenden Sonne beleuchteten die Schwelle.

Anna Odinzowa beschloss, die Abfassung einer Eingabe nicht hinauszuschieben, und ging Papier und Bleistift holen. Doch der Sperrholzkoffer war nicht im Polog, auch nicht in einer der seitlichen Abstellkammern, wohin ihn Welwune hätte gelegt haben können.

Welwune hielt sich wie gewöhnlich in der benachbarten Jaranga auf, aber sie hatte den Koffer nicht gesehen und nicht in die Hand genommen. Anna durchsuchte noch einmal die ganze Jaranga, ging sogar außen herum und untersuchte die auf den Lastschlitten gepackten Waren.

Ob sie den Koffer beim letzten Aufenthalt liegen gelassen hatte? Doch sie erinnerte sich genau, dass sie ihn noch vor einigen Tagen eigenhändig hier im Polog geöffnet hatte. Wo mochte er geblieben sein?

Noch einmal durchsuchte Anna gründlich die Jaranga, ging ins Freie und setzte sich auf einen rauen, tagsüber erwärmten Stein. Stille lag über dem Lager, nur die Mücken summten aufdringlich, aber dieser Laut war schon ein Bestandteil der Stille, ebenso wie das ferne Rauschen des vorüberfließenden Baches.

Zuerst war es nur ein Verdacht, doch er verdichtete sich, bis er schließlich zur Gewissheit wurde. Anna ergriff einen krummen Hirtenstab und begab sich entschlossen zur Renherde.

Wozu brauchte Roltyt den Koffer mit den Büchern und Heften? Er konnte zwar recht und schlecht lesen und sogar schreiben, aber weiter als bis zu den ersten Seiten der tschuktschischen Fibel hatte er es nicht gebracht. Was also bezweckte er? Ja, Anna kannte, spürte und verstand Roltyts Wunsch, vollberechtigtes Oberhaupt des Lagers zu werden. Für diesen normalen, reifen, physisch kräftigen Mann war es unerträglich, über sich die Macht einer Frau zu ertragen, zumal einer Tangitan. Vielleicht hätte sie ihm auch nachgegeben, aber Rinto hatte gerade ihr aufgetragen, das Lager zu leiten und die Verantwortung für die Nächsten, für die heranwachsenden Kinder zu übernehmen. Wahre Autorität würde sie natürlich nicht sogleich gewinnen, sie würde ihren Anspruch noch oft beweisen, würde noch vieles lernen müssen, vor allem aber brauchte sie noch viel mehr Lebenserfahrung.

Im Sommer zog die Rentierherde gleichsam einen großen Kreis um das Standquartier, das bis zum Umzug auf die Winterweide am selben Ort blieb. Deshalb entfernte sie sich manchmal vom Standquartier und kam dann wieder nahe heran. Bei dieser Arbeit vertraute Anna völlig Roltyt, der in vielen Jahren die Rentierpfade so studiert hatte, dass er sie mit geschlossenen Augen gehen konnte. Diesmal weideten die Tiere nicht sehr weit, wenn man schnell ging, konnte man sie in zwei Stunden erreichen. Die hellen Tage waren noch lang genug.

Die Rentiere waren schon von fern zu sehen, vom Steilufer des Rybnaja-Flusses. Doch ein ungeübtes Auge konnte sie auch übersehen, denn da sie sich in der Tundra zerstreuten, verschmolzen sie mit den Pflanzen und den hier und da noch nicht getauten Schneeflecken. Anna legte einen Schritt zu.

Roltyt hatte schon von fern einen Menschen näher kommen sehen und sofort erraten, wer es war. Zuerst empfand er Furcht und stürzte sogar ins Zelt, um seine alte Winchester zu holen. Er war bereit, diese Frau zu töten, spürte aber, dass ihm die Hände nicht gehorchen würden.

Er ließ die Frau näher heran und fragte barsch: »Weshalb bist du gekommen?«

»Wohin hast du meinen Koffer mit den Büchern und Heften gebracht?«

»Den gibt es nicht mehr.«

»Nein, sag mir, wo hast du ihn versteckt? Ich will es nur wissen. Alles andere bleibt deinem Gewissen überlassen.«

»Ich habe es doch schon gesagt: Den Koffer gibt es nicht mehr.«

»Und die Papiere?«

»Die Papiere auch nicht. Alles ist zu Asche geworden.«

»Du hast meine Papiere verbrannt? Warum hast du das getan?«

Roltyt sah und begriff plötzlich, dass diese Frau schwach war wie alle Frauen. Sie weinte große trübe Tränen, wischte sie mit dem Ärmelrand ihres Fell-Kherkers aus den Wimpern.

»Was hast du angerichtet? Was hast du nur angerichtet?«, jammerte Anna. In dem Augenblick fühlte sie weder Zorn noch Hass auf Roltyt. Ihr schien, als sei soeben die Verbindung zur eigenen Vergangenheit abgerissen, zu Kindheit und Jugend am Newa-Ufer, zur Universität, dem Ethnografischen Institut, zur Wissenschaft, zum anderen Leben… Und sie begriff, dass dieser Bruch gerade jetzt vollzogen worden war und nicht damals, als sie beschloss, nicht mehr zu schreiben, nicht mehr ihr wissenschaftliches Tagebuch weiterzuführen.

Roltyt empfand überraschend Mitleid mit der weinenden Frau. Anna ähnelte jetzt einem gekränkten Mädchen, dem man sein Lieblingsspielzeug weggenommen hat. »Weine nicht«, sagte er versöhnlich. »Ich bin sicher, was ich getan habe, war richtig. Diese Papiere haben dich im vergangenen Leben festgehalten. Während du geschrieben hast, warst du wie eine Fremde unter uns. Jetzt wirst du das nicht mehr machen. Und wenn du immer noch überzeugt bist, eine echte Tschautschu-Frau zu sein, wirst du meine Hauptfrau und ziehst in meine Jaranga. Alle anderen Frauen quartieren wir mit den Alten in eine andere Jaranga, wir aber werden uns aneinander freuen.«

Roltyt legte die Winchester auf die Erde und ging auf die weinende Frau zu. Als er ihr Haar berührte, spürte er einen heftigen Schlag auf die Hand. Anna sprang wie eine erschrockene Renkuh beiseite und griff nach der Winchester. Sie entsicherte das Schloss und schrie: »Komm nicht näher! Wenn du einen Schritt auf mich zu machst, kriegst du eine Kugel!«

Diesmal empfand Roltyt echte Angst. Er sank auf die Knie und heulte: »Töte mich nicht! Hab Erbarmen! Denk an unseren Rinto! Töte mich nicht!« Er wurde von Schluchzen geschüttelt.

»Warum hast du meine Papiere verbrannt?«

»Mein Verstand hatte sich getrübt«, winselte Roltyt, »ich wollte das Beste, wollte dich von den Gespenstern der Vergangenheit erlösen … Ich wollte dich wirklich heiraten … Aber wenn du dagegen bist, werde ich nicht darauf bestehen. Hab Mitleid mit mir, mach meine Frauen nicht zu Witwen und die Kinder nicht zu Waisen …«

Anna dachte natürlich nicht daran, Roltyt das Leben zu nehmen, aber eine Lektion musste sie ihm erteilen. »Versprich, dass du mir von nun an widerspruchslos gehorchst!«, verlangte sie.

»Was du sagst, werde ich tun!«, schrie Roltyt.

Anna entfernte sich von der Rentierherde. Torfhügel schwankten unter ihren Füßen, aber sie achtete nicht auf den Weg. Erst nach etwa drei Kilometern, als sie in der Hand die Winchester statt des krummen Hirtenstabs entdeckte, kam sie ein wenig zu sich.

Was sollte sie tun? Wie weiter leben?

Plötzlich begriff sie mit schmerzendem Herzen, dass sie nie, keinen Augenblick, ihre Herkunft vergessen, nie eine echte Tschautschu würde. Der Verlust des vertrauten Koffers bestätigte das nur.

Was sollte jetzt aus ihrer Eingabe werden?

Anna ging immer langsamer. Ob es sich lohnte, diese Eingabe zu verfassen? Na schön, wenn sie irgendwo Papier auftriebe und ihre klugen Gedanken niederschriebe, wer würde davon erfahren? Zuerst Atata und das Kreiskomitee der Partei. Und wenn die das Papier sogar weiterschickten, nach Moskau, es würde schwerlich bis zu Stalin gelangen. Wer würde denn auf die Meinung irgendeiner Aspirantin hören, wenn die ortsansässigen großen Chefs von Tschukotka die Politik des großen Stalin guthießen? Man würde sie als Volksfeind abstempeln. Die Eingabe würde sich gegen sie selbst richten. Vielleicht war es sogar gut, dass Roltyt ihren Sperrholzkoffer mit den Büchern und Heften verbrannt und sie damit von einem übereilten Schritt abgehalten hatte.

Die Jarangas standen so, dass man sie nur von nahem erkennen konnte. Anna Odinzowa erinnerte sich, wie sie dieses Lager zum ersten Mal gesehen hatte, als sie mit ihrem jungen Mann Tanat gekommen war. Was für großartige wissenschaftliche Pläne waren durch ihren Kopf geschwirrt! In Gedanken hatte sie mit so bedeutenden Wissenschaftlern wie Tan-Bogoras, Boas, Mead, Taylor gestritten ... Sie hatte in der Tat einmaliges Material über das alltägliche Leben der tschuktschischen Rentierzüchter gesammelt, hatte es von innen studiert, nicht durch äußere Beobachtung, mit der sich die Ethnografen, Soziologen und Historiker bislang begnügt hatten. Sie wusste jetzt, wie Schamanen-Beschwörungen entstehen und gesprochen werden, kannte alle wichtigen Bräuche von der Geburt bis zum Tod. Sie konnte jedes Kleidungsstück zuschneiden und nähen, für Frauen, Männer und Kinder, konnte Felle bearbeiten, Fäden aus Rensehnen drehen, eine Jaranga errichten, Rentiere anspannen, ein geschlachtetes Ren verarbeiten, Blutwurst zubereiten und Brei aus dem Inhalt der ersten Kammer eines Renmagens. Sie konnte ihr ganzes Leben in diesem Lager zubringen. Einen Weg zurück gab es nicht mehr. Er war zusammen mit dem Inhalt des Sperrholzkoffers verbrannt. Natürlich hätte sie vieles nach der Erinnerung wieder herstellen können, aber das wäre nicht mehr dasselbe. In der Wissenschaft schätzt man die formale Seite. Wo sind die Vor-Ort-Aufzeichnungen? Wo ist das wissenschaftliche Tagebuch, in dem alle Erkundungen mit genauen Daten und Ortsbezeichnungen niedergeschrieben sind?

Sie war doch noch nicht alt. Eigentlich noch eine blutjunge Frau. Und in den langen heißen Nächten, da sie schweißnass unter der leichten Renkalbfell-Decke lag, spürte sie bisweilen ein Sehnen, als wüchse im Inneren ein süßes Geschwür, das nur durch die Berührung eines Mannes geheilt werden konnte. Manchmal erwachte sie vor Atemnot und spürte noch lange die Schwere eines geträumten männlichen Körpers. Sollte sie sich zur Enthaltsamkeit und zum allmählichen Erlöschen dieses Gefühls verurteilen? In der Tundra würde sie wohl kaum einem anderen Mann als Roltyt begegnen. Vielleicht käme noch die Stunde, da der einzige Trost eben der Partner sein würde, für den sie jetzt nichts empfand außer Widerwillen. Wenn doch Atata an seiner Stelle wäre oder einer, der ihm ähnlich war …

Lautlos trat Anna Odinzowa in ihre Jaranga, warf im Tschottagin den Kherker ab, kroch in den wohnlichen Polog aus Renfellen, auf die weiche Lagerstatt, und versank in einen Traum, dunkel wie die beginnende Nacht.

Wamtsche kam diesmal nicht allein. Gemeinsam mit Kulil brachte er einen Schlitten voller Lebensmittel. Kulil arbeitete als Heizer in der Uëlener Bäckerei und hatte als Tauschware einen ganzen Sack mit frisch gebackenen Broten mitgenommen. Ihr Duft erfüllte den Tschottagin der Jaranga, und Anna Odinzowa konnte kaum die Tränen zurückhalten. In den Hungerjahren der Leningrader Blockade wurde ihr schon von dem schwachen Geruch, der von einem jämmerlichen Stückchen feuchten Schwarzbrots ausging, schwindlig, und ihr Mund füllte sich mit Speichel. Auch jetzt, da sie gierig den

Brotgeruch einsog, erinnerte sie sich an die Hungerjahre ihrer Jugend.

Kulil stürzte sich auf das gekochte Renfleisch, zog dann sein Messer heraus und säuberte die Renläufe, zerschlug sie vorsichtig mit dem beinernen Messergriff und holte das rosa Knochenmark heraus. Für einen Küstenbewohner gibt es nichts Schmackhafteres.

Wamtsche mussten sie nicht lange zureden – beim abendlichen Tee mit Fladen aus frischem Mehl, mit Zucker und Kondensmilch für die Kinder erzählte er von den Ereignissen im Land und in Uëlen. Was die Ereignisse in der Welt betraf, so ging aus seinen Worten hervor, dass die amerikanischen Imperialisten die Tage des einstigen Bündnisses vergessen hätten und, wie die aus Anadyr und Chabarowsk zugereisten Redner behaupteten, einen Krieg gegen die Sowjetunion vorbereiteten.

»Die Grenzer fordern, dass wir uns nicht weit vom Ufer entfernen. Was müssen wir nicht alles für Papiere unterschreiben, wenn wir aufs Meer hinaus wollen! Bis man damit durch ist, sind die Tiere weg, und man kommt mit leeren Händen zurück. Sogar von den alten Frauen, die in die Tundra gehen, um Beeren, Kräuter und Wurzeln zu sammeln, verlangen sie einen Passierschein. Sie haben Angst vor Spionen und Kosmopoliten.«

»Vor wem?«, fragte Anna Odinzowa.

»Vor Kosmopoliten«, artikulierte Wamtsche exakt, ohne Schwierigkeit.

»Wer ist denn das?«

»Unser tschuktschischer Agitator aus Anadyr, Nomynkau, hat gesagt, es seien Leute aufgetaucht, die alles Ausländische preisen. Das sind die Kosmopoliten. Dieses Volk ist sehr schädlich für die Sowjetmacht. Einige von unseren Leuten haben, um Unannehmlichkeiten zu entgehen, alte Winchester-Büchsen abgegeben und Gemauge ein amerikanisches Grammofon. Es spielte allerdings nicht mehr, die Feder war längst gebrochen. Wie sich herausstellte, haben sich fremde Länder, besonders Amerika, die besten Erfindungen der russischen Lehrer zu Eigen gemacht, um sich selbst herauszustellen und uns zu erniedrigen. Jetzt wird das alles wieder gutgemacht, vor allem in den Schulen. Bei uns gibt es schon lange nichts Ausländisches mehr.«

»Was hört man über Atata?«

»Es heißt, er sei aufs Festland gefahren, um sein lädiertes Bein zu heilen«, teilte Wamtsche mit.

Mehr war von ihm nicht zu erfahren, nur, dass es in Uëlen neue Lehrer gebe und Lew Wassiljewitsch Belikow nach Leningrad gefahren sei, wo er sich mit wissenschaftlicher Arbeit befasse.

Sie gaben den Gästen das Geleit und begannen, sich auf den Winter vorzubereiten. Sie nähten neue Kleidung, besserten die Felle für die Überdachung aus, die Winter-Pologs, die Schlitten und das Zuggeschirr. Äußerlich zeigte Roltyt betonten Gehorsam, aber Anna spürte, wie in ihm verhaltener Hass glühte, und verhielt sich ihm gegenüber vorsichtig, gab ihm jedoch auch zu verstehen, dass sie seine wahren Gefühle erriet.

In dem verräucherten Tschottagin lag auf der grau werdenden, erlöschenden Glut ein Renschulterblatt. Es wurde sichtlich dunkel, knisterte leicht und überzog sich mit einem Netz von Rissen. Roltyt schaute mit angehaltenem Atem über Annas Schulter auf den verkohlenden Knochen.

Anna war leicht verwirrt: Wie sollte sie sich in den raffiniert verflochtenen zahllosen Rissen zurechtfinden und den richtigen Weg wählen?

Plötzlich kam ihr überraschend Roltyt zu Hilfe. »Ich sehe es! Da, dieser Riss, der breiteste, zeigt, dass wir nach Nordwest gehen müssen, in Richtung der Koljutschinskaja-Bucht. Siehst du's, Anna?«

»Ich sehe«, stieß sie für sich selbst überraschend heiser hervor und fragte: »Gibt es denn da gute Weiden? Wird das Futter für die Rentiere reichen?«

»Wir sind da schon einige Jahre nicht mehr gewesen«, antwortete Roltyt. »Ich hoffe, die Weiden sind wieder in Ordnung.«

Ob Roltyt den richtigen Weg tatsächlich inmitten der zahlreichen Risse auf dem verräucherten Renschulterblatt gesehen hatte oder ob er sich bei ihr nur einschmeicheln wollte? Sie sah Roltyt in das einfältige und offene Gesicht und dachte insgeheim leicht verdrießlich, dass sie noch lange würde lernen müssen, ehe sie eine richtige Rentierzüchterin würde.

»Wir ziehen nach Nordwest!«, sagte sie entschieden.

15

Im tiefen Winter, wenn der Schneesturm nachließ, schien das Lager aus dem Schlaf zu erwachen. Die Menschen verließen die Jarangas, die Kinder erfüllten die Umgebung mit hellen Stimmen, stiegen auf einen nahe gelegenen Hügel und fuhren auf Rodelschlitten hinab, deren Kufen aus längs zerschnittenen Walrosshauern bestanden. Die Frauen nahmen die Pologs ab, breiteten sie auf weißem, frischem Schnee aus und klopften sie tagelang mit Klopfern aus Rengeweihen, wobei sie immer wieder frischen, vom Frost trockenen Pulverschnee darüber schütteten.

Wenn man einen Polog an einen neuen Ort bringt, zeigt sich darin ein auffälliger dunkler Fleck mit schmutzigen, abgelösten Renhaaren – die Spur vom nächtlichen Atem der Menschen, der sich auf den Häuten abzeichnet und das Fell durchtränkt.

Der Polog von Anna wirkte sauberer als die anderen, aber nicht, weil sie ordentlicher gewesen wäre, sondern weil sie allein lebte, im Haupt-Polog der vordersten, der Chef-Jaranga des Lagers. Welwune hatte um die Erlaubnis gebeten, in der Jaranga des Sohnes wohnen zu dürfen. Sie erklärte es damit, dass sie den Müttern helfen müsse, mit den Kindern zurechtzukommen. Doch Anna erriet, dass der Hauptgrund ein anderer war: In der gewohnten Umgebung fühlte sich Welwune wohler als mit der Tangitan-Verwandten, die zudem wortkarg geworden war und immer häufiger in den eigenen Gedanken versank.

Gelegentlich bereitete Anna freilich ein Gastmahl, versammelte alle Bewohner des Lagers in ihrer Jaranga und erzählte eine Legende aus der tschuktschischen Überlieferung »Elendi und seine Söhne«.

Einmal fragte Roltyt am Ende einer solchen Geselligkeit: »Sollten wir nicht unseren Kindern Lesen und Schreiben beibringen? Das könntest du machen, Anna, und du auch, Katja.«

Dieser Vorschlag traf alle überraschend. »Ist denn das für einen Tundra-Bewohner nötig?«, äußerte Katja ihre Zweifel.

»Vielleicht ist es im Nomadenlager nicht nötig, aber unsere Kinder werden künftig mit ihren Verwandten aus den Küstensiedlungen Umgang haben. Dann könnten sie sehr rückständig aussehen«, sagte Roltyt.

Das war ein vernünftiger Vorschlag, und Anna sagte: »Hätte ich Bleistifte und Hefte, wäre ich bereit, schon morgen mit dem Unterricht für die Kinder zu beginnen.«

Roltyt senkte schuldbewusst den Blick. »Sobald Wamtsche wiederkommt, werde ich bitten, dass er uns Unterrichtsmaterial bringt.«

»Schickt man denn jetzt keine Lehrer mehr in die Tundra wie früher?«, fragte Welwune. »Wie schön war es, als der Lehrer Belikow bei uns im Lager lebte.«

»Gegenwärtig sammelt man alle Kinder im Schulalter aus der Tundra und bringt sie in ein Internat, ein gemeinsames Haus«, erklärte Anna.

»Unsere würden nicht fahren«, sagte erschrocken Katja. »Sie würden Heimweh haben und vor Sehnsucht sterben.«

Als die Tage schon spürbar zunahmen und die Sonne begann, über den Horizont zu steigen, überflog ein Flugzeug das Lager. Es ging über den Jarangas herunter, und Anna Odinzowa spürte geradezu hautnah den Blick von Atata. Der metallene Vogel wendete über dem breiten See der Großen Fische, der von ebenem Schnee bedeckt war, und flog in Richtung der Lawrentija-Bucht davon.

Einige Tage hielt sich prächtiges Wetter. Das kommt vor, wenn mitten im Winter die Fröste nachlassen und in der Natur eine Zeit der hellen, tief stehenden Sonne, der blassen Polarlichter anbricht. Zudem hatten sie ihr Lager günstig am Seeufer errichtet, und die Winterweide erstreckte sich entlang dieses Gewässers, sodass die Rentiere, von den Jarangas gut erreichbar, gewissermaßen im Kreis gingen.

Anna hielt sich bei der Herde auf, wo sie Roltyt abgelöst hatte, als das Flugzeug wieder auftauchte. In das gewohnte monotone Knirschen des Schnees unter den Hufen der Rentiere mischte sich ein fremder Klang. Er kam von Nordwesten. Zunächst war das Flugzeug so klein wie eine Fliege, doch schnell vergrößerte es sich, auch das Motorengeräusch nahm zu. Bald darauf war es schon gut zu erkennen. Tief über dem See, über dessen schneebedeckter Oberfläche zog es einige Kreise, wobei unter seinem Bauch leicht gebogene, an Vogelkrallen erinnernde Skier zu erkennen waren. Offensichtlich schickte es sich an zu landen. Das Flugzeug warf eine Art qualmende Dose ab – wie Anna Odinzowa erriet, um die Windrichtung festzustellen.

Vom Hügel aus war gut zu sehen, wie das Flugzeug, während es tiefer herunterging, entgegen der Windrichtung den Qualm anpeilte. Dann verschwand es in einer Wolke aufwirbelnden Schnees, erschien aber schnell wieder mit dem sich blitzend drehenden Propeller. Es rollte ans Ufer, blieb stehen, das Dröhnen verstummte, und Stille trat ein.

Zunächst erscholl gellendes Hundegebell, und aus dem aufgerissenen Rumpf des metallenen Vogels purzelte eine ganze Meute heraus. Dann erst erschien ein Mensch, dann ein zweiter und dritter. Sogar auf so weite Entfernung erkannte ihn Anna Odinzowa.

Atata zog einen Schlitten und weitere Gegenstände heraus, rief dem Piloten im Flugzeug etwas zu, setzte sich in den Schlitten und fuhr zur Seite. Er verankerte das Gespann in einiger Entfernung, kehrte zum Flugzeug zurück und half noch zwei Gespanne ausladen. Atata schritt sicher aus, von weitem war kein Hinken zu bemerken. Er war sich sogar darin treu geblieben, dass er wie üblich mit drei Gespannen reiste.

Dieses Mal verspürte Anna Odinzowa nichts als überwältigende Trauer. Weder Furcht noch Unruhe, noch den Wunsch zu fliehen. Wahrscheinlich fühlt sich so ein zum Tode Verurteilter, wenn ihm keine Hoffnung mehr geblieben ist.

Das von seiner Ladung befreite Flugzeug rollte in die Mitte des Sees, startete durch und stieg in die Lüfte. Während sie dem entschwindenden Punkt nachblickte, überlegte Anna Odinzowa, dass sie wahrscheinlich bald selbst ein Flugzeug besteigen und fliegen würde. Aber wohin?

Atata wartete nicht, bis Roltyt Anna ablöste, sondern kam von allein zur Herde.

Langsam, ein triumphierendes Lächeln unterdrückend, trat er an sie heran und sagte mit heiserer Stimme: »Sei gegrüßt, Anna Nikolajewna! Da sehen wir uns also wieder! Offenbar freut es dich nicht.«

»Worüber sollte ich mich freuen?«, antwortete sie. »Einen Wortbrüchigen zu sehen, ist nicht sehr schön.«

»Ich habe dich gewarnt«, sagte Atata und hob den Arm. An seinem Gürtel hing eine neue lederne Pistolentasche, und daraus ragte ein Pistolengriff. Also hatte man ihm eine neue Waffe gegeben. »Aber, ehrlich gesagt, ich freue mich, dich zu sehen. Du bist noch schöner geworden. Die ganze Zeit über, während ich mein Bein kuriert, eine neue Expedition zusammengestellt und der Obrigkeit zugeredet habe, ohne mich nichts zu unternehmen, habe ich an dich gedacht. Ob du mir glaubst oder nicht – mit dem Gedanken an dich bin ich eingeschlafen, und wenn ich am Morgen erwachte, dachte ich wieder an dich.«

»Wenn ich es recht verstehe, bist du dennoch nicht gekommen, um mir eine Liebeserklärung zu machen.«

»Das stimmt. Aber das bereden wir in der Jaranga.«

Anna Odinzowa war mit Tukkai, dem Vorsitzenden des Kreis-Exekutivkomitees vom Tschuktschischen Kreis, nicht persönlich bekannt. Aber seinen Bruder Michail Wykwow, der vor dem Krieg am Leningrader Institut der Völker des Nordens studiert hatte und ein bekannter Künstler war, kannte sie gut.

Tukkai betrachtete die in einen Kherker gekleidete Tangitan-Frau mit unverhohlenem Interesse und erklärte geradezu entzückt: »Eine richtige Tschautschuwanau!«

Für die Gäste wurde ein Ren geschlachtet und ein großer Kessel frisches Fleisch gekocht. Das gehörte sich in der Tundra, und Atatas Begleiter verhielten sich so, als wären sie mit guten Nachrichten zu Besuch gekommen. Auf dem kleinen niedrigen Tisch türmten sich die Leckerbissen – Zuckerstücke, offene Dosen mit Kondensmilch, dicke Scheiben Weißbrot. Aus einer tiefen emaillierten Schüssel leuchtete gelbe Butter. Atata ließ zunächst die Kinder rufen. Nach reichlichem Mahl erhielten die Kinder je eine Tafel Schokolade. Dann waren die Erwachsenen an der Reihe. Wieder verdünnte Atata eigenhändig Sprit mit Wasser aus getautem Schnee und goss jedem einen Becher voll. Alle außer Anna Odinzowa tranken.

»Trinkst du gar nicht?«, erkundigte sich Tukkai höflich.

»Mir schmeckt dieses Getränk nicht«, antwortete sie.

»Die Tangitan-Frauen lieben süßen Rotwein«, sagte Atata, und Anna erinnerte sich, dass er das schon einmal gesagt hatte.

Sie tranken und aßen lange, und als sie auseinander gingen, jeder in seine Jaranga, war bereits dunkle Winternacht. Tukkai und Atata blieben in Annas Jaranga.

Atata hielt sich so, als habe er keinen Tropfen getrunken, was man von Tukkai nicht sagen konnte; der begann plötzlich von seinem umgekommenen Bruder Michail Wykwow zu sprechen. Er weinte und klagte, verfluchte die deutschen Faschisten, die seinen Bruder getötet hatten, schließlich sang er erst russische, dann tschuktschische Lieder.

Atata rief Anna Odinzowa nach draußen. Erst standen sie lange schweigend da, lauschten auf die schwere Stille der nächtlichen Tundra. Dann unterbrach Anna Odinzowa die Stille: »Was hast du dir dieses Mal ausgedacht?«

»Ich habe dir schon mehrfach gesagt«, begann Atata sanft und geduldig, »dass nicht ich das ausgedacht habe. Wir verwirklichen die Nationalitätenpolitik unserer Partei und ihres Führers, des großen Stalin. Vielleicht macht mir das selbst keinen Spaß.«

»Anzusehen ist dir das nicht.«

»Man darf einen Menschen nicht nur nach dem Äußeren beurteilen. Du siehst aus wie eine Tschautschuwanau, in Wirklichkeit aber bist du eine Tangitan-Frau. Und was du auch sagst, du warst und bleibst immer noch ein Leningrader Mädchen.«

Plötzlich spürte Anna Odinzowa, dass Atata dieses Mal teilweise Recht hatte: In der letzten Zeit erinnerte sie sich immer öfter an ihre Heimatstadt, die Universität, die niedrigen Zimmer im Erdgeschoss des Ethnografischen Instituts, das sich im Gebäude von Peters Kunstkammer befand.

»Was das Lager betrifft«, fuhr Atata fort, »so wird es in den Kolchos ›Morgenrot‹ überführt, wie das Bezirks-Exekutivkomitee schon beschlossen hat. Als Brigadier setzen wir Roltyt ein.«

»Er ist doch ein Kulakensohn«, erinnerte sie ihn.

»Jetzt hat das nichts mehr zu bedeuten«, sagte Atata. »Stalin hat gesagt: Der Sohn ist für den Vater nicht verantwortlich.«

»Rinto hat aber mich als Lagerälteste bestimmt.«

»Mit dir verhält es sich komplizierter«, sagte Atata nach einigem Schweigen und seufzte. »Ich habe Anweisung, dich zu verhaften, der Haftbefehl ist vom Staatsanwalt des Tschuktschischen Nationalen Bezirks unterschrieben.«

Das hatte Anna Odinzowa nicht erwartet. Ihr Atem stockte, und erst nach einiger Zeit fand sie die Kraft zu fragen: »Wofür?«

»Für vieles«, antwortete Atata. »Man kann dich der antisowjetischen Propaganda beschuldigen, der Anzettelung einer Verschwörung gegen die Sowjetmacht, des bewaffneten Widerstandes gegen die Organe der Sowjetmacht. Jede derartige Anklage reicht für zwanzig Jahre Lager.«

Wie sehr sich Anna Odinzowa auch zu beherrschen suchte, beinahe wäre sie vor unerwarteter Schwäche zu Boden gestürzt. »Du weißt doch, dass dies alles nicht wahr ist«, sagte sie leise, »ich habe keinerlei Schuld.«

»In solchen Dingen seine Unschuld zu beweisen, ist sehr schwer, fast unmöglich. Unser sowjetisches Gericht ist hart und unerbittlich.«

»Ich habe aber Zeugen – die Bewohner des Lagers und nicht zuletzt dich.«

»Wer wird schon Leute aus der Tundra ins Gericht holen? Und was mich betrifft ...«

»Du kennst die Wahrheit!«

»Niemand kennt die ganze Wahrheit«, erklärte Atata trocken. »Schon einmal habe ich einen Verhafteten entkommen lassen, ich meine Arento aus der Kantschalaner Tundra. Er hat sich nachts erhängt, kurz bevor wir nach Anadyr abreisen sollten. Ich muss dich unversehrt den Behörden übergeben. Deshalb muss ich, ob es dir gefällt oder nicht, immer an deiner Seite bleiben, dich stets im Auge behalten.«

»Mach dir keine Sorgen!« Anna Odinzowa wurde zornig. »Ich habe nicht die Absicht, mein Leben so billig herzugeben.« Auch wenn Atatas Worte Unheil verkündend klangen, nahm sie doch an, dass sie zu einem guten Teil dazu dienen sollten, sie einzuschüchtern und ihr die Macht des Beauftragten des Ministeriums für Staatssicherheit zu demonstrieren.

Am nächsten Tag nahm Anna Odinzowa Abschied vom Lager.

Die Frauen konnten die Tränen nicht zurückhalten, auch Anna gelang es nicht. Sie begriff, dass es beinahe keine Hoffnung auf Rückkehr gab. Ein Wunder würde nicht geschehen. Im besten Fall würde sie nach vielleicht zwanzig Jahren, wenn die Lagerfrist verbüßt wäre, hierher zurückkehren. Aber würde man ihr das erlauben? Wohl kaum. Und würde sie so lange Unfreiheit überhaupt durchhalten?

Atata hatte soviel Takt, um sie beim Abschiednehmen nicht zu begleiten.

Welwune zog aus den Tiefen ihres Kherkers ein kleines Amulett, das aus unbekanntem, sehr hartem Holz geschnitzt war. Es stellte ein rätselhaftes vierbeiniges Wesen dar – glatt und warm, an einer aus Rensehnen geflochtenen Schnur. Sie hängte das Amulett auf den nackten Körper von Anna Odinzowa, in den tiefen Ausschnitt ihres Kherkers.

Atata wartete geduldig neben seinem Schlitten, erteilte dort die letzten Anweisungen für die im Lager Zurückbleibenden.

Der letzte, von dem Anna Odinzowa sich verabschiedete, war Roltyt. »Nun geht dein Traum in Erfüllung, du bist jetzt der Herr des Lagers«, sagte sie, und Roltyt begriff, dass sie es ohne jeden Spott sagte.

»Mit dir wäre das Leben hier besser«, erklärte Roltyt vorsichtig.

»Macht nichts«, sagte sie munter, »richtige Luorawetlan sind schon in schlechtere Umstände geraten, haben sie aber bewältigt. Die Hauptsache ist – bewahre alles, was dir die Vorfahren hinterlassen haben, bewahre die Rentiere, das Wissen über sie, vergiss nicht, die Rituale zu vollziehen und den Göttern zu opfern, bewahre die Erinnerung an deine Vorfahren.«

»Und wo ist dein Gepäck?«, fragte Atata erstaunt, als Anna Odinzowa einen kleinen Lederbeutel auf den Schlitten legte.

»Da ist alles.«

»Und deine Bücher, die wissenschaftlichen Tagebücher? Die Dokumente?«

»Sie sind alle verbrannt.«

»Davon habe ich aber nichts gehört.« Misstrauisch rief Atata Roltyt zu: »Ist es wahr, dass alle ihre Papiere verbrannt sind?«

Roltyt ließ den Kopf hängen, blickte zur Seite und sagte: »Ja, es ist wahr.«

Einige Stunden fuhren sie schweigend. Anna Odinzowa saß mit dem Rücken zur Fahrtrichtung, bemühte sich, bis zum letzten Moment die zurückbleibenden Jarangas im Blick zu behalten. Mit ungewöhnlicher Klarheit und Deutlichkeit begriff sie plötzlich, dass sie nie im Leben wieder so glücklich sein würde wie in diesen wenigen Jahren in der Tundra.

Kurz vor der ersten Rast sagte Atata: »Der Verlust deiner Dokumente wird den Fall sehr komplizieren.«

»Was hat das jetzt noch zu bedeuten!«, seufzte Anna Odinzowa und schickte sich an, das Zelt aufzubauen. Geschickt entzündete sie den Spirituskocher und bereitete Tee.

Im Zelt kroch sie aber nicht in den Schlafsack, sondern legte sich darauf und hüllte sich in den doppelwandigen, für den Winter bestimmten Fell-Kherker, in dem man sogar im Freien auf Schnee schlafen konnte.

Ehe sie die Kerze löschten, fragte Atata: »Wie werden wir jetzt leben, Anna Nikolajewna?«

»Das weißt du besser. Von mir hängt jetzt nichts ab.«

Atata räusperte sich, richtete sich im Kukul bequemer ein und sagte: »Viel hängt von dir ab. Und ich kann dir helfen.«

»Womit?«

»Mit meinem Rat.«

»Und womit muss ich deinen Rat bezahlen?«

Atata spürte, dass sie in der Dunkelheit spöttisch den Mund verzog. Er antwortete nicht sofort: »Nichts brauchst du mir zu zahlen. Das Einzige, was ich möchte, ist, dass du in mir nicht einen Feind, sondern einen Freund siehst.«

»Freunde pflegen ihre Freunde nicht zu verhaften.«

»Ich habe einen Befehl bekommen und muss ihn ausführen.«

»Und was für einen Rat wolltest du mir geben?«

»Du musst alles abstreiten, was deine antisowjetischen Handlungen betrifft. Jetzt scheint mir sogar, dass es gut ist, dass deine Papiere verbrannt sind.«

»In dem, was ich getan habe, gab es aber nichts Antisowjetisches.«

»Du musst sagen, dass du nur wissenschaftliche Forschungen betrieben hat. Weiter nichts. Wohin Rinto gezogen ist und warum, sei dir unbekannt.«

»Ich weiß, er hat die Sowjetmacht nicht geliebt und wollte nicht in einen Kolchos, er wollte so leben, wie er immer gelebt hatte. Ich habe ihn verstanden und hatte Mitgefühl.«

»Genau das darfst du nicht sagen, wenn man dich verhören wird«, sagte Atata.

»Wirst du mich nicht verhören?«

»Nein. Das ist Sache des Untersuchungsführers. Ich bitte dich noch einmal, höre auf meinen Rat. Ich bin nicht sicher, dass es helfen wird, es kann aber dein Schicksal erleichern.«

Atata schwieg eine Weile und erklärte dann: »Es gibt noch einen Ausweg. Wenn du sagst, dass man dich mit Gewalt im Lager festgehalten hat und nicht gehen lassen wollte, dann bist du so gut wie gerettet.«

»Nein!«, sagte Anna Odinzowa fest. »Das werde ich nie sagen. Ich verrate meine Freunde nicht.«

»Niemandem wird das schaden. Die Leute, die dich mit Gewalt festgehalten haben, sind unter der Lawine umgekommen.«

»Wenn du Tanat und Rinto meinst, so werde ich das niemals tun.«

»Schade. Aber du hast noch Zeit nachzudenken. Ich bringe dich selbst von Uëlen in die Lawrentija-Bucht, und von dort fliegen wir nach Anadyr.«

So wird sich dein Kindertraum erfüllen, mit einem Flugzeug zu fliegen, dachte sie mit bitterem Spott.

Dass sie sich Uëlen näherten, merkte Anna Odinzowa schon vorher, weil sich der Geruch der Luft völlig änderte. Der Schlitten glitt über das verschneite Eis der Lagune, und schon von fern waren vor allem die hohen Masten der Rundfunkstation, der Windkraftmotor, die Holzhäuser der Polarstation, der Schule und des Kaufladens zu sehen. Aus jedem Schornstein stieg Rauch, der Geruch war sogar auf solche Entfernung zu spüren. Was doch die wenigen Jahre bedeuteten, die sie in der reinen Tundra-Atmosphäre verbracht hatte! Der

Geruchsinn hatte sich dermaßen geschärft, dass er fremden Geruch über einige Kilometer spürte.

Atata lenkte das Gespann zum Haus des Dorfsowjets, über dem eine stark verblichene rote Fahne flatterte. Doch ehe er das Eis der Lagune verließ, drehte er sich zu ihr um und sagte streng: »Damit es keine Missverständnisse gibt, warne ich dich: Da du eine Arrestantin bist, darfst du mit niemandem sprechen. Fragen darfst du nur an mich richten. Und alle meine Anordnungen musst du widerspruchslos befolgen.«

Anna Odinzowa entgegnete nichts.

Man brachte sie in einem leeren Zimmer des Dorfsowjets unter. Dort stand bereits ein Sprungfederbett mit einer dünnen Internatsmatratze. Aber die Fenster waren nicht wie im Gefängnis vergittert.

Anna Odinzowa saß einige Zeit stumpf auf dem Bett, schaute durchs Fenster, aus dem das verschneite Feld der Uëlener Lagune zu sehen war. Dann sah sie sich im Zimmer um, entdeckte in einer Ecke ein Handwaschbecken mit Wasserspender, darüber einen winzigen Spiegel und darunter einen ziemlich großen Eimer, der offenbar auch als Toilette diente. Sie erinnerte sich sogar, irgendwo gelesen zu haben, dass dieser Eimer im Gefängnisjargon »Kübel« hieß.

Sie unterdrückte die Versuchung, zum Spiegel zu gehen, und trat ans Fenster. Da klirrte das Schloss, und Atata betrat die Zelle. »Auf der Polarstation hat man für dich das Badhaus geheizt. Da hast du Damenwäsche, ich habe sie im Laden für dich kaufen können.«

»Ich muss mich nicht unbedingt im Badhaus waschen«, sagte Anna Odinzowa. »Ich bin doch eine Tundra-Frau.«

»Jetzt bist du Arrestantin«, fuhr Atata sie an, »und musst die Regeln der Hygiene befolgen.«

Zum Badhaus gingen sie am Ufer der Lagune entlang, wo sie keinen Passanten begegneten.

Im engen Vorraum legte Anna Odinzowa den Fell-Kherker ab. Auf einem Hocker stand ein Krug. Unerwartet verspürte sie Durst, führte den Krug zum Mund und nahm plötzlich den längst vergessenen Geruch von Kwass wahr. Sie wusch sich lange. Hier gab es sogar eine Massagerute, die offenbar aus den grünen Zweigen einer Zwergbirke geflochten war. Sie peitschte sich, trat in den kühlen Vorraum hinaus, trank genüsslich noch einen großen Schluck Kwass und tauchte erneut in das dampferfüllte, heiße Halbdunkel.

Nachdem sie sich trockengerieben hatte, zog sie mit Mühe die Damenunterwäsche über, an die sie gar nicht mehr gewöhnt war. Sie hatte die richtige Größe, aber sie beengte sie, beraubte sie der Freiheit, die das geräumige, aus Pelzen bestehende Innere eines Kherkers gewährte. Als sie angezogen war, stieß Anna Odinzowa vorsichtig gegen die äußere Tür, doch die war zugesperrt. Eine richtige Arrestantin bin ich, dachte sie und setzte sich in Erwartung ihres Bewachers auf die Bank.

Zurück gingen sie, schon im frühen winterlichen Dämmer, das menschenleere Ufer der Lagune entlang. In der Ferne bellten Hunde, man hörte Menschenstimmen, gleichmäßig brummte ein Motor, offenbar von der Elektrostation.

Angesichts des reich gedeckten Tisches mit zahlreichen geöffneten Konservendosen, gekochtem Fleisch, einer aufgeschnittenen Rentierzunge und einer Flasche Wein erinnerte das Zimmer nicht mehr an eine Gefängniszelle. Erleuchtet wurde es von einer dreizölligen, hellen Petroleumlampe. »Nun wollen wir essen und uns unterhalten«, sagte Atata.

Beim Anblick des Tisches verspürte Anna Odinzowa mörderischen Hunger.

Der Wein war zwar süß, hatte aber einen Beigeschmack von Siegellack. »Anderen Wein gibt es hier nicht, nur Sprit«, sagte Atata entschuldigend. »Schmeckt er dir?«

»Ehrlich gesagt, ich mach mir nichts draus«, antwortete Anna Odinzowa, obwohl ihr der Wein nach dem langen Bad doch mundete.

»Ich finde, du bist noch schöner geworden«, sagte Atata, der sie aufmerksam betrachtete. »Sieh in den Spiegel.«

»Ich will nicht.«

»Ich habe lange überlegt«, begann nun Atata langsam und heiser. »Mir zerreißt es fast das Herz. Noch nie ist es mir so gegangen. Ohne dich kann ich mir das weitere Leben kaum vorstellen. Und keine Frau wird mir nach dir etwas bedeuten.«

»Du wirst doch nicht einer Arrestantin eine Liebeserklärung machen wollen?«, bemerkte Anna Odinzowa spöttisch.

»Auch wenn du lachst, du weißt es ja schon. Wir können uns gemeinsam retten und zusammen leben. Du musst mir nur vertrauen.« Atata hatte sich über den Tisch gebeugt, und sein Aussehen zeugte von innerer Qual. Sogar seine Stimme hatte sich verändert.

In Anna Odinzowa regte sich so etwas wie Mitleid. »Und wie steht es mit deiner Treue zur Partei und zur Tschekisten-Pflicht?«

»Sprich nicht davon! Du bedeutest mir alles! Sag nur ein Wort!«

»Was kannst aber du sagen? Du bist genauso ein Gefangener wie ich. Ein Gefangener der Partei und des Ministeriums für Staatssicherheit.«

Atata stand auf und trat ans Fenster, hinter dem der Winterabend in dichtem Blau versank. Es gab weder Sterne noch Mond, noch Polarlicht.

»Sing ein russisches Lied für mich«, hörte Anna Odinzowa plötzlich, und sonderbarerweise wunderte sie sich nicht einmal darüber.

»Gut. Ich singe dir das Lieblingslied meiner Mutter.« Sie räusperte sich und begann:

Längst sind verwachsen Wege und Stege,
wo ich des Liebsten Erinnerung pflege,
Pfade – bewachsen mit Gräsern und Moosen –,
die uns, mein Liebster, einst luden zum Kosen …

Als Anna Odinzowa zu Ende gesungen hatte, hörte sie, wie am Rand der Siedlung erst ein Hund losheulte, dann ein zweiter, ein dritter, und bald erfüllte ein lang gezogenes, trauriges Hundegeheul die verschneite blaue Winternacht von Uëlen.

Noch vor Sonnenaufgang fuhren sie dem Rand des flammenden Himmels entgegen. Rechts erhoben sich dunkle Felsen, links erstreckten sich endlos Eislandschaften – bis zum Nordpol und über den Nordpol hinaus.

Gegen Mittag erreichten sie Naukan und machten in der Jaranga Kergitagins Halt, des hiesigen Schamanen und besten Kenners der Eisströmungen und Bewegungen in der Beringstraße. Bis zum Abend flüsterte Atata mit ihm, bewirtete ihn mit Sprit, am Abend aber erklärte er plötzlich, sie würden sofort weiterfahren.

Nachts klarte der Himmel auf, und Anna Odinzowa erblickte linker Hand das dunkle Massiv der Insel Großer Diomid.

Atata hielt die Hunde an. »Weißt du, was dort ist?«

Er zeigte auf das Kap einer zweiten Insel, die fast mit der ersten verschmolz. »Das ist die Insel Kleiner Diomid, die Eskimo nennen sie Inalik. Das ist schon eine amerikanische Insel. Dort ist die Freiheit!«

Der Sekretär des Bezirks-Parteikomitees saß am Tisch und blickte durchs Fenster auf den langsam anbrechenden Tag. Kopf und Leber schmerzten, der Mund war trocken. Er bewegte die Zunge, sein Blick fiel auf ein vor ihm stehendes Glas, und er trank einen großen Schluck verdünnten Sprit. Auf dem Blatt Papier blieb ein runder feuchter Abdruck zurück.

Der Grenzposten auf der Ratmanow-Insel (Großer Diomid) meldet, dass in der angegebenen Zeitspanne keinerlei Versuche beobachtet wurden, die Staatsgrenze zu überqueren. Der Letzte, der den Genossen Atata und die verhaftete Odinzowa gesehen hat, ist der Bewohner der Eskimo-Siedlung Kergitagin. Er sprach mit ihnen, erklärt aber, Atata habe ihn nur nach dem Weg zur Lawrentija-Bucht gefragt.

Unter Zugrundelegung aller Informationen und der Zeugenaussagen ist anzunehmen, dass der Genosse Atata und die verhaftete Bürgerin Odinzowa im Eis der Beringstraße umgekommen sind.

Vorsitzender des Exekutivkomitees des Tschuktschischen Kreises Tukkai.

Grosin entnahm dem auf dem Tisch stehenden Becher aus Walrossbein einen dicken Rotstift und schrieb schwungvoll an den Rand: *»Einverstanden!«*

Epilog

Im Februar 1978 besuchte ich die amerikanische Stadt Fairbanks, um an der dortigen Universität Vorlesungen zu halten. An einem freien Abend sagte mein Hauswirt, der bekannte Professor und Eskimologe Michael Kronhouse, rätselhaft lächelnd: »Dich erwartet eine interessante Begegnung.«

Das einstöckige Haus versank in Schneewehen, aber zur Vortreppe führte ein ziemlich breiter, gefegter Weg, der gut und gern reichte, um heranzufahren.

Wir waren noch nicht aus dem Auto gestiegen, da ging die Eingangstür auf, und auf der Treppe erschien eine Frau. Dichtes graues Haar umrahmte ihr tiefbraunes Gesicht, in dem himmelblaue Augen hell glänzten. »Augen einer Hündin« – wie zärtlich klingt das auf Tschuktschisch und wie ungewohnt für einen weißen Menschen!

»Amyn ettyk!«, grüßte sie auf Tschuktschisch und bat uns ins Haus. Sie sprach weiter in meiner Muttersprache. Nur selten machte sie eine Pause, suchte nach einem vergessenen Wort. Sie sprach völlig ohne Akzent, ein wenig singend, so wie Tundra-Menschen, die auf der Tschuktschen-Halbinsel nomadisieren.

Michael Kronhouse ließ uns allein, und ich sprach fast bis zum Morgen mit Anna Odinzowa, wechselte dabei vom Russischen ins Tschuktschische und umgekehrt.

Erst vor unserem Abschied traute ich mich, sie zu fragen: »Und wo ist Atata?«

Anna Odinzowa erwiderte ruhig: »Er ist im Eis umgekommen. Ich bin allein ans Ufer gelangt.«

Sofort fragte ich mich: Wie konnte Atata, ein Eskimo, ein kräftiger, zäher Mann, der die Bewegung des Eises in der Beringstraße kannte, umkommen und sie, ein Neuling auf driftenden Eisschollen, überleben und festes Land erreichen?

Aber nach einem Blick in die Augen von der Farbe eines blass gewordenen blauen Himmels begriff ich, dass ich danach Anna Odinzowa lieber nicht fragen sollte.

Sankt Petersburg, 9. Januar 1998, neun Uhr morgens

Anmerkungen

Tschuktschische Realien, Begriffe, Wendungen werden zwar weitgehend im Romantext erklärt – meist schon im Autorentext, sonst im Zuge der Übersetzung. Die Worterklärungen sollen dennoch die Möglichkeit bieten nachzuschlagen, zudem ergänzen sie. Personen der Zeitgeschichte werden in einem gesonderten Verzeichnis zusammengefasst.

Worterklärungen

Enenylyn: Schamane (ein von Gott Beseelter), abgeleitet von Enen – oberste, allmächtige Kraft.

Eskimos: mongolide Bewohner arktischer Küsten und Inseln; sie nennen sich selbst »Inuit« (»Menschen«), die Tschuktschen nennen sie Aiwanalin; sprechen eskimoaleutische Sprachen.

Fellboot (Baidarka): Boot, bei dem ein Holzgerüst mit dünner, in Schichten zerteilter und in gegerbtem Zustand fast durchsichtiger Walrosshaut bespannt ist.

Inguschen: Volk in der Autonomen Republik der Tschetschenen und Inguschen; Sprache: Inguschisch.

Jakuten: Volk, das die sibirische Jakutische Autonome Republik bewohnt; Sprache: Jakutisch.

Jaranga: Wohnstatt der Tschuktschen und Eskimos. Ein rundes Holzgerüst trägt eine kuppelförmige Überdachung aus Walrosshäuten (Retem genannt), für deren festen Sitz darüber gezogene Riemen oder Seile sorgen – mit daran gebundenen Steinen in Spannung gehalten; eine Öffnung in der Mitte der Überdachung lässt Licht ein und dient als Rauchabzug. Bei den nomadisierenden Hirten, die als Gerüst lange Stangen verwenden, ist die Tundra-Jaranga eher zeltförmig, aber transportabel. Das Innere einer Jaranga gliedert sich in den Tschottagin und den Polog (siehe diese).

Jukagiren: sibirisches Volk, das im Bereich des Mittellaufs der Kolyma und nordwestlich ihrer Mündung wohnt; Sprache: Jukagirisch.

Jukola: an der Luft gedörrter und in Gruben gesäuerter Fisch.

Kaaramkyner: ewenisches Geschlecht, dessen Sprache zu den tungusisch-mandschurischen Sprachen gehört.

Kakomej: tschuktschischer Ausruf des Erstaunens.

Kamlejka: Umhang aus Stoff mit Kapuze und Bauchtasche, den man über die Kuchljanka zieht, um deren Fell vor Schnee und Feuchtigkeit zu schützen.

Kely: für den jeweiligen bedeutenden Ort zuständiger Gott, Herr, Besitzer.

Kherker: sehr weite Kombination aus Fellen (Hose und Oberteil zusammengenäht) mit sehr breitem pelzbesetztem Kragen; typische Frauenkleidung.

Koo: tschuktschisch sinngemäß: Weiß der Teufel, Nicht nötig.

Kopalchen: in Kymgyts, Rollen aus Walrossfleisch samt Haut und Fettschicht in der ewig gefrorenen Erde eingelagert und während solcher Lagerung von den eigenen Säften durchtränkt; dient den Menschen und den Zughunden als Hauptnahrung.

Korjaken: Volk, das einen eigenen nationalen Bezirk auf Kamtschatka bewohnt, aber auch im Gebiet Magadan ansässig ist; Sprache: Korjakisch.

Kuchljanka: knielanges Kleidungsstück aus Fell mit Kapuze. Kuchljankas wie auch andere Kleidungsstücke für Frauen unterscheiden sich von denen der Männer durch verschiedene Verzierungen, und statt der gesonderten Fellhose der Männer tragen die Frauen zur Kuchljanka eine Kombination mit großem Brustausschnitt, um beim Arbeiten den ganzen Arm frei machen zu können.

Kymgyt: siehe Kopalchen.

Lamuten: frühere Bezeichnung der Ewenen; sibirisches Volk, ansässig in Jakutien, in den Gebieten Magadan und Kamtschatka; Sprache: Ewenisch (mit den Ewenken verwandt).

Luorawetlan: So nennen sich die Tschuktschen selbst (»wirkliche Menschen«); ihre Sprache gehört zu den tschuktschisch-kamtschatskischen.

Malachai: Ohrenklappen-Pelzmütze.

Polarschlitten (Narty): bestehen in der Regel nur aus Holz und Riemenverbindungen; als Zugtiere dienen Hunde – maximal zwölf, mindestens sechs –, aber auch Rentiere; als Bremse dient der Ostol, ein Stab mit Metallspitze, den der Schlittenlenker zwischen den Querstreben in den Schnee stößt – bei längerem Halt wird er fest in den Schnee gerammt.

Polog: So heißt der im Inneren der Jaranga durch Tranlampen erleuchtete und beheizte Schlafraum, aber auch der Fellvorhang, der ihn vom Tschottagin trennt; ein Holzbalken an seinem Kopfende dient – gegebenenfalls mit Fellauflage – als Kopfstütze, am Tage vom Tschottagin aus auch als Sitzgelegenheit.

Stroganina: gefrostet geschnitzelter Fisch.

Tangitan: tschuktschisch – ein Fremder, Feindlicher, in weiterem Sinne alle »Weißen«, Ausländer/Europäer.

Tlingiten: indianischer Stamm von Fischern, Jägern, Seefahrern, der in der Vergangenheit die südöstliche Küste und davor liegende Inseln von Alaska bewohnte

Tschautschuwanau: tschuktschische Tundra-Frau.

Tschautschu: nomadisierender Tschuktsche.

Tschekist: von Tscheka, Außerordentliche Kommission für die Bekämpfung von Konterrevolution und Sabotage, 1918–1922; an diese Tradition anknüpfend, Mitarbeiter auch der folgenden Organe der Staatssicherheit.

Tschottagin: der den Polog umgebende unbeheizte Innenraum der Jaranga, auch »kalter Raum« genannt; dient als Aufenthaltsraum, insbesondere bei der Verrichtung häuslicher Arbeiten; auf offenem Feuer wird hier gekocht. In der kalten Jahreszeit werden auch die Schlittenhunde im Tschottagin gehalten.

Tschuktschischer Nationaler Bezirk: bis 1977 Bezeichnung des hauptsächlich von den Tschuktschen besiedelten Raums (Tschuktschen-Halbinsel, anliegendes Festland, einige Inseln), gehörte zum Gebiet Magadan; seit 1977 Autonomer Bezirk der Tschuktschen.

Tschuwanzen: Nachkommen der ersten russischen Entdeckungsreisenden und der alteingesessenen Jukagiren (nicht identisch mit den Tschuwaschen).

Uweran: in ewigem Frostboden ausgestemmte Grube zur Verwahrung des Fleisches von Meerestieren.

Whän: alte tschuktschische Bezeichnung für Anadyr, die Hauptstadt des Tschuktschischen Nationalen Bezirks, und für den gleichnamigen Fluss.

Personen der Zeitgeschichte

Amundsen, Roald Engelbregt Gravning: 1872–1928 – norwegischer Polarforscher.

Berija, Lawrenti Pawlowitsch: 1899–1953 – sowjetischer Politiker, zuletzt Minister für Staatssicherheit (hingerichtet).

Boas, Franz: 1858–1942 – amerikanischer Ethnologe, Begründer der vergleichenden Anthropologie.

Bogoras, Wladimir Germanowitsch (Pseudonym »Tan«): 1865–1936 – russischer Linguist und Ethnograf; Erforscher der Tschuktschen.

Gorki, Maxim (eigentlich Peschkow, Alexej Maximowitsch): 1868–1936 – russischer Schriftsteller.

Hitler, Adolf: 1889–1945 – als Exponent der Nazidiktatur in Deutschland maßgeblich für den Zweiten Weltkrieg und Völkermord verantwortlich.

Jakunin: So nannten die Tschuktschen den russischen Major Pawluzki, Dmitri Iwanowitsch, der eine Strafexpedition gegen Tschukotka befehligte; er wurde 1747 von den Tschuktschen geschlagen, gefangen genommen und getötet.

Jesus Christus: im Roman zur Kennzeichnung zeitlicher Distanz zitiert; das Christentum konnte auf Tschukotka auch nicht über die russisch-orthodoxe Kirche Fuß fassen.

Kalinin, Michail Iwanowitsch: 1875–1946 – sowjetischer Politiker, 1919 zum Vorsitzenden des Gesamtrussischen Zentralexekutivkomitees gewählt, zuletzt Vorsitzender des Obersten Sowjets der UdSSR.

Koltschak, Alexander Wassiljewitsch: 1873–1920 – russischer Admiral, als Anführer einer antibolschewistischen Armee wurde er 1919 von der Roten Armee vernichtend geschlagen.

Kronhouse, Michael: Eskimologe auf Alaska (laut Auskunft des Autors teils fiktive Romangestalt).

Lenin, Wladimir Iljitsch (eigentlich Uljanow): (1870–1924) – Politiker, Revolutionsführer, nach dem Sieg der Oktoberrevolution erster Vorsitzender des Rates der Volkskommissare.

Lévy-Bruhl, Lucian: 1857–1930 – französischer Philosoph und Soziologe.

Marx, Karl: 1818–1883 – deutscher Philosoph und Nationalökonom, mit Friedrich Engels Begründer des wissenschaftlichen Sozialismus.

Mead, Margaret: 1901–1978 – amerikanische Ethnologin, Autorin des klassischen Werkes »Coming of Age in Samoa« (dt. »Kindheit und Jugend in Samoa«).

Menowstschikow, Georgi Alexejewitsch: 1911–1989 – einer der ersten russischen Lehrer auf Tschukotka, später Spezialist für die Sprache und Ethnografie der asiatischen Eskimos.

Miklucho-Maklai, Nikolai Nikolajewitsch: 1846–1888 – russischer Forschungsreisender, Ethnograf, Anthropologe, Erforscher der Völker von Neuguinea.

Mletkyn: um 1880–1932 – tschuktschischer Schamane; wie jüngst vom Autor ermittelt, wurde er nach einem Moskau-Besuch im Streit mit dem Vorsitzenden des Revolutionskomitees Choroschawzew getötet.

Morgan, Lewis Henry: 1818–1881 – amerikanischer Ethnologe, einer der Begründer der vergleichenden Ethnologie.

Nansen, Fridtjof: 1861–1930 – norwegischer Polarforscher, Zoologe, Ozeanograf, Diplomat

Papanin, Iwan Dmitrijewitsch: 1894–1986 – russischer Geograf, Konteradmiral, Polarforscher, leitete 1937/38 eine sowjetische Forschungsstation auf driftender Eisscholle.

Peary, Robert Edwin: 1856–1920 – amerikanischer Nordpolar-Forscher.

Puschkin, Alexander Sergejewitsch: 1799–1837 – größter russischer Dichter; die Zitate stammen aus den Gedichten »Wintermorgen« (1829) und »Herbst« (1833, Fragment), von ihnen gibt es etliche deutsche Nachdichtungen.

Schaschkow, Serafim Serafimowitsch: 1841–1882 – russischer Historiker und Publizist.

Skorik, Pjotr Jakowlewitsch: 1906–1989 – gehörte zu den ersten russischen Lehrern auf Tschukotka, Spezialist für das Tschuktschische, die Sprachen der paleoasiatischen Völker.

Spiridonow, Nikolai Iwanowitsch (Pseudonym Odulok Tekki): 1879–1938 – jukagirischer Schriftsteller, Opfer der Repression, postum rehabilitiert.

Stalin, Jossif Wissarionowitsch (eigentlich Dshugaschwili): 1879–1953 – sowjetischer Politiker, georgischer Herkunft; Begründer eines diktatorischen Herrschaftssystems (Stalinismus), Generalissimus.

Steller, Georg Wilhelm: 1709–1746 – deutscher Naturforscher; nach ihm benannt – die »Stellersche Seekuh« (Hydrodamalidae).

Sternberg, Lew Jakowlewitsch: 1861–1927 – russischer Ethnograf.

Turgenjew, Iwan Sergejewitsch: 1818–1883 – russischer Schriftsteller.

Tynetegin (Tynetew), Fjodor: 1920–1940 – tschuktschischer Schriftsteller.

Verne, Jules: 1828–1905 – französischer Schriftsteller; seinem Roman »20000 Meilen unter dem Meer« ist die Gestalt des Kapitäns Nemo entnommen.

Wdowin, Innokenti Stepanowitsch: einer der ersten Lehrer auf Tschukotka, unterrichtete vor allem in Wanderschulen; später Ethnograf.

Wodopjanow, Michail Wassiljewitsch: geboren 1899 – sowjetischer Polarflieger, nahm 1934 an der Rettung der im Eis der Beringstraße havarierten »Tscheljuskin«-Besatzung teil, Held der Sowjetunion, Schriftsteller.

Woroschilow, Kliment Jefremowitsch: 1881–1969 – sowjetischer Politiker und Militär; Marschall, 1953–1960 Vorsitzender des Präsidiums des Obersten Sowjets der UdSSR.

Juri Rytchëu im Unionsverlag

Im Spiegel des Vergessens
Nach einer langen Reise quer durch den Kontinent klopft der junge Tschuktsche Gemo am Portal der Leningrader Universität. Tastend geht er seinen Weg, als Fremdling in der europäischen Kultur und in der offiziellen Kulturpolitik. Seine Herkunft lässt ihn nicht los.

Unter dem Sternbild der Trauer
1934 schlägt eine sowjetische Forschergruppe auf der von Eskimos bewohnten Wrangel-Insel ihr Lager auf. Die Insel wird zum Schauplatz unheilvoller Machtkämpfe und Intrigen.

Die Suche nach der letzten Zahl
Roald Amundsens Schiff ist vor der tschuktschischen Küste im Packeis festgefroren. Die Polarjäger erforschen die weißen Fremdlinge und ihre seltsamen Sitten.

Teryky
In eindringlicher und bildreicher Sprache wird die tragische Liebesgeschichte zwischen Goigoi und Tin-Tin erzählt, deren Seelen sich im Polargestirn wiederfinden.

Traum im Polarnebel
Durch einen Unfall muss der Kanadier John MacLennan in einer Siedlung der Tschuktschen an der eisigen Nordküste Sibiriens überwintern. Aus einem Winter wird ein ganzes Leben.

Unna
Im Internat findet Unna Gefallen an der Zivilisation. Beinah kann sie auf der Karriereleiter ganz nach oben gelangen. Zu spät begreift sie, welche Opfer man von ihr dafür verlangt.

Wenn die Wale fortziehen
Die Schöpfungslegende der Tschuktschen von der ursprünglichen Gemeinschaft von Mensch und Wal ist zugleich eine Vorahnung der heutigen Zeit.